CANTATA DE LOS DIABLOS

Diseño de interior y tapa: Isabel Rodrigué

MARCOS AGUINIS

CANTATA DE LOS DIABLOS

EDITORIAL SUDAMERICANA
BUENOS AIRES

PRIMERA EDICIÓN EN EDITORIAL SUDAMERICANA

IMPRESO EN ESPAÑA

ISBN 950-07-1864-2

Él deseaba volver a imponer la caballería en decadencia; yo, por el contrario, deseo fervientemente aniquilar lo que de ella ha sobrevivido hasta mis días, y esto por motivos totalmente distintos. Mi colega confundió los molinos de viento con gigantes. Yo, por el contrario, sólo veo molinos de viento vociferantes en nuestros colosos modernos. Él confundió un odre de vino con un mago astuto; yo sólo veo odres de vino en nuestros magos modernos. Él confundía cada posada para mendigos con un castillo, cada montador de burro con un caballero, cada moza de establo con una dama de la corte. Yo, por el contrario, veo nuestros castillos como posadas disfrazadas; veo a nuestros caballeros como montadores de burros y a nuestras damas de la corte como mozas de establo. Así como él confundió una farsa de títeres con un asunto de Estado, yo también tomo nuestros asuntos de Estado por una deplorable farsa de títeres.

HEINRICH HEINE

MANE

*Utopía y ciencia se disputarán siempre el alma del socialismo.
Pero la ciencia puede cambiar cada treinta o cincuenta años,
mientras que la utopía puede sobrevivir a los milenios, puede durar
cuanto dure la inquietud en el corazón humano.*

IGNACIO SILONE

Capítulo I

Escuadrillas de aviones oscurecieron el cielo y arrojaron pequeños cubos forrados con pétalos. La gente de ciudades y aldeas corrió a las calles y a los campos para recogerlos. Despedían un aroma embriagador y provocaban sensación de bienestar. Los hombres los regalaron a las mujeres, los niños a sus padres y los vecinos entre sí, con entusiasmo y rebumbio. En pocos días los habitantes del país se repartieron millones de cubos. Los sacerdotes y los idealistas se regocijaron al contemplar esa espontánea distribución.

Algunos guardaron el objeto prodigioso en un bolsillo, otros en la caja fuerte. Quienes deseaban conservar su aroma lo sometieron a variados procesos. Pero pronto llegaron las instrucciones: "debe ser fijado sobre la nariz". La propuesta insólita originó risas y los jóvenes encontraron un motivo para quebrar rutinas: calzaron el adminículo sobre la cara, donde quedaba confortablemente instalado. Pronto los adultos y ancianos, entregándose al travieso alborozo que barría la zona, también se pusieron el cubo sobre la nariz. "Parecemos rinocerontes", dijo alguien; "yo diría payasos"; "yo más bien, extraterrestres". "Somos hombres nuevos", voceó un aprendiz de líder y cundió la frase.

El cubo lanzaba interminables efluvios. En las fábricas, en las oficinas, en las aulas, en los establecimientos rurales, se empezó a producir una revolución energética: los humanos se sentían animosos. Esa nutrición, que apelaba al sentido más antiguo y casi atrofiado de la especie, fortalecía los centros basales del encéfalo —coincidieron los biólogos.

13

Al principio los usuarios se quitaban los cubos cuando se acostaban y al lavarse; pero el sueño era más reparador cuando aspiraban su perfume y algunos olvidaron sacárselos hasta para higienizarse. Su envoltorio impermeable no sufría deterioro alguno. Parecía mágico.

En pocas semanas muchos resolvieron dejarse puesto para siempre el obsequio que aquellos aviones regaron sobre el país. Los periodistas difundieron esta buena noticia, los caricaturistas incorporaron la curiosa verruga nasal a sus personajes y algunos diputados propusieron erigirle un monumento. Los físicos estudiaron sus virtudes y mecanismos; los músicos y poetas le dedicaron canciones. Ensayistas, filósofos y sociólogos se abalanzaron con voracidad sobre el inédito filón.

Manuel, empero, guardaba una terca desconfianza. Aunque las conclusiones de los investigadores eran positivas y algunos teólogos encontraron explicaciones satisfactorias, presentía que esa situación de júbilo estimulada por dispositivos chocaba con algo profundo. Fue uno de los pocos hombres —quizás el único— que no dormía con el cubo sobre la nariz. Se convirtió por eso en un excéntrico unánimemente criticado. ¿Quién podía negarse a la felicidad, la revitalización continua y el confort íntimo? Sus amigos quisieron hacerle entrar en razón, pero sus esfuerzos resultaron infructuosos. Manuel extrañaba los binomios alegría-tristeza, optimismo-desesperanza. En cambio la euritmia planificada y uniforme, aunque fabulosa, le sabía a cosa marchita, a muerte.

El pueblo llevó en andas a los aviadores para celebrar sus proezas, y desfiló ante los palcos desde donde un delegado de las nuevas y eficientes jerarquías les arrojaba su saludo. En la memoria se fijaron estos hechos con mayor intensidad que los más notables de la vida anterior.

El regocijo produjo iniciativas temerarias: contabilizar el tiempo en antes y después de la lluvia prodigiosa, cambiar el *nombre de los meses y modificar el idioma de tal forma que las palabras tuviesen su raíz en un perfume.*

Teólogos vanguardistas compararon los cubos con ángeles de la guarda, y lúcidos antropólogos —asociándolos a un mito indígena— propusieron llamarlos tona. Unos y otros manifestaron su complacencia por la cristalización de viejas lucubraciones. Nunca había prevalecido una atmósfera de tanta felicidad.

Capítulo II

A mitad de camino entre los océanos Pacífico y Atlántico, sobre el área occidental de la pampa medanosa, muchos se empeñan en destruir su aislamiento. Es sabido, Héctor, cómo estiran un brazo hacia el ayer y otro hacia el mañana, cómo fantasean epopeyas. De una epopeya quisieron hacerte el héroe, ¿te acordás? Los habitantes de Leubucó se amontonaron a tu alrededor como la arena empujada por las manos del viento. Te sentiste protegido, amado, ahogado... Qué tiempos, ¿no?

El proceso empezó cuando entregaste el manuscrito de tu novela al estruendoso Bartolomé López Plaza. O quizás antes, cuando lo descubrió tu padre. Lo cierto es que se produjeron estampidos en serie. De súbito tu nombre se encontró fijado a un meteorito con estructura de un cobarde barrilete. Alegría, ficción y abismo mezclados con promiscuidad. Brotaron llamas en la solitaria Leubucó y mucha gente aportó tizones. Fue notable. Acudieron a contemplar el incendio desde Mendoza, Rosario, Villa María, Río Cuarto, Córdoba, Buenos Aires. Una exageración. Esa mañana arribaron escritores (o escritorzuelos), periodistas (¡bueh!...) e incluso un diplomático (tercer secretario de embajada, pero diplomático al fin). Las beatas afirmaron que se produjo un temblor en el cementerio. *Participa el otro mundo.*

En el Palacio Ranquel los empleados no podían terminar los arreglos, como si una legión invisible los deteriorase a medida que iban concluyéndolos. Ingresó en el salón principal un muchacho con el enorme ramo de flores que debía instalarse en el estrado, sobre la mesa cubierta con un paño escarlata. Los altavoces gruñían durante las pruebas y entre diez hombres trataron de calzar en la parte posterior del escenario la monumental reproducción de la tapa de tu libro que había realizado el maestro Dante Cicognatti.

Favoreció a este acontecimiento un precedente inolvidable: aquella Fiesta de la Poesía ideada y enaltecida por Azucena Irrázuriz, ocho años antes, con el patrocinio de la Independencia. Ahora presentaban tu novela, antes habían presentado tu poesía. Eventos corrientes en Buenos Aires, Héctor, pero excepcionales en Leubucó, la inconsolable heredera del sepultado imperio ranquel.

¿Debo evocar primero aquella Fiesta de la Poesía? ¡Claro que sí! Fue ocho años antes, no lo olvido. No sólo marcó tu pubertad, sino que inundó de fiebre los médanos de la región. ¿Ahora te da vergüenza? ¡Por favor, Héctor! Tenías apenas diez chúcaros años. Azucena Irrázuriz había ingresado en el aula con vigoroso taconeo, dispuesta a sorprender con la noticia. Fue recibida por gritos y flechas de papel que cruzaban el aire como balas. Extendió sus nerviosas manos para aplacar el desorden. ¡Silencio, escuchen!, imploró. Algunos lanzaron el último proyectil antes de esconder su brazo. ¡Tengo que contarles algo importante! Murmullos de réplica: Se suspenden las clases... Nos vamos de picnic... Se murió el director... Diga pronto... Callate y dejala hablar...

—¡Un alumno de este grado obtuvo el primer premio de poesía! —el rostro de Azucena resplandeció como una manzana tocada por el sol.

Ocurría que la Independencia, al establecerse en Leubucó, había lanzado un concurso. La convocatoria entusiasmó a muchos padres y docentes porque ofrecía una electrizante recompensa. Pero no entusiasmó al tuyo, Héctor, porque era un hombre práctico y descreído. *La empresa tiene proyección internacional, don Lorenzo; ¿no lo sabe?... Y a mí qué: la mafia también es internacional... ¿No le interesa el premio?: dos semanas en Buenos Aires con toda la familia, íntegramente pago, una bicoca, señor... Eso es alimento para giles; a mí no me joden con premios que nunca llegan.*

La maestra adelantó un paso, se despegó del sol y desapareció la manzana. Pero su voz se impuso al pronunciar fuerte tu nombre: ¡Héctor Célico! Así nomás. Y tus mejillas ardieron de inmediato. No lo esperabas (claro que lo esperabas). Tus compañeros iniciaron el festejo: ¡Ah loco!... ¿Cuándo te vas a Buenos Aires?... ¿Dónde copiaste?... ¡Muy bien, varón!... ¿Tu viejo coimeó al jurado?

Te pusiste de pie con la conciencia de saberte mirado por causa de unas estrofas compuestas con deleite. Era la primera vez que te contemplaban por esa causa y las miradas tenían sabor a caricias. Tus compañeros empezaron a aplaudir. Increíble. Como si fueras un prócer, igual que en aquel homenaje a San Martín, cuando un orador se puso a aullar sobre la tarima hasta conseguir explosiones frenéticas, parecidas a las que en ese minuto te dedicaban a vos.

El estruendo se mantuvo mientras Azucena Irrázuriz movía sus manos como aletas de un ventilador. Te hizo señas para que avanzaras. Tus vecinos te empujaron. Recorriste el camino que lleva al estrado donde cada alumno repite con éxito la lección o se queda enrollando los dedos estúpidamente hasta que lo mandan de vuelta al banco. La frutal maestra apoyó su mano sobre tu contraído hombro. Tus labios parecían pintados con tiza.

—Héctor —voz conocida y dulce, como su aroma de almidón—: tus versos me han gustado mucho; merecen el premio. ¡Te felicito! —sus dedos apretaron tu carne; se aproximó a tu costado, percibiste el profundo hueco de su cintura y la nerviosa convexidad de su cadera—. Me han comunicado que la fecha en que te entregarán el galardón coincide con otro aniversario de Gustavo Adolfo Bécquer.

¿Quién es *Véquer*?... ¡Un poeta, bestia!... ¡Tu madre!

—Será un gran acontecimiento.

Explique, explique...

—Será algo así como una, una, ¡una gran Fiesta de la Poesía! ¿Se dan cuenta?

¿Con música y todo?... Juegos y un payaso... ¡Que regalen Coca-cola!

Azucena flotaba. Su pecho respiraba la batahola como si fuera el aire del campo en primavera. En ese instante, Héctor, podrías haberle dicho a tu papá: —¿Viste? escribir poesía no es perder el tiempo.

—¿Estás seguro? Los poetas se mueren de hambre, son tarados de nacimiento o se vuelven locos.

—Pero me gusta escribir, papá.

—Hablaremos después.

La maestra dijo: solicitaré al director que en esa Fiesta se tapicen con versos de ustedes las paredes del teatro, versos que escribirán a partir de esta semana; los mejores serán recitados por ustedes mismos. ¡Una maravilla, chicos!

A mí no me salen las poesías... A mí no me gusta recitar: es de maricas... Qué te hacés...

—Cada uno escribirá algo nuevo —insistió Azucena—. "Hacer las cosas mal, pero hacerlas". Yo los ayudaré.

Mejor nos ayuda en los exámenes... Yo prefiero la prosa... ¿Y vos, nena?... No tendrá gracia con ayuda... ¡Callate, querés!

—¡Silencio! —Azucena desprendió el brazo de tu hombro y endureció su apetitoso cuerpo para enfrentar a la horda. Sus ojos estrangularon el aula para detener el estrépito. Aún cayeron cascotes:

Explique... Está bien... Que no sea mucho trabajo... Que otro escriba, yo recito... ¡Qué vas a recitar, qué vas!... Andate a la mierda... ¡Shttt!

El sol tocó de nuevo su rostro. Quedaste atrás, contemplando los tres cuartos posteriores de su cuerpo, dominado por la pulposa redondez de sus nalgas. Tus compañeros dejaron de tenerte en cuenta: en pocos minutos percibiste el beso del aplauso y la oquedad del olvido. Ella era el centro, como siempre. Uno de los tabiques de luz que caían de las celosías le aspiró algunos cabellos, separándolos entre sí: vibraron y despidieron estrellitas doradas. *Se deja despeinar por el Patriota, te digo que es cierto.*

—Bueno, ahora empezamos la clase —recuperó su solemne apostura—. Después pensarán y escribirán los versos.

Más versos, Héctor. Tu padre preguntará: ¿no ganaste ya el premio? Sí, pero yo quiero seguir escribiendo, me gusta... Te vas a cansar. No, de escribir, no.

La maestra depositó sus ojos sobre los tuyos; sentiste el repentino contacto como un beso de película. Podés regresar al banco. Penetraste en el breve corredor a cuyos lados seguían explotando burbujas:

Que la Fiesta sea con empanadas... Yo escribo sin pensar... Vos no pensás nunca... Es más fácil con el diccionario... Papá prefiere la aritmética... A quién le interesa tu papá.

Azucena se sentó y los de la primera fila trataron de espiarle los muslos. Los de la última abrieron sobre el piso, con la punta de las zapatillas, una revista de historietas. Azucena lucía más bella que nunca, *es la mina del Patriota...* Deseabas que con una excusa cualquiera te invitase a su casa para leer poesías y entonces, haciéndose la estúpida, te dejase tocarle las rodillas.

Al llegar el recreo te invitó, pero a la Dirección. Tus amigos conjeturaron con excitación anárquica. Era lógico que te enorgullecieras. Ibas hacia la cueva del Patriota como un héroe, adherido a la más cimbreante cadera del país. Casi no frenaste el deseo de hacerles un rotundo corte de manga a tantos envidiosos juntos.

Penetraste en la antesala cubierta por una alfombra de color musgo sufrido. Dos maestras salieron del despacho donde habitaba el ogro. Un cuadro de Domingo Faustino Sarmiento llenaba la pared del fondo; su redonda cabeza amenazaba descolgarse mientras desprendía nubes con escuelas, libros, plumas de ganso, batallas, puños, naves y observatorios (plagio de un cuadro sobre el anciano San Martín). El codo del "maestro ejemplar" se apoyaba sobre un mazo de cuartillas. Sus ojos miraban al infinito, con preocupaciones exclusivas de los inmortales. Era un prócer sin remedio.

Apareció López Plaza: la flor de su pañuelo resaltaba sobre el oscuro traje. Adelante, por favor, dijo con voz profunda. Ingresaste por primera vez en el mítico antro donde —dicen y es notorio— pasaba horas con Azucena. *Es el mejor orador de toda la provincia, señor*, le aseguraron a tu padre.

—Siéntense —su cabello brillante parecía la piel de un lobo marino. Su cuello, blanco y duro como un trozo de marfil, le ajustaba la piel y contrastaba con los colores suntuosos de la corbata. Restregó sus manos decoradas con tres anillos.

—Hemos venido a saludarle, doctor —empezó la maestra—, porque Héctor Célico, como usted ya se ha enterado, acaba de obtener el primer premio del concurso organizado por la Independencia.

Separó las manos. ¡Ah, cierto! Pareció inundado por una alegría que ingenuamente supusiste legítima. ¡Muy bien! ¡Muy bien! —su voz resonó espesa. Extendió su brazo y te regaló una palmadita.

—Primer premio ¡eh!... Primer premio.

Te decepcionó comprender que el Patriota no tenía idea.

—Es un joven talentoso para las letras —agregó Azucena mientras se alisaba la falda.

El director corrió violentamente su mirada hacia los muslos femeninos que intentaban huir de su voracidad.

—Pues hay que cultivar las letras —sentenció. *Le gustan las frases difíciles. Y aburre con sus consejos.* Cruzó las piernas cuidando que la raya del pantalón quedase en el centro de la rodilla, hinchó la oscura papada, entrelazó sus dedos y adoptó la pose de los momentos grávidos—. Como director de esta escuela, joven alumno, tengo el profundo regocijo de expresarte mis plácemes con sincero entusiasmo. He tenido discípulos que se han destacado en varias disciplinas. Me alegra incluirte en esa legión estupenda. La historia de este establecimiento registra nombres que se hicieron ilustres en la historia de nuestra querida Leubucó.

Tu maestra asintió con una suave inclinación de cabeza. El director se puso de pie. Apoyó su mano izquierda en el borde del escritorio y elevó la derecha para exaltar el recuerdo de las célebres figuras. Simulaste embeleso, pero tenías ganas de sonreír. Después se acercó como si fuese un rey decidido a ordenarte caballero. Bajó su diestra sobre tu hombro y dijo solemne: Hago votos para que en el futuro llegues a ser... un gran... ¡poeta!... ¡nacional!

Quitó su mano. A un amigo le hubieras dicho que este hombre estaba perdidamente borracho. Azucena gozaba.

—Y a usted, Azucena —envolvió los delicados dedos

entre los suyos y los abrigó como si fueran animalitos—, la felicito por descubrir vocaciones. Para mí no es sorpresa, porque conozco su exquisitez —le sonrió con la mitad de la cara, como los compadritos llenos de lascivia.

Ella se ruborizó.

López Plaza los acompañó a la puerta. Venga después, dijo a la maestra, tengo que referirle mi última lectura. Encantada, respondió ella, también desearía contarle mis proyectos para cuando entreguen el premio del concurso: coincide con el aniversario de Bécquer.

¿Viste? Se quedan solos; es cierto. Azucena explicará la Fiesta y él le acariciará las rodillas. Tal vez se interesará por tu poema, pensaste. El Patriota querrá saber si en tus versos abundan las referencias a la amistad, el amor, los próceres. En algún momento hará un discurso. *Siguió clases de oratoria pública, señor. En sus labios cada frase es una garrocha que te hace saltar a las estrellas; tiene un dominio excepcional de la palabra.* Y como no escribiste sobre la patria, el futuro, la amistad ni el amor, su rostro grave podrá lamentar que *los jóvenes no atrapen y hagan suyos los aspectos cardinales de la vida y la nacionalidad.*

Ya tenías bastantes motivos para sospechar que las cosas tomarían un curso insólito.

Capítulo III

¿Fue Soledad una esposa perfecta? Un balance honesto diría que se preocupó intensamente por serlo. No sólo con demostraciones —andamiajes precarios—, sino con su acción continua y alerta. Al menos durante un tiempo. Aquel tiempo.

En un rincón de nuestro cuarto preparaba café. Sus negros ojos controlaban la ebullición del agua mientras la otra agua, la de su cerebro, hervía siempre y sus ideas estallaban. Siempre. El calentador que servía para el desayuno y la cena de nuestras precarias comidas iluminaba su rostro concentrado y destacaba la única arruga que recorría horizontalmente su frente soñadora. Después acomodaba los pocillos en la bandeja y se acercaba a mi mesa atrapada por el cono de la lámpara de pie instalada en el ángulo izquierdo. Disimulaba su presencia tantos minutos como exigía mi abstracción. Y cuando yo levantaba la cabeza, chocaba con su mirada dulce. Deslizaba el café, milagrosamente caliente aún. Ella sabía si esos minutos de aislamiento espiritual resultaron fructuosos o estériles, si echar un parpadeo sobre lo escrito provocaba estímulo a mi creatividad o si debía agregar un párrafo para trizar mi bloqueo.

Debés escribir, decía ella de maneras diferentes, leal a sus aspiraciones. Y yo contestaba que no era sencillo escribir de un modo que a otro le interesara: para que otro me leyera debía pronunciar la palabra primordial, esa que tanto trabajó Martín Buber. Debés buscarla y pronunciarla, Fernando. Es que el mundo padece una anartria incorregible; ¿sabés qué es la anartria? Por supuesto, pero ¿por qué incorregible? Soledad: mi tú es cada lector, el último hombre o mujer que se acerca a la página que escribo, un tú que yo no conozco, pero que debe *sentirme*, notar el temblor que me hace esculpir cada frase, notar que en la página vuelco mi vida.

Tu vida es la cantera, tu temblor el instrumento, replicaba.

En esa pensión nos alojamos desde que vinimos de la remota Leubucó, ella con la carga de su padre recientemente muerto, yo con los restos de una etapa definitivamente abrasada. El cuarto tenía un precario balcón que nos ofrecía el panorama de infinitas pajareras grises y una puerta cuyo picaporte nunca se arreglaba. Ambas aberturas dejaban transitar corrientes de aire contaminado con un perseverante olor de fritanga. Para asegurar nuestra intimidad durante la noche trababa una silla contra la puerta rebelde. Ella amaba a un escritor que sería célebre y yo a la musa cuyo aliento era de estío.

Los pasos de Soledad sobre las maderas crujientes sonaban ligeros, como los de las ninfas. De sus pasos dependía la bandeja, única bandeja y casi único regalo de boda —de mis amigos—, sobre la que se balanceaba rítmicamente el café, sin desbordar la circunferencia esmaltada de los pocillos. ¡Lo recuerdo tan bien, Héctor!... Soledad me contemplaba mientras yo escribía; sus ojos emitían pulpejos que me acariciaban la cabeza: yemas suaves que penetraban por los intersticios de mi cabellera, atravesaban la piel y el cráneo, rozaban mis circunvoluciones y producían un estremecimiento incomparable. La cabeza se me llenaba de sangre.

Adoraba a Soledad. Sus ojos negros me habían atrapado en Leubucó cuando entré en la pretenciosa librería de su padre y me cegaron en la reunión organizada por ese periodista fanático de los cactos, Gumersindo Arenas. Ya no los pude sacar de mi alma. Con esos ojos me volví a topar, sorpresivamente, en la escandalosa prédica de Joe Tradiner, prédica de la que aún resuenan ecos en Leubucó.

Era extraño, de veras. Yo tecleaba la ruidosa portátil sabiendo que ella me miraba. Su mirada me hacía bien, transmitía inspiración. Hubiera dicho que eran sus ojos quienes manejaban la portátil. El blanco de la hoja se cubría rápidamente con letras como el cielo con nubes de lluvia. Sus ojos me excitaban, Héctor. Y mis dedos corrían enloquecidos por el cosquilloso teclado; la máquina revelaba en forma indirecta que amo a Soledad —*amo a Soledad*, había confesado la letal tarjeta—. Amo a Soledad y Soledad me ama en ese cuartucho miserable, nos sentimos llenos de dicha, llenos hasta reventar, abrazados a ilusiones y proyectos.

Durante los primeros tiempos no escribía de noche porque salíamos mucho. Soledad no conocía Buenos Aires.

Es una ciudad encantada, un laberinto que apenas disimula sus sorpresas con mantos de rutina. Teníamos un tesoro inmenso para solazarnos, y estábamos ávidos de él. Era nuestra época nupcial, los bolsillos exangües y la sensibilidad al rojo vivo. Buenos Aires nos dio fiesta barata: calles, puerto, parques, barrios, bares y hasta amigos ricachones.

Yo proseguí con mi trabajo en el semanario *Prospectiva*, que fue mi hogar hasta que con Soledad construimos algo que de veras merece ese nombre. Ella logró ser contratada en una librería céntrica.

El desayuno que hacía bailotear el calentador nos encontraba disputando frente al único espejo, ella fijándose el cabello y yo rasurándome de prisa. Las noches de amor producían una fatiga que el despertador debía sacudir con fuerza. Después, asustados por lo avanzado de la hora, con el último sorbo en la garganta, nos precipitábamos escaleras abajo. La besaba en la esquina y galopaba tras el ómnibus repleto. Las horas de trabajo transcurrían gelatinosas, debido a la ansiedad de volver a abrazarla.

El periodismo significaba aproximación a la literatura, pero no la literatura que yo quería producir; mi vocación no era la de cronista, sino la de profeta (¡vaya pretensión!). Tampoco cualquier profeta: un excéntrico como Jeremías, por ejemplo, o un gigante como Amós. Porque el profeta, Héctor, casi siempre es también un artista; ¿no habías pensado en eso? La actividad bulliciosa de *Prospectiva* tiene poco que ver con la inspiración de los profetas. Éramos un panal de abejas zumbonas y alienadas: trabajo, trabajo, trabajo. Pero no tenía alternativa, era nuestro único ingreso seguro. La manera de liberarme, insistió ella, consistía en proseguir en forma paralela mi actividad: que no salgamos tanto de noche, tampoco los domingos, así podría escribir. A Soledad la hacía feliz acompañarme, preparar nuestro café e incluso cocinar sobre el abnegado calentador; también le gustaba su trabajo en la librería. Mi cupo de cuartillas nocturnas se interrumpía cuando el cansancio intelectual desataba los impulsos eróticos. Entonces tapaba la portátil con su funda gris, apoyaba la silla contra la puerta y el cuarto se disparaba hacia las estrellas.

En ese tiempo visitamos también a ciertas "amigas" que Soledad tenía en Buenos Aires. Esto gravitó de manera decisiva. Pertenecían a familias tradicionales, propietarias de grandes extensiones adquiridas por los bisabuelos. Un brazo de esos latifundios se extendía hasta las proximidades de Leubucó. Allí construyeron hermosos cascos de estancia adonde llegaban en avión para disfrutar los meses de verano. El padre de Soledad, aunque modesto librero, por su educación, sus convicciones políticas o su amor a los caballos, fue un asiduo del Jockey Club local. Y gracias a esa vía entabló relaciones con los Martínez Pastor y los Ramos Ortega. Fue invitado a las estancias y estimulaba la relación de su hija con las hijas de los terratenientes. Las diversiones comunes esfumaban transitoriamente las diferencias de fondo. Soledad cabalgaba con ellas, disfrutaba sus piletas de natación, las acompañaba en los paseos por los escasos sitios divertidos de Leubucó. A medida que las muchachas crecieron, la espontaneidad y efusión de sus vínculos empezó a mermar, pero sin extinguirse. En algunos veranos Soledad no pudo ver a sus amigas, lanzadas a fantásticos periplos; pero no se olvidaban de ella, porque desde el otro lado del mundo le mandaban postales que merecían ser coleccionadas.

Cuando llegamos a Buenos Aires quiso telefonearles enseguida. Pero al instalarnos en nuestra gruta de amor, tan linda para nosotros y tan repugnante para ajenos, cambió de idea. No obstante, su duda se borró en algunas semanas. Les habló y nos invitaron a tomar el té en la mansión de los Ramos Ortega y a dos tertulias artísticas en el piso de Martínez Pastor. En una de éstas se produjo el acontecimiento de mi vida: conocí a Antonio Ceballos, el brujo.

Yo tenía más aprensión que Soledad; desde joven bebí ideas socialistas y detestaba a los ricos "por herencia"; me parecía una injusticia acopiar patrimonios sin otro mérito que el azar de la biología. La mayoría de los grandes propietarios argentinos usufructúan una riqueza que, por haberla recibido fácil, malgastan sin responsabilidad; y pocos se desvelan en hacerla crecer. Por lo menos así fue la historia que ahora empieza a temblar.

Crucé el pórtico de sus palacios con un parecido rencor

al de la chusma que invadió las Tullerías de Luis XVI.
Soledad, en cambio, actuó con naturalidad.

Nos trataron bien. Contra mis ingenuas expectativas, no descubrí tanta frivolidad ni una degradación de dinastías agónicas. Mi pobreza y mi condición de periodista incipiente no provocaron desprecio alguno. Inclusive algunos hombres y mujeres me gustaron por el humor que les inspiraban algunas de mis encubiertas críticas.

Antonio Ceballos apareció de golpe. Era un as de los negocios vinculados con ciertos terratenientes, firmas extranjeras y otros pulpos cuyos nombres yo ignoraba. Reconoció a Soledad y se aproximó a saludarla: la había visto en un par de viajes que hizo a las estancias cercanas a Leubucó. Me impresionó la intensa fragancia que emanaban su traje, su pelo y sus manos, como si se hubiera sumergido en una bañera de perfumes. El abundante cabello contrastaba con la claridad de sus ojos. El bigote era negro, con puntas laterales que no llegaban a ser tan exageradas como las de Dalí, pero transmitían una sonrisa veladamente cínica. Se expresaba con rico léxico, en forma desembozada y reiteradamente irónica. Me enteré de que era soltero y gustaba ser perseguido por mujeres de diversa condición.

Cuando volvimos a nuestro cuchitril, coincidimos en que los palacios nos eran prescindibles. Aún estábamos más cerca de los niveles precarios. Era más confortable alternar con individuos tan elementales como algunos de los que quedaron en Leubucó: el bueno de Gumersindo Arenas, sus poemas gauchescos, sus artículos en *Horizonte* y sus cactos gigantes; incluso Bartolomé López Plaza, el insoportable director de tu escuela y sus discursos de trueno y de miel, pero limitados.

No obstante, el brujo Antonio Ceballos fue quien gravitó desatando un cambio alucinante. Y en medio de ese cambio creció la inquietante figura de Manuel que explicaría todo o, por lo menos, intentaría explicarlo.

Capítulo IV

Cuando Manuel fue adolescente —muchos años antes de que los aviones arrojaran cubos forrados con pétalos— observó que su cabello chisporroteaba al contacto con el peine. Fascinado con las estrellitas, repitió la operación hasta que los extremos sensibles del pelo se alisaron y cesó el fenómeno. Pronto se enteró de que algunas personas se arrancan lluvias de chispas cuando entran en trance místico. Entonces sus ensoñaciones echaron a rodar, porque supuso que la fosforescencia había sido una incursión en el éxtasis. Por esa época un médico inglés había comunicado sus observaciones sobre una niña de catorce años que emitía chispas cuando tocaba objetos metálicos. Asimismo, una mujer alemana perturbaba su alrededor haciendo caer cuadros, sonar timbres e interferir en las comunicaciones telefónicas. En Ginebra otra niña de diecisiete años solía caer en estado cataléptico, hablaba de lugares y acontecimientos desconocidos y, cuando tocaba personas u objetos, también despedía descargas eléctricas. ¿También fue el caso del rey Midas? —conjeturó el adolescente Manuel.

Si pudiera influir sobre lo que tocaba, ¿qué desearía transformar? No le importaría que una manzana dulce pasara a ser una fría escultura de oro, tampoco que alrededor de su pelo la fosforescencia pintara una aureola de santo para que sus parientes y vecinos hincaran la rodilla. Sí, en cambio, desearía influir sobre las cuerdas que maniatan la libertad del hombre. Su imposición de manos no sería como la primitiva costumbre real destinada a lograr curaciones de escrofulosos, sino una liberación de la voluntad.

El peine reprodujo la fosforescencia de otras ocasiones, lejos de peines y espejos; su cabeza adquiría un rotundo nimbo. Manuel tuvo razones para suponer que disponía de excepcionales (o por lo menos pintorescas) virtudes. Pero no asomaban manifestaciones preocupantes, como las que derivan en forma clara de Dios o el Diablo. Como los profetas, tenía conciencia de que sólo contaba con vulnerabilidad y una cáustica palabra.

Por aquellos días, mientras gozaba los luminosos desprendimientos de su pelo, el joven Manuel urdió el plan de lanzarse a ese hipódromo que es la avenida 9 de Julio y enfrentar a las cuadrigas metálicas. Detenerlas, con riesgo de su vida. Hablar con voz de fuego y persuadir a los hombres para que descendieran de sus vehículos perniciosos, adheridos a sus espaldas como caparazones. Manuel los convencería de que son bípedos y no quelonios. Que los monstruos metálicos los afean arruinándoles la pelvis y luxándoles la columna, que en vez de perfeccionar su belleza los transforman en un horrible trasero con apéndices de marca.

¡Los rodados atrofian todo menos el culo, inconscientes habitantes de la Tierra! —gritaría mientras saltaba de uno a otro extremo de la avenida abriendo las puertas, abrazando a la gente, explicando y enardeciendo. Los vehículos repudiados se amontonarían vacíos hacia el sur y hacia el norte. Alrededor se concentraría una humanidad libre por fin del escorpión que se pegaba a las nalgas, feliz de usar las piernas no sólo en los pedales. Desbordados por el júbilo, los hombres y las mujeres incendiarían sus lujosos juguetes succionadores y arrojarían hacia las nubes las licencias de conductor. Las manos de Manuel lucirían más hermosas que las de los reyes curando enfermos en asambleas fanáticas.

CAPÍTULO V

La fiesta de la poesía, Héctor, lejana y presuntuosa, volvía a tu cabeza con obstinación cuando, diez años después, se preparaba el lanzamiento de tu provocativa novela. No podías romper esa asociación. En aquel entonces no habías conocido aún a Fernando Albariconte, claro.

Fue Fernando Albriconte quien, después, sugirió el Palacio Ranquel para lanzar tu novela como si fuese un cañonazo. En vez, para la Fiesta de la Poesía, Azucena Irrázuriz había propuesto el Teatro Municipal, iniciativa drásticamente rechazada porque los estudiantes destruían los tapizados con alambres y cortaplumas, y hubo que conformarse con el cine Ocean. No estuvo mal.

El diario *Horizonte* anunció la Fiesta con notas sobre el aniversario de Bécquer, la trayectoria de tu escuela, el mecenazgo de la poderosa Independencia y su "ejemplar patriotismo", el director Bartolomé López Plaza, la docente Azucena Irrázuriz, la cultura de Leubucó, la "juventud estudiosa" y el bendito concurso de poesías. De vos se ocuparon poco, es verdad. Te diste cuenta porque tus ambiciones se ponían exigentes. Pero no mordían aún.

Tenés la ropa lista, Lorenzo; cambiate o llegaremos tarde... Ya voy, mujer, ya voy... Héctor se vistió hace una hora... ¿Una hora? perdí la cuenta... Apurate, no quiero llegar tarde, es su fiesta... Más o menos; él ganó y otros quieren lucirse.

Mediante tarjetas, por el diario y personalmente, se invitó a casi toda la población. Acudió el Intendente con su sonrisa artificial, luego el cura párroco y, casi pisándole la sotana, el jefe de la Guarnición castrense. Rodeado por docentes excitados se destacó el uniforme del titular de la Policía provincial. El *hall* del cine se atestó con gente que representaba a las instituciones de bien público: culturales, sociales, deportivas. El éxito estaba en la bolsa, Héctor. Te asombró tanta gente.

Atravesaste el *hall* pegado a la pared, el corazón en la garganta. Algunos giraron para acariciar tu cabeza de ganador. ¡Rápido, niños, avancen!, espoleaba Azucena mientras conducía sus alumnos al escenario por un camino lateral, casi secreto. El telón permanecía bajo y desde el elevado escenario no pudiste ver la platea. Detrás, contra la pantalla donde se proyectaban las películas, sostenido con cuerdas, pendía un espantoso retrato de Bécquer.

Por fin abrieron las compuertas del atestado *hall* y una catarata invadió la sala del cine Ocean. Daba miedo: a través del telón oías a la multitud arrebatándose las butacas. Azucena se llevaba a cada rato el índice a los labios como si fueran ustedes los autores del bochinche. La Banda Municipal irrumpió desde el foso con la marcha de San Lorenzo y un operario giró la chirriante manivela que elevaba el telón. La luz de la platea invadió el escenario desde el piso al techo y encandiló a los alumnos parados hombro contra hombro, vacilantes entre el retrato de Bécquer a sus espaldas y el enorme hueco del salón, donde la gente comenzó a aplaudir. Hubo vítores a la Banda, a ustedes, al concurso. Las hormigas subían y bajaban por tus piernas.

Notaste que se apagaban todas las luces, excepto las del escenario.

Azucena empezó a contar con su taco y arrancó decidida hacia el centro. Los aplausos se intensificaron. El locutor la miró sorprendido por la inesperada alteración del programa. Todavía no, todavía no, susurró angustiado. Pero ella estaba allí, electrizada, y súbitamente arrepentida. No era su turno, sino el del Himno. Caramba, debía volver, qué papelón. Le tuviste lástima, pero no sabías qué hacer; las hormigas ya te llegaban a los hombros. Los aplausos seguían como si nada y el locutor decidió.

—Señoras y señores, para iniciar este acto que enorgullece a la cultura de nuestra querida Leubucó, hablará la señorita Azucena Irrázuriz.

Antes del Himno: innovación sorprendente para las exigencias del protocolo que sólo importaba al locutor. Le cedió el micrófono con gesto teatral. Ella había perdido aplomo, vaya torpeza. La gente dejó de aplaudir y ahora chistaba: silencio, silencio, que atrapen a los niños dispersos en el corredor, que dejen de abrir golosinas, que no hagan chirriar las butacas. Decenas de ojos se posaron en la grácil figura, que desplegó una temblorosa hoja de papel.

—Señor Intendente —dijo en forma destemplada, y a continuación enumeró la aburrida secuencia de notables; señores de aquí y señoras de allá, una cadena que abrochó con el reaccionario salva-omisiones de "autoridades civiles, militares y eclesiásticas". Hizo una pausa, acomodó su laringe y se lanzó a un delicado periplo de imágenes adobadas con golondrinas y claveles en homenaje al *egregio vate hispano, cuyos versos de oro estremecen los peldaños de la gloria...* Después, frenando la adjetivación *que desata su poesía incomparable,* destacó la importancia de la literatura en los jóvenes, *no sólo para alejarlos de las tentaciones materialistas, sino para encaminarlos por el sendero de la grandeza nacional.* Dedicó un extenso párrafo a la Independencia, *productora de un bien como es la rosa, que no sólo acrecienta nuestro prestigio ante las demás naciones del orbe y moviliza el progreso de Leubucó, sino que se preocupa por el*

desarrollo de las artes en el corazón de nuestros niños, quienes
pueden llegar a ser, Dios mediante, los protagonistas de un
nuevo siglo de Pericles...

Aplausos.

Avanzó el locutor, esta vez más decidido. Sobre las primeras filas se derramaba toda la luz y el resto era una fosa donde sólo brillaban gafas y pendientes. Retornó el aluvión sonoro de chicos, golosinas, chirridos. Observaste un extraño movimiento y advertiste que Bartolomé López Plaza, flanqueado por el Intendente y el militar, tendía sus brazos hacia Azucena; no conforme, se puso de pie y subió al escenario con agilidad de tigre; se abalanzó sobre la mujer y la felicitó con un prolongado estrechón de manos —gozoso, desinhibido, casi dispuesto a tornarse en un abrazo—, al que agregó un beso en la mejilla. Su intervención aumentó el alborozo. Todo marchaba bien —se consoló el locutor-enorme-sonrisa—, ahora cantarían el Himno.

La batuta imantó a los músicos. Sonó el primer acorde, poderoso y digno. La platea se incorporó. *Oíd mortales...*

Los aplausos al Himno hilvanaron cientos de palmas, excepto las de los músicos, preocupados en acomodar sus instrumentos para fugar hacia el corredor.

Ustedes permanecieron de pie. Eran los poetas. Desde las butacas los contemplaban como a una colección de joyas o de monos. Y aunque habías deseado algo así e incluso lo disfrutabas, sentías un desequilibrio. Las hormigas ya trepaban tu cuello. En torno al gigantesco retrato de Bécquer, enormes letras amarillas festoneadas de negro decían Escuela Sarmiento, Concurso de Poesías, Independencia S. A., Leubucó, Literatura y rosas. Se te ocurrió que "la primera y más grande plantación de rosas del interior del país había inspirado los versos más bellos", "un almácigo de poetas germinaba en

Leubucó", "Gustavo Adolfo Bécquer resucita sus arpas y golondrinas en el rincón oscuro". También te acordaste de frases ajenas: *La pampa medanosa será el jardín de América. La iniciativa de la Independencia es la más trascendente y simpática que jamás llegó a esta zona, señor Lorenzo. Cante, silbe, baile, alégrese.*

Continuaba la Fiesta. El locutor tensó al auditorio con su anuncio: *Don Robustiano Buteler, Presidente del Directorio de la Independencia usará la palabra.* Él debía entregarte el premio. Esperaban que hablara poco: "en nombre de la entidad organizadora, etcétera, etcétera, pongo en manos del promisorio valor de las letras, Héctor Célico, una medalla, un diploma y los pasajes a Buenos Aires". Deberías responder "gracias en nombre de mi escuela y el mío propio".

Pero no fue así. Don Robustiano avanzó como un tractor envuelto en traje de franela. Su cuerpo tenía forma romboidal, con la cintura más ancha que su completa longitud. La cabeza, relativamente pequeña, se ajustaba a los hombros merced a un espeso rollo de grasa. En el extremo inferior, los pantalones se afinaban al encuentro de los zapatos. Su abdomen giró hacia la platea como una mesada sobre la que apoyó las hojas del discurso.

Robustiano Buteler ha sido el dueño del primer auto que recorrió las polvorientas calles de este pueblo. Siempre tuvo confianza en la industria, aunque ahora ningún auto argentino o extranjero ofrece capacidad para su barriga. En mérito a su patriotismo, por unanimidad se le designó presidente del Directorio al constituirse la Independencia S. A. Consciente de su alta investidura, ordenó a su mujer que en el ojal de su saco nunca faltara una rosa.

Con voz monocorde don Robustiano contó la historia de la empresa. Luego agregó que nuestra emancipación deberá ser ahora económica, y estas rosas de la Independencia SA son fragua de la nueva campaña li-ber-ta-do-ra. "Yo las llamo: ¡rosas-de-la-libertad!"

Aburridos, los niños levaron anclas; aumentaron los ruidos de golosinas y se propagó un contagioso bostezo. Robustiano, sin despegar sus ojos del papel afirmado sobre el abdomen, siguió barboteando las palabras que no veía bien. Hacia el final felicitó a López Plaza y a vos, el ganador. Levantó la cabeza enrojecida, con líneas de transpiración que surcaban sus elefantiásicos pliegues. Giró hacia la derecha y empezó el escabroso descenso por la escalinata lateral.

El locutor retomó el micrófono:

—Señoras y señores —anunció que el programa conducía hacia el pináculo de esa inolvidable primera Gran Fiesta de la Poesía—. ¡Escucharemos la palabra con mayúsculas!... ¡La palabra sapiente! —subía el volumen—. ¡La palabra excelsa!... ¡La palabra justa! —extendió su mano hacia la negra oquedad sin precisar aún—. ¡La palabra que enaltece a Leubucó! —se apoyó firme sobre ambos pies y abrió los brazos en cruz—. ¡Con ustedes!... ¡el doctor!... ¡Bartolomé López Plazaaaa!... —y empezó a aplaudir para que el volcán lo imitase.

En la butaca central de la primera fila el Patriota simuló durante unos minutos estar ausente. Había empezado a actuar: miraba el suelo mientras se prolongaban los vítores. Al rato se levantó: ya no era el mismo que había disparado como un bólido para felicitar a tu maestra. Se había producido una metamorfosis y era a partir de ese momento el coloso de la elocuencia. Asumía su rol. Antes de pronunciar la primera sílaba ya había empezado el discurso, porque la primera porción de un buen discurso se caracteriza por el electrizante silencio que inquieta y a menudo angustia. Caminó sin prisa, arrastrando miradas. Su cabeza sugería una grandiosa meditación. Trepó la escalinata lateral en forma solemne y cuando llegó al escenario se mantuvo inmóvil para tensar más aún la expectativa. La gente se achicharraba, con los ojos rígidos y la boca abierta. Bartolomé López Plaza elevó su mirada majestuosa y comprobó que el público ya estaba a su merced.

Antes de hablar recorre, de izquierda a derecha, todos los rostros. Después se frota las manos. El locutor le aproximó el micrófono con una reverencia, pero López Plaza lo rechazó con despectivo gesto: su voz no necesitaba auxilio.

Un chiquilín gritó y sobresaltó a la platea. Su madre le aplastó una bofetada y pudo percibirse el beneplácito de la audiencia que sólo anhelaba escuchar la voz de Júpiter. Silencio otra vez.

—¡Amigos!

Se expandió una onda crispante. López Plaza, con el hombro izquierdo adelantado como si estuviera por lanzar una pedrada, alzó su diestra y la desplazó hacia los estudiantes formados bajo el retrato de Bécquer.

—Estos jóvenes nos han ofrecido una lección —dijo.

Y calló. Su técnica exigía demorar las siguientes palabras.

—La lección que estos jóvenes nos han ofrecido —iniciaba la primera variación retórica— es la de su juventud...

¿...?

Encantamiento, aunque no se entendía por qué. ¡Hipnosis! ¿Te reís, Héctor? Vamos. Entonces eras una estatua, como los demás.

El director se concedió una tregua más prolongada. Su frente seleccionaba los párrafos que el público aguardaba con la respiración contenida. Algunos empezaron a temblar. El tórax de López Plaza se fue llenando de aire, las solapas de la chaqueta se abrieron y de pronto su boca lanzó un chorro incandescente:

—¡La juventud maravillosa que no sabe de cadenas ergastulares y es capaz por ello de alzar el mayestático vuelo de las águilas en busca de la belleza inmarcesible, es la juventud que llena este proscenio! ¡Esta juventud nos obsequia versos de inspiración olímpica! ¡Esta juventud nos invita a recapacitar sobre la pureza y tras-cen-den-cia de nuestras vidas! —calló de golpe y luego usó un volumen bajo y dulce, contrastante—. Aquí están nuestros alumnos, nuestros hijos —te miró, Héctor, miró a los cuarenta parados con susto, miró al feo retrato de Bécquer y encaró de nuevo a la platea acalambrada—. ¡Esta juventud es el granítico futuro de la Patria! ¡heredará nuestros errores y —¡por qué no decirlo!— también nuestros aciertos! ¡llegará y superará la cumbre del año 2000! En sus ánforas sublimes contendrá el recuerdo de este día, esta Fiesta, este homenaje al gran poeta andaluz, donde se conjugan belleza, verso y sangre —machacaba cada palabra con sacudidas de brazo—. Contendrá en sus ánforas sublimes nuestras enseñanzas y nuestros ejemplos de maestros y padres argentinos y, ¡so-bre to-do!... —su índice apuntó como un cañón hacia el público que se encogió por instinto—. ¡So-bre to-do!... de... ¡hoooombreeeees!...

Los aplausos derrumbaban la sala. El tonante director, con un mechón de cabellos sobre sus ojos, dejó caer su brazo y miró otra vez el suelo: asociaba el saludo a la profunda concentración que demandaban las próximas frases.

Rechazó el pelo para liberar su rostro de dios. Abrió las manos y recurrió a los registros blandos.

—Alguien merece un párrafo especial.

Te sonrojaste, Héctor, era tu turno.

—Un brillante alumno enorgullece a nuestro Colegio.

"Yo, yo, me nombra", murmuraban tus latidos.

—Me refiero a la maestra Azucena Irrázuriz.

Es su mina. Se quedan solos en la Dirección después de las clases. Es cierto, te digo. Seguías sonrojado.

—Esta maestra, de excelente foja y sensibilidad superior, acudió a mi despacho acompañada por un alumno.

Ahora sí, Héctor, y enrojeciste más.

—Un alumno cuyo nombre todos conocen.

"¡Este hijo de puta no se acuerda de mi nombre y por eso da vueltas!", sospechaste.

—Lo mencionó el presidente de la benemérita Independencia y yo tengo el gozo de volver a nombrarlo... —demoró unos segundos para hacer memoria y gritó—: ¡Héctor! ¡Célico!

Aplausos. Te aplaudían. Todos. La platea entera. El locutor te miraba. Los compañeros de la derecha y la izquierda te tocaron con los codos. El Patriota giró la cabeza hacia tus ojos. Flotabas.

Pudiste reconocer a tus padres sentados en la platea, con los cuellos estirados para verte mejor. También te aplaudían, Héctor. Casi un milagro.

—Señoras, señores, amigos —inclinó la engominada cabeza sobre su hombro derecho—: debo contarles una breve y conmovedora historia —otra pausa—. Azucena Irrázuriz concurrió a mi despacho para solicitar mi apoyo a su iniciativa de transformar el concurso organizado por la Independencia en una Fiesta de la Poesía bajo la advocación del soberbio vate sevillano.

Calló. Sus silencios poderosos secaban la lengua. Algunos contemplaban el retrato deforme.

Azucena parpadeaba.

—¿Creen acaso que prometí mi colaboración?

Pasmo absoluto. Leubucó temblaba. ¿Qué estaba insinuando? El gancho de la interrogación atravesó las carótidas.

López Plaza movió su cabeza y mostró los dientes antes de escupir un violento ¡Nooo! ¡Nooo!

¿Qué? Horror. Hasta los resortes de las butacas lloraron desamparo.

El orador sacó pecho.

—No le concedí mi adhesión a la señorita Irrázuriz porque su propuesta me dejó paralizado —y aprovechó este resquicio para abrir el dique de su potencia sonora—. ¡Mi sorpresa fue enorme! ¡mayúscula! Me excedió. Una iniciativa de tanta originalidad y proyecciones enlazó mi espíritu con cuerdas de plata y le impidió expresarse. Quedé mudo, señoras y señores.

La gente volvió a respirar. Los cuerpos se aflojaron contra los respaldos. Epítima, Héctor.

—Quizás la meritoria Azucena Irrázuriz no percibió el estremecimiento que me produjo su propuesta, abstraída como estaba en transmitir los detalles de la proyectada Fiesta.

Inspiró.

—Cuando pude recobrarme del arrobamiento...

Sí, le llama arrobamiento a otra cosa.

—...manifesté mi profunda alegría, mi adhesión total, ¡mi colaboración jubilosa! Ruego al Todopoderoso —sus ojos se torcieron hacia el cielo raso y su garganta tremoló— que por lo menos cada diez años a un integrante de nuestro calificado cuerpo docente se le ocurra una iniciativa de esta significación y euritmia como la que ahora estamos disfrutando gracias a la admirable... ¡Azucena!... ¡Irrázuriz!

Miraste a la mujer abrumada por el desaforado elogio, tierna como una paloma.

—Ciudadanos de Leubucó: esta Fiesta es histórica. No

sólo porque ocupará un espacio de nuestra memoria colectiva o un párrafo de nuestra cronología épica, sino porque es la primera vez que una poderosa empresa celebra su éxito con la exaltación de la poesía. ¡Ejemplar repudio a las empresas inhumanas que en otros tiempos y aún hoy en otros lugares, impulsadas por su voracidad, ignoran las apetencias del espíritu! ¡Qué contraste con la Independencia SA, que instaló una explotación de rosas en la pampa seca para romper el maleficio de su esterilidad! ¡Qué contraste con esta firma, que eligió el interior profundo de la Patria! ¡Qué contraste con esta empresa que trae capital, trabajo y progreso a Leubucó, legendaria capital del imperio ranquel, olvidada y ahora, gracias a ella, recuperada y feliz! ¡Esta Fiesta es una revolución, señores, porque el capital rompe fosilizados esquemas, se vuelca hacia el arte que es, y lo fue siempre, vida y belleza! Mi corazón estalla de júbilo al comprobar que en los momentos cruciales de nuestra vida nacional surgen acontecimientos que impulsan hacia los derroteros de una grandeza jamás denegada. Mi fervor de argentino me lleva a bendecir a los hombres que bregan por esta empresa modelo; y a formular votos para que las rosas cultivadas en esta tierra de bravura lleguen a todos los rincones del planeta, como mensajeras de venustidad y gallardía. Porque la rosa, señores, la rosa producida en la pampa semiárida será el símbolo de la sangre resurrecta de Leubucó. ¡Una brasa inextinguible!

Aclamación furiosa.

—Felicito a Héctor Célico por haber ganado el premio —agregó en medio de las aclamaciones—. Felicito a sus padres por estimular su amor a las letras.

¿Oíste, papá?

—Felicito de nuevo a la benemérita Azucena Irrázuriz por su espectacular capacidad organizadora.

Después le pedirá la devolución de sus halagos con otro tipo de halagos.

—Felicito a Robustiano Buteler y al Directorio de la Independencia SA. Felicito al cuerpo docente de nuestra Escuela. Y por último —extendió las manos en cruz, veías sus espaldas dilatadas—, por último, ¡me felicito a mí mismo! —recuperó su diestra y la apoyó sobre el corazón—. ¡Me felicito porque "Dios, fuente de toda razón y justicia", ha tenido la bondad de hacerme hijo de esta pujante Leubucó y ponerme al frente de la cohorte invicta que es nuestra Escuela Sarmiento!

En la platea se alzó una aclamación salpicada de ¡bravos! El locutor aplaudió también y se aproximó vacilante al gran hombre.

Bartolomé López Plaza inclinó su cabeza con estudiada humildad y le tendió la mano.

La aclamación no cesaba. Prosiguió con furia tenaz mientras el orador se dirigía al borde del escenario, descendía la escalinata con exagerada lentitud y avanzaba como un apacible cisne hacia su asiento; la parsimonia de sus movimientos contrastaba con el estruendo que sacudía al atiborrado cine.

Pero vos ya estabas cansado, Héctor. Percibías que todo ese ruido era vacuo. Una gran deflagración de pedos.

El locutor, en cambio, emocionado aún por la reciedumbre de López Plaza, anunció con voz pequeña que a partir de ese momento empezaba el recital poético. ¡Recién entonces! Y el cansancio no era sólo tuyo. Presentiste que lo mejor había pasado. Pero el locutor proseguía su tarea, insensible a otras razones que no fuera la programación. Agitó la lista de recitadores y llamó al primero, que desprendió de la hilera junto al retrato de Bécquer su cara de tomate y pronunció unos versos apurados. El siguiente, advertido por Azucena, los dijo más lentamente, pero demasiado bajo. El tercero casi los gritó. El quinto y el sexto, aliviados por la falta de crítica, ya que la audiencia aplaudía siempre, se desempeñaron mejor.

Tu poema quedaba para el último; era "la culminación de la Fiesta", como insistía el locutor. Preferís no recordarlo, ¿verdad? Los niños ya no podían ser frenados y hacían carreras. Hombres y mujeres tosían o bostezaban con creciente desesperación. El chirrido de las butacas se convirtió en la música de fondo. Algunos abandonaron la sala con disimulo, luego salieron grupos enteros y más tarde se formaron columnas de gente ansiosa por ganar la calle. Te invadió una mezcla de angustia y desencanto, porque sólo quedaban las autoridades, tu familia y vecinos del barrio.

Se diluía el sueño con demasiada rapidez. Era terrible. Aunque los comentarios de Bartolomé López Plaza después dijeron otra cosa: *La concurrencia superó los cálculos; ha sido un éxito clamoroso; la Fiesta debe repetirse todos los años. Como director, me comprometo.*

Te entregaron un diploma que tu mamá hizo enmarcar, una medalla que tu papá guardó *para cuando seas grande* y un sobre con los pasajes a Buenos Aires.

Te dije que no te ilusionaras, Héctor... Escribo porque me gusta, papá... Escúchame bien: los poetas se vuelven locos, o los vuelven locos.

Capítulo VI

Antonio Ceballos hizo señas. Con un vaso de whisky en la mano me condujo hacia el balcón que daba a la calle cubierta de tilos. Aspiré el aire.

—¡Qué contraste! ¿no?... Adentro, la gente, las reverencias, la tensión. Aquí el oxígeno, los astros, la calma. ¿Le gusta?

—Por supuesto.

Sorbió su whisky y miró hacia arriba.

—Es fabuloso. Un cielo sereno; detenido. Casi como el de Leubucó. De allí es su mujer, ¿verdad?

—Ahá.

—Las noches de Leubucó son quietas. Cuando no hay viento, es claro. Porque cuando hay viento... en fin.

Al rato asoció el viento de la pampa seca con los prodigiosos médanos.

—¿Sabe que los médanos tienen vida?

—¿Se refiere a sus desplazamientos?

—Exacto. La última vez que anduve por allí —contó Ceballos—, hace unos tres meses, volví a sentir la emoción del paisaje en cambio perpetuo. Esas lomas de guadal no permanecían donde las dejaba mi ojo. Me impresionaba que mudasen de sitio tan rápidamente. Una noche soñé algo con respecto al viento y los médanos; me desperté creyendo que era media mañana, pero el cuarto permanecía a oscuras. Ya no me pude dormir; me fijé en la ventana, me di cuenta de que estaba abierta y que la sombra se debía a una insólita pared. Corrí hacia ella:

un médano más alto que la casa se había instalado durante la noche, como un animal prediluviano. Me precipité en busca de los dueños para comentarles el prodigio. Pero no era un prodigio, sino la rutina. En Leubucó la montaña va hacia Mahoma. Es tierra de portentos, de veras.

—En mis notas sobre Leubucó hice referencia a esos médanos con ruedas invisibles.

—¡Son fantásticos!... Llegué a la conclusión de que allí son posibles los milagros y decidí poner uno en marcha.

—¿...?

—¿No me cree?

—Debería explicarse.

—¿Lo publicará en *Prospectiva*?

—Depende...

—Prometa que no lo hará sin mi autorización.

—Ja, ja. Usted sabe que pedirle a un periodista que calle es tan inmoral como ordenarle a un médico que hable.

—Soy entonces un inmoral y le digo ¡calle esto, Fernando! —sus ojos relampaguearon—. En la seca Leubucó se instalará, por mi iniciativa, una empresa de fábula, acorde con el milagro de los médanos. Una gran empresa. Muy poderosa y extremadamente insólita.

—¿Qué producirá?

—Flores.

—¿Flores?

—Sí, señor. Rosas, para satisfacer su curiosidad. Las rosas crecen rápido, una plantación sirve para diez años. Con riego automático y tijeras especiales bastará un operario para atender diez invernáculos. Será una producción gigantesca, señor, provista de todos los recursos técnicos existentes, incluso cámaras frigoríficas. Las plantaciones se realizarán muy pronto. Y un mes después ya recogeremos las primicias. ¿Qué tal?

—Pero una plantación tan alejada de los grandes centros de consumo...

—¿Centros de consumo? ¡Son flores para la exportación!

—¿Y el aeropuerto? El de Leubucó apenas sirve como aeroclub.

—Todo está perfectamente calculado. Y detrás de los cálculos, amigo, ¡el portento!

Sorbió goloso el resto de whisky mientras los cubitos de hielo bailoteaban sobre sus labios.

—Ninguna empresa moderna se basa en portentos —repliqué.

—Y ésta es muy moderna. Y muy racional, le aseguro. Extremadamente racional.

Cuando regresamos a nuestra covacha le referí a mi mujer el proyecto de Ceballos. Cautivaba que el milagro de las montañas movedizas se trastrocase en el milagro de flores para la exportación: ese punto olvidado de la pampa seca se transformaría en un vergel diferente del soñado por sus actuales propietarios, pero sería un vergel de todas formas. El futuro de pastizales, haciendas y dorado de trigo que desesperaba a la gente de la zona será reemplazado por rosas.

Conjeturamos sobre la real magnitud de la empresa, el monto de la inversión, el sacudimiento que originaría en los hábitos cotidianos y la eventual riqueza que volcaría sobre esa región triste. ¿Será cierto? ¿Será broma?

—Ceballos no te pidió que escribas un artículo, pero lo desea.

—Lo pensé desde el comienzo. Huelo el truco. Ahora debo esperar. A menos que me haya concedido una genuina primicia... Entonces no debería perderla.

A los diez días me invitó a su oficina en el edificio Patria.

—Venga con su esposa —dijo.

El rascacielos en la zona caliente de Buenos Aires concentraba numerosas empresas dominadas por el grupo Brain, según pude leer en la cartelera exhibida junto al mostrador de Informaciones. El acceso hacia Antonio Ceballos pasaba por ascensores, corredores, empleados y antesalas. Una elegante recepcionista nos introdujo en su despacho revestido en madera y adornado con pinturas, espadas, libros y esculturas de Extremo Oriente. Nos ubicó en un círculo de sillones y olí el mismo perfume de la otra noche.

—Entremos en materia —dijo nuestro anfitrión luego de estrecharnos la mano—. Los grandes sucesos no se distraen con prólogos. En casa de Martínez Pastor le conté mi proyecto. Le rogué que callara y ¡mire! he comprado ya dos números de *Prospectiva* y usted no arruinó mi secreto. Gracias por haber frenado sus impulsos de periodista.

—¿Esperaba que publicase su confidencia?

—Al menos la comentó a su mujer.

Soledad asintió.

—Entonces su silencio ha respondido a un propósito —afirmó.

—¿Cuál?

—Consciente o inconsciente. Y lo ha logrado. Por eso está aquí —levantó una cigarrera de jade y me miró a los ojos—. Fernando Albariconte: o usted necesita más datos o ha querido impresionarme.

No pude sostener su mirada.

—Como periodista me interesa recabar una información más completa, desde luego.

—Bien. Supongamos que intenta conocer mejor mis verdaderas intenciones, que trata de abrir mi alma para echarle un vistazo. Yo soy el autor del proyecto, al fin de cuentas. Y esto le ha hecho percibir en mi cara algún rasgo... diabólico. ¿Estoy equivocado?

—Diabólico dice usted. Sí, el bigote.

—Es algo —ofreció sus cigarrillos.

Pero en contradicción con lo anunciado, no entró seriamente en materia. Giró sin abordar el asunto central. Se entretenía con fintas, como un espadachín que no desea comprometerse a fondo. Pero resultaba absurdo que perdiese tiempo con nosotros, porque el tiempo debía ser lo que más le faltaba. Transcurrió casi media hora de charla insustancial. Pero entre los temas frívolos soltaba algunos datos sobre la industria floral, su funcionamiento ultramoderno, el entusiasmo que había despertado en altas esferas económicas, los mercados de exportación que habían manifestado interés y hasta el nombre con que bautizaría el emprendimiento: *Independencia*. Entre elogios a coristas del Maipo y su entusiasmo por los partidos de polo dijo que la Independencia era una industria nacional que descentralizaría el nudo de Buenos Aires. Cada vez que ofrecía una gota de información, soltaba una observación irónica. Confundía a propósito.

Cuando nos despidió, pregunté:

—Y bien, desea o no que publique algo sobre la Independencia.

Le vibró el bigote.

—¿Lo haría?

—¿Por qué no?

—Le faltan pruebas.

—He hablado con el autor del proyecto.

—No ha grabado mi palabra ni ha tomado fotografías de mis documentos.

—Es verdad. ¿Entonces?

—Nuestra conversación, estimado Fernando, ha tenido otro objetivo.

—¿...?

Puso su mano sobre mi hombro.

—¿Desea incorporarse a mi empresa?

Tragué saliva.

—No hace falta que simule asombro —guiñó—. He recogido buenas opiniones sobre usted. Sus inclinaciones místicas o socio-místicas encajan perfectamente con esta empresa que nació en mi mente durante el sueño, mientras se desplazaban las montañas de guadal, como ya le conté.

—No exageremos sobre mis inclinaciones místicas. Yo no calificaría así algo que es más curiosidad que convicción. En cuanto a su ofrecimiento, la verdad, nunca se me habría ocurrido algo así.

—¡Estos periodistas! —me palmeó el hombro y desplazó su mirada hacia la silenciosa Soledad—. ¿Cuándo dejarán de ser tan orgullosos? Piense, Fernando: cobraría un sueldo cuatro veces más alto del que gana ahora; y eso sólo al comienzo. ¿Espero su respuesta? Por favor, no me haga esperar demasiado.

Los corredores del edificio Patria reflejaron nuestra perplejidad. Callamos durante los primeros dos minutos y luego no pudimos frenar la excitación. Antes de llegar a la calle mi mujer ya decía que esa oferta era una bendición del cielo: yo podría escribir y ella tomar cursos; ambos fregaríamos nuestras renuncias en las narices de los amos que nos explotaban. Pero enseguida me apareció el crítico.

—Tendremos que bajar la cabeza ante un nuevo amo, Soledad.

—Será diferente, otro nivel, otra actividad. *Prospectiva* te quema los ojos y no llena tus bolsillos. Cada noche escribís menos, lo noto... Fernando, no seamos necios. La suerte nos está rozando y si la dejamos pasar, no vuelve.

—¿Y si resulta peor? Nadie regala porque sí.

—Ingresá con la idea de permanecer un tiempo, un par

de años. Mientras, viviremos mejor y escribirás mejor. Ya es tiempo —estremecida, apretó mi brazo—. También es tiempo de tener un hijo.

—Un hijo...

Esa noche el siniestro médano se introdujo en nuestro cuarto. Era impresionante. Se parecía a un verdugo. Quieto en las sombras, murmuraba con el ronco viento de la pampa que nos habían expulsado del Paraíso. El ofrecimiento de Antonio Ceballos era la fruta que mordió Eva-Soledad y luego Adán-Fernando. No había retorno.

Volví a lo de Ceballos para blandir la última e ineficaz resistencia. Pero en lugar de bombas estallaron húmedos petardos. Dije que yo era un artista y no me sentía inspirado en una empresa como la suya. Mis argumentos le causaron gracia, porque no sólo eran débiles, sino patéticos. Tras contenerse durante unos minutos, sonrió.

—¡Usted no puede ser tan ignorante! —se sostuvo las mandíbulas—: el comercio tiene dios, un magnífico dios, y las artes sólo musas.

Una empleada entró con una pila de carpetas.

—La Independencia ya está en marcha —las señaló—. Su amor por la literatura, Fernando, me ha dado una idea. Escuche: para celebrar su inauguración organizaremos un concurso de poesías, ¿qué le parece?

Mascullé que me parecía bien. Estaba desolado.

—La Independencia —prosiguió— es un negocio de artistas. Algo diabólico, como las grandes artes, claro... Ahora lo dejo para que mire estas carpetas. Le fascinarán.

En la siguiente entrevista, acompañado por Soledad, firmé el contrato. Fui vencido con menos fuerza de lo que nunca hubiese imaginado. Volví a pensar en la expulsión del Paraíso y me pareció que nuestra situación ahora se homologaba con el quiebre del recoleto Fausto ante las tentaciones de Mefistófeles, porque cedía ante un espejismo. Yo no deseaba a la ingenua Margarita ni más juventud, sino ganar dinero para mi tiempo de escritor. Sólo eso. Tanto y tan poco.

Firmé con sangre, asustado. Pero firmé.

Dos meses mas tarde, con abultados sueldos, abandonamos el cuchitril confidente, el colchón duro, el picaporte roto y hasta el calentador gaucho. Bajamos por última vez los peldaños que oyeron nuestras risas de pobres. Íbamos a aprender de una vez y para siempre que hasta lo feo, cuando ha sido atravesado por el amor, genera nostalgia.

En el nuevo departamento nos esperaba una canasta de rosas con los buenos augurios de Antonio Ceballos. El símbolo se instalaba como una presencia tenaz. Rosas; rosas para la exportación; rosas para dar vida a la pampa medanosa. Después nos visitaron las hijas de Ramos Ortega y Martínez Pastor y llenaron el aire con sus risas. Las miré como si fuesen hadas que reforzarían nuestro "luminoso" porvenir. Pero enseguida tuve que corregir: ¿hadas? Revoloteaban como signos indescifrables. Tuve que salir para que el ruido me embotase. Había pisado una trampa y relampagueaban los peligros.

Capítulo VII

La casa de Manuel tenía un patio donde crecía un algarrobo. Sus raíces enormes se enroscaban antes de hundirse en la profundidad de la tierra. La desmesurada copa atrapaba cambiantes franjas de sol. Cuando las escuadrillas de aviones arrojaron los cubos, varios atravesaron el tejido de sus ramas. Manuel recogió el suyo en el patio, bajo este algarrobo. Era el mismo lugar donde años atrás encontró por primera vez a Diantre, el brujo.

Diantre era todo gris: gris ceniza la barba, gris verde el iris de sus ojos, gris rosa la boca, gris noche las cejas. Cargaba un paralelepípedo gris y un banco también gris. En su oreja lucía una flor marchita, gris. Se sentaba bajo la sombra del algarrobo, estiraba sus piernas secas y aguardaba que le trajesen los zapatos que iba a lustrar. Cuando los gorriones se agrupaban en el follaje silbaba agudamente y los espantaba, contento de su poder.

El enigmático lustrabotas calzaba la mano izquierda en el interior de un zapato y con la derecha cepillaba enérgico. La cabeza inclinada acompañaba el movimiento del zapato, al que embebía con tinta, secaba con una franela, luego revocaba de pomada oscura, algo de cera, y entonces volvía a cepillar, primero los bordes, luego la parte posterior y por último el empeine.

Manuel niño lo contemplaba deslumbrado, el mentón sobre sus palmas abiertas.

—¿De dónde sos?

Los ojos glaucos del viejo giraban en las órbitas antes de contestar.

—Vengo de otro mundo.

—¿Solo?

—¡Ah, sí, solo! Siempre solo —un mechón de pelo resbaló hasta su nariz; lo apartó con una sacudida de cabeza que no provocó la caída de su ajada flor.

—¿Por qué no te afeitás?

El viejo sonrió.

—¿Para qué habría de afeitarme?

—Para que no se te peguen los fideos.

—¡Qué gracioso!

Manuel eligió una ramita y garabateó en la tierra. Al rato Diantre se interesó por el dibujo.

—No sé... parece un elefante, aquí está la trompa... —dudó Manuel.

—Ahá. Dibujás sin pensar, dejás que tu mano decida.

—Sí.

—Una tribu de indios hace lo mismo —comentó.

—¿Una tribu? Contame.

—Cuando está por nacer un niño empiezan a dibujar animales en la tierra, así como vos, con un palito. Cualquier animal, lo que salga. Apenas terminan uno lo borran y empiezan otro. Pero en el instante exacto en que el niño nace y lanza su primer grito paran de dibujar y retienen lo que acabaron de hacer. Ese animal dibujado será su hermano gemelo, su segundo yo.

—¿Segundo yo?

—Ahá. Lo llaman el tona.

—Tona... Qué nombre raro.

—El destino del niño y de ese animal será idéntico. Si uno se enferma, enfermará el otro; y si matan al animal, morirá el niño.

Manuel quedó mudo de asombro.

Diantre terminó de lustrar, se peinó las hebras grises con sus rugosos dedos y afirmó la flor en su oreja puntiaguda. En ese instante Manuel sintió una extraña emanación, como si los cabellos del lustrabotas, también eléctricos, hubiesen establecido contacto con los suyos.

—¿Volverás?

—¿Volverme loco?

Manuel no entendió. El brujo le acarició la cabeza; olía a hierbas.

—¿Qué hacen los locos? —preguntó Manuel.

—Olvidan que los demás son nuestro espejo. Y se aíslan.

—¿Qué es aislarse?

—¿Viste un muerto alguna vez?

—No... Digo sí.

—El muerto es alguien aislado.

—Diantre, quiero decirte la verdad: yo nunca vi un muerto.

—Mejor, hijito, mejor.

—Diantre: ¿es cierto lo que se dice de vos?

—Muchas cosas, supongo.

—Que sos un brujo.

—¡Qué gracioso!

—Y que hacés milagros.

Sonrió.

Luego miró los zapatos brillantes y los acomodó a un costado de su caja de madera gris. Su tez arrugada y seca adquirió más vida y Manuel presintió que iba a complacerlo: haría un milagro; por ejemplo transformar los zapatos brillantes en dos golondrinas que remontarían vuelo hacia la fronda del algarrobo.

¿Y los zapatos? preguntaría Manuel. Se transformaron en golondrinas para no ser pisados, contestaría el viejo.

—Enséñame el truco —imploraría Manuel.

—¿Qué truco? No se enseñan, hijito. Salen solos... ¿Qué milagros necesitás? ¿Desquitarte de un mal amigo?

—No, no —protestó Manuel—. Yo quiero hacer un milagro.

—¿Transformar estos zapatos en golondrinas, por ejemplo?

Manuel retrocedió atónito. Diantre acababa de adivinarle el pensamiento.

Antes de irse miró hacia el enramado y descubrió unos trémulos gorriones. Frunció el ceño, silbó furioso y los ahuyentó. El niño no podía entender su odio a los pájaros.

Diantre desapareció...

Meses más tarde lo buscó en la orilla del río, donde algunos lo habían localizado. Algo indefinible pero poderoso lo atraía. Ese brujo ejercía una hipnótica fascinación. Llegó a un paraje donde chicos desnudos, tan pequeños como Manuel, brotaron de la tierra y de los árboles. ¿Aquí vive Diantre?, preguntó a grito pelado para obtener respuesta. ¡El viejo florido! ¡el viejo florido!, contestaron riéndose mientras huían hacia los matorrales. Tras mucho andar se acercó a una arpillera. —¡Qué andás buscando por aquí! —exclamó una mujer enojada.— ¿Dónde vive el viejo? —¿Qué viejo? —El viejo Diantre, el lustrabotas. —Hay varios lustrabotas, ¿para qué lo buscás? —El viejo Diantre, señora, el de la barba gris y una flor en la oreja. —Ah... Diantre —y miró hacia un sauce.

Manuel no preguntó más y se acercó al sauce cuyas ramas lamían el suelo barroso. Los chicos desnudos salieron disparados de la fronda. ¡El viejo florido, el viejo florido!... Descubrió una precaria construcción de ladrillos. El sauce lo protegía con su pluvial cabellera. Manuel avanzó hacia la abertura que hacía de puerta. Algo resplandecía en su interior y respiraba como un oso en su cueva. O como un mago en su guarida.

Diantre, el brujo, rodeado por pilas de pétalos, fabricaba cubos.

Capítulo VIII

Esa Fiesta de la Poesía, por ejemplo, fue ingenua, pero fantástica. Cargó tu memoria de emociones disonantes. Habías ganado el primer premio de un concurso que se olvidó. Recibiste los elogios de mucha gente que jamás saboreó un poema. En unos meses no se habló más de tu premio ni de la Fiesta. Es decir, fuera de tu casa. Porque tu familia dio un giro copernicano y enarboló la bandera de tu éxito precoz. Es claro que tuvieron motivos, ¿verdad? De eso no hablamos aún. Estoy de acuerdo, Héctor, los temas urticantes se dejan para después.

Como estabas decidido a ser escritor, seguiste escribiendo. La vocación, cuando es genuina, jamás baja los brazos. Redactaste nuevas poesías que guardabas en los púdicos cajones de tu ropero, artículos para el diario *Horizonte* (sólo te publicaron tres, de favor), ensayos cortos y serios (a menudo tontos, me dijiste), cuentos de final imprevisto y divagaciones sobre tus conocimientos. Pero durante años te aplicaste a un proyecto mayor: una novela.

Al terminarla alzaste el mazo de hojas sobre las que habías derramado mucha pasión. Dejaste correr por tu pulgar izquierdo las ciento ochenta páginas manuscritas en diminuta letra. Luego aferraste con los diez dedos el mazo y percibiste su espesor maravilloso; lo levantaste por arriba de tu cabeza. Era *casi* un libro. Tu libro. Contenía dinamita. Hablaba de los turbios negocios de tierras y la inexplicable amnesia sobre episodios decisivos de la historia local. Una bomba bajo el pedestal de ciertas consagradas figuras. *Así creías...* Y te regocijabas. Soñabas.

Una tarde se te desenfrenó la temeridad y mostraste el manuscrito a tu padre. Bravata irresponsable, casi un suicidio.

El hombre cuya altura física habías alcanzado fue atacado por la perplejidad y el orgullo, todo a la vez. Sus manos acariciaron el manuscrito, lo abrieron en el medio, en el tercio posterior, en la primera página.

—¿Cuándo lo escribiste? —preguntó enronquecido.

Su inesperada (¿inesperada?) falta de rechazo te devolvió el alma, Héctor, aunque pisabas el borde de una cornisa y seguías esperando su condena.

—Es mucho, mucho... —evaluaba—. Querés ser escritor, no hay caso.

Sonreíste incómodo.

Tu padre se sentó. Un mechón de cabellos con salpicaduras de cal disimuló su cara.

—Sos joven... Los escritores se mueren de hambre.

—Papá, ésos no son argumentos.

—Ya vas a ver. Que no sea tarde cuando te des cuenta.

—Tengo derecho a ser lo que me gusta.

—A mí me gustaría vivir sin trabajar. ¿Y?... *Contramalón* —leyó el título—, ¿qué quiere decir?

—Bueno, el argumento lo explica.

—Lo voy a leer.

—Para eso te lo entrego, para que lo leas. Si tenés ganas, claro.

—Vos tenés ganas —levantó el rostro que, de repente, se alumbró: entre su realismo y su orgullo, prevaleció el orgullo.

Llamó a tu mamá y le comentó la proeza mientras revolvía las hojas llenas de letras.

De noche lo oíste dar vuelta las páginas. Intentabas acertar qué pasaje recorrían sus ojos para imaginar los efectos que desencadenaban en su mente. Una vez lanzó una carcajada.

—¿De qué te reís? —preguntó tu madre.

—Esto está muy bueno. ¡Qué ocurrencia! ¿De dónde Héctor sacó tamaña idea? —y siguió leyendo.

Luego descubriste a tu madre con el manuscrito. Pensaste que lo discutían, especialmente cuando bordeabas asuntos eróticos. Te interesaba su opinión sobre la novela —alguna opinión—. Te diste cuenta de que no eras tan desaprensivo como decían: algo empezó a importar en tu vida, y era el fruto de tu juego.

—Terminé, Hector —anunció tu padre luego de dos semanas—. ¿Te digo mi impresión? Bueno, me gusta.

—¿En serio?

—Sí, me gusta. Por ahí te ponés algo loco. Hay que tener cuidado, ¿eh? No sé qué dirán los que entienden.

—Pero, ¿la leíste con placer? ¿te interesó?

—Claro que sí.

—¿Vale la pena que siga escribiendo, entonces?

—Héctor: no confundir las cosas. Estamos hablando de tu libro —(¡dijo "libro"!)— y no de tu futuro. Un abogado, un médico, un ingeniero pueden escribir y publicar. Pero antes, en esta vida, hay que ser abogado, médico, ingeniero o cualquier cosa útil; ¿entendés?

Cruzaste los brazos y torciste la cara: el eterno debate.

Entonces ocurrió lo imprevisto.

—¿Cuándo lo vas a publicar?

—¿Publicar?

—Por supuesto. Has trabajado mucho. Supongo que no gastaste tanto papel para divertir sólo a tres parientes y dos amigos.

—Me gustaría, sí. Pero, ¿quién, cómo?

Levantó la carpeta y dejó correr las hojas: deberás conversar con gente que ya publicó. Te explicarán el procedimiento, te recomendarán algún editor.

Lo escuchabas anonadado.

—Es una historia interesante, por ahí cómica, por ahí trágica. Y podrías ganarte unos pesos. ¿Por qué no? Mucha gente lo hace. Adquieren algo de fama, indirectamente. ¿Por qué no lo visitás al doctor López Plaza?

—¿El Patriota? Es insoportable.

—No habrá olvidado aquel concurso de poesías.

—De ese concurso no se acuerdan ni los perros.

—Fue el director de tu escuela, Héctor. Te ayudará: es un tipo gaucho.

—¡Guacho! más bien... Inflado a pedo.

—Lo editaron en Buenos Aires.

—Sí: *Confesiones selénicas.*

—Eso.

—Siempre está en la luna, ¿ves?

—Ese libro es de versos. Tiene otro.

—*Cartas a un presente que no está.* No lo leí. Ustedes tampoco; a nadie le interesa.

—Héctor —dijo tu madre—: es una oportunidad —estiró sus dedos hacia tu frente y agregó—: ¡Tu novela me ha conmovido!

A Celina le hubiera encantado cualquier obra tuya, Héctor, pero notaste que su parcialidad de madre estaba sostenida, en ese momento, por la convicción.

—Tu libro es... interesante —tu padre bajó los decibeles—. No lo entusiasmes demasiado, Celina. Se hará escritor y deberá vivir como mendigo; ¡ojo!

—Héctor —insistió ella—: López Plaza puede ser útil.

—No lo trago. Me encajará un discurso y encima tendré que decirle gracias.

—Te acompañaré —propuso tu padre.

—No hace falta.

—Sí, te acompañaré. Hay que presionarlo.

Aceptaste.

—¿Con quién?

—Héctor Célico, doctor.

—¿Quién?

—Héctor Célico. Ex alumno de la Escuela Sarmiento.

—Ah, sí... por supuesto —mintió—. ¿Cómo van las cosas, joven?

—Bien —te olvidó, era un hecho; tu paso por la escuela y el famoso premio de poesía con su cacareada Fiesta se habían hundido en la prehistoria—. Yo le hablaba para...

—Héctor Célico... ¿el poeta?

(¡Te asoció!)

—En fin...

—¿Escribes todavía? —usaba el tuteo hispánico.

—Sí, exacto, por eso...

—¡Cómo! ¿No ganaste el primer premio del concurso organizado por la Independencia hace siete años?

—Ocho. Pasa que...

—La poesía no debe abandonarse nunca, mi estimado joven —empezó a pontificar; el teléfono también servía para emitir frases inmortales.

—Escribo, pero no versos.

—Habrás madurado —no te escuchaba—. La poesía es el fruto gestado por la flor de nuestra sensibilidad. Los versos son lágrimas de musa, amigo, son diamantes.

—Sí, doctor. Ahora yo... Yo quería verlo porque escribí un libro.

—¡Escribiste un libro!

—Así es.

—¿Poesías?

—No: una novela histórica.

—¿Histérica?

—Histórica, doctor, his-tó-rica.

—¡Caramba! ¿Y cuál es el tema?

—Justamente sobre eso quería conversar. Si usted me pudiera recibir... —estudiabas las palabras, tenías un interlocutor difícil.

—Veamos. Déjame pensar. Mañana, mañana... Bueno, sí; ¿mañana a las dieciocho?

—Cómo no.

—¿Está bien?

—Ideal —te ahogó el entusiasmo—. Gracias; le llevaré el manuscrito.

—Desde luego. Hasta entonces. Adiós.

—¿Permiso?

—Entra nomás.

En su estudio acorazado con libros de Derecho te recibió Bartolomé López Plaza en pose de estatua.

—Tu puntualidad es un buen signo. Siéntate —cerró la puerta.

Estaban solos. Sin tu padre, a quien convenciste de esperar en casa; sin la frutal Azucena Irrázuriz que transitaba con angustia una inexplicable soltería. El Patriota parecía dispuesto a oírte; tuviste conciencia de que ese hombre temido y admirado te ofrecía porciones de su tiempo. Casi le dabas las gracias antes de empezar. De súbito se te esfumaron las prevenciones sobre su histriónica soberbia.

—¿Trajiste el manuscrito? —preguntó enseguida.

—Aquí está.

López Plaza tomó la carpeta. Se te ocurrió que un escritor tiene curiosidad por los productos de otro escritor y a eso se debía el apuro. No era un pensamiento que avalarías después, pero te ayudaba a sentirte en ese momento un verdadero escritor. Escritor. Escritor. La vanidad de haber trepado a tan idealizada categoría te pellizcó el escroto.

—Ahá... ¿Cuántas páginas? Ciento ochenta bien llenitas... ¿Cómo se titula? *Contramalón*... Interesante. Novela histórica, dijiste. Sí... Mmm... Ya veo. *Contramalón, novela histórica*, por *Héctor Célico*. Muy bien. Muy bien. En letras de molde serían, ¿cuántas páginas? —alzó los ojos para leer en una computadora distante.

—Y... doscientas sesenta, más o menos —conjeturaste.

López Plaza contrajo su frente para verificar la cifra.

—Los renglones son... —miró el manuscrito— cuatro, ocho, treinta, cuarenta y nueve renglones. Y en ancho las letras son... Sí, puede llegar a doscientas sesenta páginas. Es un libro voluminoso —contempló el borde derecho e izquierdo de la carpeta—. Mis *Cartas a un presente que no está* tienen ciento cincuenta y tres páginas. Las conoces ¿no?

—Este... sí.

—Las publiqué hace mucho —su mano le quitó importancia a tu negligencia impúdica y añadió—: Son trabajos de juventud que tardé mucho en publicar. ¡Pero no te equivoques!

¿No te equivoques?

—Eso de juventud no arrastra nada en contra.

Menos mal; tranquilo: sólo hizo una frase.

—Tengo un alto concepto de la juventud —prosiguió.

Era uno de sus clásicos temas de lucimiento.

—Yo me siento joven —agregó firme—. Siempre seré

joven, porque la juventud es potente, orienta al espíritu y es el almácigo de la esperanza.

—Así es, doctor —concediste, tratando de no sonreír ante su vacua grandilocuencia.

El hombre, quizás advertido, frenó su catarata.

—Y bien. Volvamos a tu manuscrito —apoyó su mano sobre la tapa de cartón.

Era tu turno, Héctor. Inspiraste hondo y lanzaste la estocada.

—Si no es abuso, deseo pedirle que lo lea.

—Ahá... —dejó correr sus hojas por tercera vez.

—Su opinión es decisiva —lo lisonjeaste con indisimulada ansiedad.

—Desde luego —reconoció.

—Supongo que encontrará muchos errores —debías atajarte.

—En ciento ochenta páginas pueden haberse colado errores. Pero en cuanto a lo que ahora en la llamada literatura de vanguardia se llaman errores... Bueno —suspiró—. Cuando termine te avisaré.

—Gracias.

—Nada que agradecer.

—Espero que su lectura sea un disfrute, no una tortura.

—Yo también —replicó sin sonreír.

—¿Podrá ser editada? —lanzaste la piedra: para eso habías venido.

—Es mejor que primero lea, ¿verdad? —el Patriota era vanidoso y verborraico, pero no bajaba la guardia.

—Pero en caso de que la obra le agrade —insististe— ¿dónde podría?...

—Veremos. Es fácil, es difícil —inspiró; quería decir más bien difícil.

—Usted tiene contacto con importantes editoriales.

—Por supuesto. Pero es un asunto que dejamos para

después —no aflojaba—. Leeré la novela y elaboraré mi opinión. Iremos por partes, como dicen los descuartizadores.

Lo miraste asombrado.

—Está bien, doctor (con tal que no descuartice el manuscrito).

—Entendido. Te acompaño hasta la puerta, tengo ahora otro compromiso. Lástima que me falten horas. No sé en qué momento del día le haré un lugarcito, mi estimado.

Capítulo IX

Yo era un fatalista, y ese concepto me hizo creer que había nacido para encontrarme con Soledad. Da vergüenza reconocerlo. En la adolescencia inventé un método que la descubriría rápido. Magia infantil, elemental. Pensaba en las muchachas de las historietas, del cine o en las dos o tres que tenían mayor cotización para la barra, y me empeñaba en armar la mujer que sería mía. De cada una eliminaba los rasgos que no parecían perfectos, trabándome muchas veces con serias dudas. Armaba el cuerpo ideal como un rompecabezas integrado por nariz, boca, pelo, orejas, piernas y cintura de diversas modelos. La tarea se tornaba ímproba por la resistencia de los materiales: un perfil se negaba a concordar con el frente, una nariz con cierta mejilla. Cuando lograba adherir los trozos para acabar el collage, solían aparecer interferencias desconcertantes: ojos rojos que miraban con candor, piernas chuecas entre las cuales jugaba un perro, dientes de bruja o nariz que expulsaba culebras verdes. Entonces se acababa el placer y era arrastrado por la angustia de todo aprendiz de brujo.

La verdad es que ningún dibujo me pareció acertado y los rompía sistemáticamente. Estoy arrepentido. Pese a mis críticas, anunciaron a Soledad con más de un rasgo.

Por fin la conocí. Ocurrió en mi primer viaje a la remota Leubucó, hacia donde me envió el semanario. Entré en la fragante librería de su padre.

—Me parece haberte visto antes —dije mientras la contemplaba empaquetar una *Antología poética* que elegí al azar.

Ella sonrió y sus párpados escatimaron los ojos de gruta encantada.

—¿Usted me conoce? —insistí.

—No —dijo inquieta y alzó la mirada: eran dos carbones encendidos.

Su cutis lucía terso, su cabello liviano. En la frente se insinuaba una sola arruga horizontal.

—Sírvase —me extendió el libro.

—Gracias —le di la mano y la retuve; sus ojos se izaron nuevamente, pero disminuyó su incomodidad.

—Hasta pronto.

—Hasta pronto —contestó con vez llena, húmeda.

Salí contento: tenía la certeza de que por fin había encontrado a la mujer de mi vida, la que pretendí develar con mis dibujos de adolescencia.

Regresé al día siguiente; era obvio que no debía perder esa ocasión. El hecho de encontrarme tan lejos de Buenos Aires inyectaba una fuerte dosis de magia a ese encuentro. Mi corazón se había acelerado, como les sucede a los buscadores de tesoros cuando la pala toca el borde del antiguo baúl repleto de joyas. Conversamos en forma anárquica, más interesados en tender un puente sonoro que en decir algo inteligente. Me fascinaba su voz. Sobre una mesa había cartulinas con dibujos a lápiz, sujetadas con un broche; eran reproducciones de mujeres argentinas ilustres para uso escolar. Fantaseé que hasta allí había huido uno de mis retratos para salvarse de la destrucción. ¿Puedo mirar? Los bucles de las damas egregias no eran los de Soledad; tampoco sus tocas y peinetas gigantes. Miré en forma alternada los dibujos y la mujer de carne y hueso. El rostro, el busto, la cintura y los ojos endrinos de Soledad eran mejores.

—¿Qué compara? —dijo ella ruborizándose.

—Me quedo contigo —resolví.

Su padre, Conrado Castelli, le formuló una advertencia, me contó después.

—Nada de picaflores —ordenó—. Para sacrificios, bastante padecimos tu madre y yo.

—Papá...

—Te lo digo antes de que empiece el entusiasmo. Yo sé cómo son estas cosas. No es un muchacho para vos.

—¿Así que te graduaste de maestra? —pregunté al despedirme.

—Pero no consigo trabajo. Papá habló con un ministro a través de un primo que vive en Santa Rosa; sólo me ofrecen un puesto en escuelas rurales. Papá no quiere, dice que es peligroso.

—¿Y vos que opinás?

—¡Yo aceptaría! ¿Para qué estudié?

—Tal vez en Buenos Aires... —dije sin pensar y sin querer.

—¿En Buenos Aires? —se excitó; no se dio cuenta de que me estaba apretando la mano.

—Aunque es difícil —me retraje—. Tendría que repasar las posibilidades —balbuceé mientras acariciaba la tibia piel de sus dedos. Quiso soltarse, pero no la dejé. Me miró.

—¡Soledad!

En su mente picó el amor incierto de mi exclamación disparada como balazo. No le solté los dedos pese a su forcejeo sin convicción. Nuestras manos funcionaron a partir de ese instante como si pertenecieran a otros cuerpos, porque seguimos conversando sobre mis relaciones con gente del Ministerio de Educación mientras los pulpejos ensayaban tímidas caricias. Los dedos acabaron por tomarse confianza y permanecieron entrelazados.

Mientras los labios hacían preguntas y daban nombres y elaboraban proyectos para disimular su turbación, las palmas daban a conocer íntimos senderos.

La volví a encontrar en la alucinante función de Joe Tradiner.

Capítulo X

Agresivos afiches cubrían las puertas del cine: *Joe Tradiner cura. Joe Tradiner consuela.* Colores vivos, dibujos sugerentes. Algunos estaban escritos en inglés —procedían de los Estados Unidos—, otros en portugués y los restantes en castellano, impresos en México, Paraguay, Chile, Colombia. Los rasgos fascinantes de Joe se destacaban sobre una cruz o resplandecían sobre una Biblia. *Joe Tradiner en Panamá. Joe Tradiner en Buenos Aires. Cristo multiplica sus milagros a través de su siervo. Cristo es la salud, demuestra Joe. Caminan los paralíticos y oyen los sordos. Hoy Joe Tradiner en Leubucó; hoy.*

Encogí los hombros y entré: servirá para mi artículo.

Nadie protegía el acceso. Atravesé el *hall* que el público ensució con golosinas y cigarrillos. Corrí la espesa cortina y me introduje en la penumbra. La densa multitud rezaba en voz alta. Esperé que se dilatasen mis pupilas y busqué un lugar.

—¡Hermanos! —resonó el altavoz mientras Joe Tradiner, calvo, de gruesas gafas y con un micrófono en la mano se desplazaba por el escenario—. Cristo cura. Loado sea el Señor Jesús. ¡Aleluya!

—¡Aleluyaaa! —replicó un coro de voces disonantes.

—Cristo cura las llagas, hace ver al ciego y oír al sordo, caminar al paralítico y resucitar al muerto. Loado sea el Señor. ¡Aleluya! —su acento americano ejercía seducción.

—¡Aleluyaaa!

—Cristo cura al que tiene fe. Porque Él es la salvación y la salud. Creemos en el Señor Jesús. Loado sea. ¡Aleluya!

—¡Aleluya! ¡Aleluya!

—La hija del presidente Truman estaba ciega y vino a mí. Yo no curo, dije. Y ella me rogó. Sólo Cristo cura, repetí. Cree en Cristo, rézale, insistí. Y rezó. La multitud rezó con ella. Las plegarias se remontaron hasta el corazón piadoso del Señor. Las plegarias eran sinceras y ardientes, como deben serlo ahora. Y la hija del presidente corrió por el angosto puente que unía el gran escenario con la platea gritando su júbilo: ¡Veo! ¡Veo!

—¡Aleluyaaa!

—¡Se produjo el milagro! ¡Dios oyó sus ruegos! ¡Aleluya! —insistió Tradiner.

—¡Aleluya! ¡Aleluya! —repitió la platea.

—¡Recuperó la visión! Porque Cristo hace ver a los ciegos. Cristo hace caminar a los paralíticos. Cristo cierra las llagas. Cristo resucita a los muertos. Loado sea el Señor. ¡Aleluya! ¡Aleluya!

—¡Aleluya!

El cuero de la butaca transmitía una confortable frescura. Cada show depende de cómo se lo mire. Mis vecinos rezaban atacados de fervor y se dejaban estremecer por las eléctricas sílabas del reverendo. Algunos niños, asustados, lloraban, y sus padres alternaban los versículos sacros con una impaciente explicación. El murmullo semejaba la protesta del mar en tormenta. La comunión entre el pastor y su feligresía se ajustaba progresivamente y subía de tono. Las mujeres se extasiaban, los hombres tensaban el cuello. Cada ejemplo recibía una estruendosa aprobación.

—El hermano del presidente brasileño Getulio Vargas cayó postrado por una parálisis —contó—; la mitad izquierda de su cuerpo no tenía ni fuerzas ni sensibilidad.

Los médicos no pudieron curarle. Su familia, desesperada, me llevó a él. Yo dije que no curo, sino a través del Señor Jesús. Sólo Cristo cura, porque Él es la salud, y la vida, y la salvación. ¡Loado sea el Señor Jesús!

—¡Loado sea!

—Reuní a la familia en torno al enfermo y dije: recemos al Señor. Recemos al Señor Jesús que hace andar a los paralíticos. El hermano del presidente Vargas rezó con fervor. ¡Rezad todos ahora!

Un bramido emergió de la platea.

—¡Confiad en Cristo! —siguió Tradiner a todo volumen—. ¡Tened fe! Cristo es el gran doctor de la humanidad. Cierra las llagas, da visión y fuerzas. Tened fe. Cristo es la salud. Es la salvación. Loado sea. Aleluya.

—¡Aleluya! ¡Aleluya!

De pronto vi corretear a un hombre con muletas por el pasillo. Lo seguía una mujer con el rostro mojado. Brotaron exclamaciones. ¡Camina! ¡Camina! ¡Camina!

—¡Aleluya!

El hombre avanzó renqueando grotescamente, con la precipitación de alguien a punto de caer. ¡Aleluya, aleluya! Y su mujer asustada le sostenía los nerviosos brazos. Algunos se pusieron de pie.

—¡Cristo cura! ¡Cristo cura! —repiqueteó el pastor.

—¡Aleluya! —se exaltaba el auditorio.

—Aleluya, aleluya —bramaba el cojo.

—¡Hace caminar a los paralíticos! ¡Ver a los ciegos! ¡Oír a los sordos! ¡Resucitar a los muertos!

La gritería ovacionaba al rengo que se despeñaba hacia el escenario mientras el pastor continuaba alimentando el frenesí. El lisiado, sostenido desde el aire como una marioneta, progresó temerariamente por el declive del pasillo hasta que se desplomó. ¡Aleluya! ayuden, ale... ayuden... Señor... ¡la puta madre! Tras él corrieron otros cojos, impacientes, agresivos, que blandían sus muletas como si fuesen lanzas. Algunos optaron por arrastrarse para llegar de alguna manera al escenario y contra ellos tropezaron los que venían detrás. Se amontonaron varios cuerpos como pulpos agitados. ¡Aleluya, aleluya! correte a un lado rengo de mierda... correte vos... el Señor me hará caminar... aleluya... calma... ayudame de una vez hijo de puta... aleluya.

—¡Rezad al Señor Jesús! —ordenó implacable el reverendo Joe—. Loado sea quien nos libera de enfermedades y nos limpia de pecados. ¡Loado sea el Señor!

La multitud empezó a desorganizarse cuando los cojos apilados en el corredor agitaron sus jadeantes bastones contra el cielo raso.

Me pregunté si en la crónica que me encargó *Prospectiva* podía condenar al pastor y a los feligreses, ridiculizándolos como ellos ridiculizaban a Cristo. O si debía elogiar el dominio que sobre la multitud ejercía ese hombre y la inocencia de los habitantes de Leubucó. O si, en vez de condenar y elogiar, todo esto merecía una reflexión sobre las carencias profundas del hombre, caprichosamente enhebradas a un pedestre concepto religioso en el que rivalizan Dios y Lucifer. Joe Tradiner me parecía un impostor, el hipócrita que cualquiera —yo mismo— podría ser cuando las circunstancias facilitan o exigen. En ese momento el espectáculo me empezó a generar fiebre. Fiebre y malestar.

Un chico subió al escenario abrazado por su madre. Llevaba anteojos negros y marchaba inseguro. Tradiner lo recibió con los brazos extendidos. Luego lo tomó por los hombros y giró hacia la platea.

—Este niño es ciego. ¿Cómo te llamas, hijo?

—Setián...

—¿Cómo? ¡Dilo más fuerte! ¡Que todos oigan!

—¡Sebastián! —pinchó su voz como una aguja.

—Sebastián: ¡eres ciego como el gran músico Juan Sebastián Bach!

El chico no entendió.

—¿Crees que Cristo cura?

—Sí...

—Entonces serás curado.

—¡Aleluya! ¡Aleluya! —apoyó la claque.

Puso sus manos sobre la cabeza del encogido muchacho y ordenó:

—Reza conmigo. Rézale al Señor Jesús. Él es la salvación. Jesús hace caminar al paralítico y oír a los sordos. Jesús hace ver a los que tienen fe. Jesús te curará los ojos. ¡Reza, Sebastián, reza!

El murmullo aumentó. Joe Tradiner mantenía apoyadas sus palmas sobre la cabeza del chico.

—¡Loado sea el Señor! Él es salud. Él es vida. Él es sonido. Él es fuerza. ¡Loado sea mil veces!

—¡Loado sea mil veces!

—¡Piensa en el Señor, Sebastián! ¡Ten fe en el Señor, Sebastián! ¡El Señor es la medicina! ¡El Señor hace la luz y las tinieblas! ¡El Señor te curará a través de su siervo Joe Tradiner! ¡Concéntrate en Cristo, Sebastián! ¡Pronto la luz entrará en tus ojos! ¡Atención, Sebastián!

—¡Loado sea el Señor! —temblaba la feligresía.

—Cuando levante mis manos de tu cabeza, Sebastián, penetrará la luz en tus ojos. ¡Atención! Concéntrate en Cristo. Loado sea quien cura a los enfermos. Piensa en Él... Cristo sana, Cristo da vida, Cristo da luz. ¡Atención, Sebastián! —ensordecía Tradiner.

—¡Loado sea el Señor! —se enardecía la multitud ante la inminencia del milagro.

—¡Atención! ¡Levantaré mis manos! ¡Ya... es... tá...! —y retiró violentamente ambos brazos como si se los hubieran alzado desde el techo.

La cabeza del muchacho quedó suelta, desprotegida; lentamente giró hacia un lado y otro buscando soporte. Su madre se acercó sollozando, pero Joe Tradiner impidió que la mujer lo tocase. Asió por los hombros al muchacho y, zarandeándolo, aulló como un lobo de las estepas:

—¿¡Crees en Cristo!?

—Sss...í —se sobrecogió el muchacho.

—¿¡Crees que Cristo cura!? —lo sacudió más fuerte.

—Sss... í —tartamudeó con horror; las lágrimas resbalaban por sus mejillas.

—¿¡Crees que Cristo es la salud y la vida!?

—Sss...í —su voz estaba quebrada.

—¿¡Crees que Cristo hace andar a los inválidos y ver a los ciegos!?

El muchacho se tambaleaba y caería como un muñeco de trapo.

—Ahora Cristo te ha curado por mi intermedio. ¡Dilo!

—Sss... í —el chico buscaba a su madre.

—¡Cristo da luz a tus ojos!

—... —sus lágrimas caían en gruesos hilos.

—¡Tus ojos ven! ¡Di! ¡Ven mis ojos! —le pellizcó la cara.

—Sss... í —se secó las mejillas con los dedos, estaba desesperado.

—¡Aleluyaaa...! ¡Milagro! ¡Aleluya! —Tradiner se abalanzó hacia el público como si hubiera hecho un gol—. ¡Ha recuperado la vista!

En la platea se irguió un rugido salvaje. ¡Milagro! ¡Milagro!

El pastor brincaba. El muchacho lloraba y reía, vacilante. Su madre lo abrazó. A mi costado la gente taconeaba y gritaba. Me pregunté si, en efecto, había tenido lugar el milagro.

El chico, adherido a su madre gozosa, descendió del

escenario explorando el piso con su precario bastón mientras Joe Tradiner continuaba atizando el desborde de los fieles. Extraje mis anteojos de sol y me incorporé, con un impulso temerario y limpio, como el que asistió seguramente a Jesús en su vida, opuesta a la de estos seguidores embrutecidos.

Estoy inspirado, me dije, y dispuesto a presentar batalla. Salí al corredor con oscilaciones de ciego. Tuve que esquivar a los cojos que aún permanecían revolcados entre sus muletas e impotentes imprecaciones.

—El hermano del presidente Eisenhower —prosiguió Tradiner— contrajo cáncer. Fue operado sin esperanza. Y rogó al Señor que lo curase. ¡Loado sea el Señor Jesús! Porque el Señor me envió a su lado. Y yo, Tradiner, siervo del Señor, le recordé al hermano del presidente que sólo Cristo cura. No hay imposibles para Quien creó el mundo de la nada, para Quien da la vida y resucita a los muertos. Loado sea.

—¡Loado sea!

Con los brazos de sonámbulo aparté los cuerpos que obstruían mi marcha y llegué al borde del escenario.

—Cristo hace y deshace el cuerpo. Cristo maneja las células. El hermano del presidente rezó y creyó. Rezó con fuerza y Cristo oyó su plegaria.

—Loado sea el Señor.

—El hermano del presidente se curó.

—¡Aleluya!

—¡Y ya lleva quince años de perfecta salud! ¡Desapareció su cáncer, que era el demonio!

—¡Aleluya! ¡Aleluya!

Toqué la escalinata con la punta de mi zapato. Simulé ignorar sus peldaños esquivos. Ya veremos quién es el demonio, murmuré. Alguien me sostuvo un brazo: Gracias, hermano.

—Cantemos el Salmo 51 —ordenó Tradiner.

Ten piedaaaad de mí, oh, Dios.

Lávame más y máaaas de mi maldad —la melodía se desperezó entre las centenas de bocas.

La garganta de Tradiner sobresalía: *Purífícame con hisopo y seréeee limpio.*

Trepé con los brazos tendidos hacia el pastor, quien parecía no haberse dado cuenta de mi presencia (¿olfateó al enemigo?). Las voces de la platea lo obligaron a mirarme.

—¿¡Crees tú que Cristo hace ver a los ciegos!? —me escupió a la cara, desconfiado de la real lesión de mis ojos.

—Sí, creo —respondí con aplomo y mantuve tendidos los vacilantes brazos. Temblaba un poco.

—¿Cómo te llamas?

—Manuel —mentí, aunque no me hubiera importado decir Fernando Albariconte.

—¿Manuel?

—Sí.

—Manuel —meditó Joe Tradiner. Y pareció tranquilizarse porque el nombre era mesiánico, porque le recordaba a un vecino de Kansas.

—¡Cúreme, por favor! —imploré con descaro.

El reverendo apeló a sus hipnóticas frases:

—¡Sólo Cristo cura! Diga: loado sea Cristo, el gran doctor.

—Loado sea Cristo, el gran doctor.

—Cristo hace ver a los ciegos. ¡Diga!

—Cristo hace ver a los ciegos.

—Cristo hace oír a los sordos. ¡Diga!

—Cristo hace oír a los sordos.

—Cristo hace caminar al paralítico. ¡Diga!

—Cristo hace caminar al paralítico.

—Loado sea el Señor.

—Loado sea el Señor.

—Cantemos el salmo 91. *El que habita al abrigo del Altísimoooo.*

El coro cerró filas: *Morará bajo la sombra del Omnipotente.*

—Cristo me curará. ¡Diga!

—Cristo me curará.

—Cristo borrará mi ceguera. ¡Diga!

—Cristo borrará mi ceguera.

—¡Creo en Cristo!

—Creo en Cristo.

—¡Luz a los ciegos!

—Luz a los ciegos.

—¡Luz! ¡Luz! ¡Luz! ¡Diga!

—¡...!

No hice eco e interrumpí el hechizo. Tradiner abrió grande los ojos: quería masticarme. Yo giré lento la cabeza en busca de un ángel perdido; levanté los brazos; entreabrí la boca. Los fieles disminuyeron el volumen de la plegaria, turbados por el brusco descontrol.

Joe Tradiner se apartó de mi lado con justificada alarma en las cejas y los tobillos. Algo inesperado iba a suceder. ¿Me daría un ataque de epilepsia? Un incipiente miedo reemplazaba al hechizo que había reinado hasta ese instante. Yo continué girando como un brujo en trance, di la espalda al público y, con los brazos tensos, parecía el director de una orquesta formada por invisibles músicos sentados en redondo. Di otra parsimoniosa vuelta y me detuve de cara a la audiencia. Caminé hacia el borde del escenario como si estuviese por arrojarme al abismo; las primeras filas se encogieron.

Entonces chillé histéricamente:

—¡VEOOOOO...!

El espanto paralizó al gentío. Pero tras unos segundos explotó un volcán de frenéticos ¡Aleluya! ¡Aleluya!

Tradiner hablaba excitado, pero su voz se perdía en el oceánico bramido de la sala. Con un pañuelo se secaba la nuca mientras marchaba de un extremo al otro del escenario como fiera en jaula. Este nuevo ciego resultó mejor de lo esperado. Brincó mis hombros y me estrechó en un teatral abrazo. Su voz recuperó el dominio del aire e insistió en reorganizar la hirviente asamblea.

—¡Loado sea el Señor que hace ver a los ciegos! ¡Loado sea el Señor que le ha devuelto la vista al hermano Manuel!

—¡Loado sea el Señor!

—Este hombre estaba ciego, se orientaba con el tacto, llegó a duras penas hasta mí. Y ahora... ¡ve! ¡Recuperó sus ojos! ¡Loado sea el Señor!

—¡Loado sea!

—Este hombre cree en Cristo y Cristo lo recompensó generosamente. ¡Loado sea el Señor!

—¡Loado sea!

—¿Cuánto hace que estabas ciego, querido Manuel?

—Tres años.

—¡Hace tres años que perdió la vista y ahora la recuperó! ¡Milagro, milagro de Dios! ¡Loado sea el Señor Jesús!

—¡Loado sea!

—¡He sentido algo extraño! —grité al micrófono; mi frase inesperada operó como chirrido.

—Dios oyó sus plegarias —me interrumpió Tradiner para no perder el monopolio de la atención—. Cristo es clemente y da la salud. ¡Loado sea! ¡Aleluya!

—¡Aleluya!

—¡He sentido algo extraño! —insistí a todo volumen—. Estaba oscuro, era noche de tormenta.

—Y Dios trajo la luz —interrumpió de nuevo el pastor—. Loado sea. Ahora cantemos el salmo...

—¡Que hable el ciego! —gritó alguien en las primeras filas.

—¡Que hable el ciego! —brotaron nuevos y vehementes apoyos—. ¡Que hable el ciego!

—Ya no es ciego —replicó el pastor, molesto—. El Señor le devolvió la vista. Loado sea el Señor. Ahora cantemos.

—¡Que hable Manuel!

—Sí, ¡que hable!

—¡Que haaable, que haaable, que haaable! —crecía la exigencia, acompañada ahora por rítmicas palmas.

Agradecí con un falso gesto de resignación. Joe Tradiner estaba irritado y vacilante, la conducción se le iba de las manos. No quería cederme el micrófono y pensaba cómo superar el repentino inconveniente.

—¡Que nos diga cómo se produjo el milagro! —me ordenó con el mentón desafiante, decidido a mantener la iniciativa—. ¡Que repita su nombre!

—Manuel —dije con seguridad: Manuel ya había nacido en mi cabeza y estaba impaciente por cumplir una misión aún brumosa; tragué saliva, aflojé mis hombros e inventé suelto de cuerpo—: Desde hace tres años vivía en las tinieblas...

—¡Y ahora en la luz! ¡Loado sea el Señor! —interrumpió Joe, implacable.

—Rogaba la asistencia del Señor. Pero todo seguía oscuro, muy oscuro, y...

—Sin embargo, tenía fe. ¡Loado sea el Señor! ¡Aleluya, aleluya! —volvió a cortarme el párrafo.

—¡No me interrumpa! —lo desafié decidido y la sala se electrificó.

Joe Tradiner apretó los dientes y entrecerró los párpados. "Loado sea el Señor Jesús" murmuró mientras urdía la forma de pulverizarme.

—Me sentí en un desierto —dije—. Era el desierto de Moisés, de Elías, de Jesús. En ese desierto acechaba el

Diablo con sus tentaciones. Las nubes de mi ceguera tapaban el sol. Y el Diablo me prometía deshacer las nubes y regalarme el sol. Pero yo me abrazaba a la fe: permanecía ciego al sol, pero sensible al Todopoderoso. Aguanté una noche de tres años, larga y triste, abrumado por la ausencia de luz. Hasta que pude llegar a este sitio...

—Loado sea Dios —susurró la boquiabierta platea.

—Y de pronto, en este lugar, en este escenario, se abrieron las nubes. Oí una música de arpas y aparecieron dos figuras de Cristo. Dos.

—¡Loado sea el Señor!

—¡Qué dice! —me increpó Joe Tradiner, horrorizado.

—¡Que haaable! ¡Que haaable!

—Tendí una mano hacia la derecha y otra hacia la izquierda: un Cristo vestía ropa de campesino y el otro, sentado en un trono, la toga de juez.

—¡Cuidado con lo que dice! —amenazó Tradiner con el índice erecto.

—¡Déjelo hablar!... ¡Queremos oír al ciego!... ¡Dios lo inspira!

—Yo estaba suspendido en el aire, algo maravilloso iba a suceder.

—Loado sea el Señor —la multitud tiritaba.

—Entonces una voz suave dijo: tres son los patriarcas, tres las noches que Jonás habitó en el vientre de la ballena, tres los miembros de la Sagrada Familia, tres los días que Jesús tardó en resucitar, tres las personas de la Santísima Trinidad, tres los años de tu noche y tres las venidas de Cristo a la Tierra.

—¡Loado sea el Señor! *Padre nuestro que estás en...*

—¡Blasfemia! —gritó el pastor—. ¡Este hombre está loco! Recemos al Señor para purificarnos.

—Y el Señor me agració con su milagro. ¡Devolvió la

luz a mis ojos mientras me hacía tan fantástica revelación!... ¡Veo! ¡Veo! ¡Aleluya!

—¡Aleluya! ¡Aleluya!... ¡Que se calle!... ¡Aleluya!... ¡Que hable!... ¡No interrumpan!... ¡Aleluya!... ¡Loado sea el Señor!

La audiencia se había dividido porque el estupor, el embeleso y las dudas recorrían como sierpes las congestionadas butacas. En el escenario Tradiner y yo nos disputábamos el micrófono. Algunos fieles empezaron a rezar de pie como una forma de acercarse al cielo y otros se gritaban unos a otros. Aquí pasa algo raro... Es un hombre de Dios... Es un farsante... Dice maravillas... Es un delirante.

No perdí la serenidad, aunque simulaba excitación; mi insolente travesura me había devuelto a la temeridad del adolescente. El reverendo tenía la cabeza roja como una sandía; su espectáculo corría el peligro de quebrarse; una pezuña de Belcebú le arruinaría su prestigio en Leubucó. Desesperado, recurrió a una treta:

—¡Hablará este hombre! —bramó empujándome hacia las sombras del escenario—. ¡Hagan silencio! ¡Que cada uno vuelva a su butaca! ¡Respeten la Asamblea del Señor Jesús!

La gente disminuyó su indisciplina; surgieron chistidos de apoyo.

—¡Loado sea el Señor que devolvió la vista a este ciego!

—Loado sea el Señor.

—¡Muchos serán curados hoy! Cristo los curará, como lo hizo con el hermano Manuel. Loado sea.

—Loado sea.

—¡Cristo da luz a los ciegos! —recuperó la hipnótica salmodia—. ¡Da fuerza a los inválidos! ¡Sonido a los sordos! ¡Aleluya! ¡Aleluya!

—¡Aleluya!

—¡Que venga otro enfermo!... —ordenó para sacarme del foco—. Cristo lo curará. ¡Que venga ya! Loado sea el Señor.

—Loado sea el Señor.

—¡Otro enfermo! ¡Vamos, hermanos, que Cristo los espera para bendecirlos con su medicina sin par! —insistió impaciente—. ¡Cristo cura y lo hace a través de este humilde siervo!

—¡Que hable el hermano Manuel! —se abrió camino una chillona voz de mujer.

—¡Sí, que hable!

—Hablará, pero más adelante. Ahora debemos seguir curando a otros enfermos. Muchos desean y obtendrán la cura. ¡Vengan, hermanos! ¡Cristo les regalará su bendición de salud! —Tradiner mantenía el micrófono pegado a la boca—. Ha devuelto la vista al hermano Manuel y ahora quiere devolver la vista y el oído y las piernas ágiles a los demás enfermos de esta sala.

—¡Tiene razón!... ¡Que se vaya Manuel!... No, que hable... ¡Que haaable! ¡Que haaable!... Que se vaya... Que no. Que sí... ¡Bendito sea el Señor Jesús!

—¡Bendito sea!

Figuras torpes volvieron a inundar el corredor con bastones, muletas y excitados acompañantes. Pero quienes fueron conquistados por mis palabras no se dieron por vencidos: ¡Queremos escuchar a Manuel!... ¡El Señor lo ha iluminado!

—Loado sea el Señor.

—¡El Señor me devolvió la luz después de tres años! —con un certero golpe arrebaté el micrófono a Tradiner.

—¡Fuera de aquí! —me empujó hacia la platea.

No claudiqué, aunque estuve a punto de caer sobre las primeras filas.

—¡Mis tres años de ceguera son un símbolo! ¿Por qué el reverendo se niega a escucharme?

—Ésta es una Asamblea para curar enfermos. El milagro te ha roto la lógica. ¡Bájate ya, y cede el lugar a otro hermano! Dios castigará tu egoísmo.

—El Señor me eligió para transmitir sus palabras —perseveré.

—¡Que haaable, que haaable!... ¡Que explique el símbolo!... ¡Que transmita las palabras del Señor!

—¡Yo soy el siervo del Señor y el único que transmite Su palabra sin falsedad! —replicó Tradiner con los ojos fuera de las órbitas—. Manuel no tiene credenciales para arrogarse semejante jerarquía —manoteó sin éxito el micrófono.

Yo seguí.

—El Cristo de la izquierda vestía ropa sucia y el de la derecha una túnica brillante. El de la izquierda era el Jesús que vivió en Nazaret y el de la derecha el Señor que presidirá la instauración del Reino luego del Juicio Final. El de la izquierda me mostró la letra alfa y el de la derecha la omega. Eran dos Cristos, pero la voz que llenaba el cosmos insistía en que tres fueron los patriarcas, tres las personas de la Santísima Trinidad, tres los años de mi ceguera y tres las venidas de Cristo, no dos.

—¡Blasfemia!... ¡Aleluya!... ¡Que hable!... ¡Loado sea el Señor!... ¡Silencio!... ¡Horror, es el Diablo!

Tradiner buscaba en los rincones del escenario algún objeto contundente para partirme la cabeza.

—¿Por qué tres? Porque el Cristo de la izquierda representaba la primera venida y el de la derecha la tercera, no la segunda.

—¡Cállese! —gritó el reverendo con los puños en alto.

—La segunda venida, la que no tenemos en cuenta, es la que protagonizamos nosotros. Es la que prepara el final. Nuestra misión consiste en reconciliar cada ser humano con cada ser humano. Somos el Cristo de la segunda venida, la menos evidente, la más terrenal y también la más comprometida.

—¡Cállese! ¡Dice blasfemias! —pataleó Tradiner ante su nuevo fracaso de arrebatarme el micrófono.

—¡Hosanna! ¡Aleluya! —grité.

—¡Cállese! —aulló Tradiner con los anteojos caídos por el dorso de su nariz; su cuello era un pantano de sudor.

—¡Hosanna! ¡Aleluya!... ¡Lucifer! ¡Impostor! ¡Hereje!

Yo gozaba mi aparente posesión mística. Caminaba por el escenario como si fuese el reverendo.

—¡Cristo está con nosotros! ¡Es otra vez hombre y sufre por los hombres y con los hombres!

A Tradiner se le desgarraron todas las costuras de la prudencia y el control. Tomó impulso y se arrojó contra mi espalda. Su empujón fue tan enérgico que me hizo volar hacia la platea. Planeé sobre un vacío largo, de pesadilla, y caí sobre escandalizados hombros y cabezas. Una mano se incrustó en mi boca... ¡Cuidado!... ¡Carajo!... Manoteé caras, muslos y algún abdomen. ¡Dios santo!... ¡Ay!... Afirmé mi tórax sobre el respaldo de una butaca, pisé cuerpos y tanteé el piso. Una mujer se desmayó.

—¿Cómo estás?

—Bien, bien —contesté automáticamente en la hondonada de confusión—. Esta mujer... —la señalé— hay que sacarla afuera.

Ya la sacaban sus vecinos.

—¿Cómo estás? —repitió la misma voz.

Reconocí la cara de Soledad; era un bote providencial en medio del naufragio.

—¿No te lastimaste? —preguntaron sus ojos asustados.

—N... no —su aparición era el verdadero milagro de todo ese patético show.

—¡Oiga! ¡Usted es un mentiroso! —gritó un petiso sanguíneo con el puño en ristre.

—¡Vamos! —suplicó Soledad.

—¡No le permito! —contesté con exceso de pose.

—¡Esto no es una feria! —agregó indignado Gardiner—. ¡Es la Asamblea del Señor! ¡Usted se quería burlar! ¡Usted es un canalla! —pequeños copos de espuma se le acumularon en la boca.

—Por favor —me empujaba Soledad—, salgamos de aquí.

Algunos nos abrían paso y otros lo querían obstruir. Nos empezaron a cerrar las tenazas de los desencantados. ¡Basura!... ¡Farsante!... ¡Anticristo!... El enano pretendía alcanzarme y reclutaba adherentes.

—¡Negador de Dios! —le grité mientras empujaba hacia la salida—. ¡Rechazás sus milagros!

—¡No hablés! —rogaba Soledad.

—¡Soy el siervo del Señor! —rugió Tradiner por los parlantes, feliz de haber recuperado el exclusivo dominio del micrófono—. ¡Fuera los perturbadores! ¡Ese impostor es un comunista! ¡Fuera! ¡Fuera de este lugar sagrado! ¡Fuera!

—¡Fueraaa! —rugió la platea nuevamente sometida.

—¡En el nombre del Señor! —remató Tradiner.

—En el nombre del Señor.

—Hijos de puta —mastiqué.

—¡Vamos, vamos! —insistía Soledad.

Cuando llegamos a la calle me pareció emerger de la guerra. Los ruidos de autos y gente sonaron armoniosos, como la música de un afinado cuarteto. El asfalto semejaba una pradera azul y la hilera de casas el frente de un castillo. Paradójica realidad que acomodaba la reciente deflagración en algo completamente distinto. Acaricié mi nuca.

—¿Te duele? —preguntó ella.

—Algo —palpé mi tórax, los brazos, las rodillas—. Fue

un aterrizaje favorable, después de todo. Mañana dolerá más.

—¿Ensayabas para una función de teatro? —sus órbitas misteriosas relumbraron ironía.

—¡No fue ensayo! Fue honesto.

—¿También honesto? ¿Por qué lo hiciste?

—Tu pregunta es difícil... ¿Impulso ciego? Tal vez. ¿Cómo explicarte? Vi los afiches, entré, oí, de repente quise burlarme de ese charlatán. Nunca me han gustado los estafadores o... (¿temo convertirme en uno de ellos?).

Las órbitas misteriosas relumbraron desconcierto.

—Joe Tradiner cree en lo que hace —dijo—. O creen en él. En definitiva ayuda, consuela. También lo hace el médico que recurre a una mentira piadosa.

—Perdón. Vos sos...

—No —dijo—, no soy seguidora de estos milagreros. Vine para acompañar a una amiga.

—¿Y dónde está ella?

—Quedó en el cine. Cree, es más ingenua que yo... —sonrió indulgente.

Fruncí los labios a punto de comentar sus palabras, pero tuve la prudencia de guardarme una inoportuna opinión.

—¿Entramos a una confitería? —propuse.

Asintió. Su perfil era hermoso. Asocié su nariz perfecta con la de su desconocida amiga; seguro que la de su amiga era gibosa y la mano de Tradiner podía agarrarla con facilidad y llevarla donde quisiera. Recordé que en el escenario había inventado el nombre Manuel. Yo —es decir Manuel— luché contra Tradiner y su diabólica pretensión de traccionar de la nariz a los ingenuos que batían palmas y aullaban aleluyas. Tenía que ensamblar estos elementos y desplegar un relato que denunciase la manipulación.

Mientras charlaba con Soledad una franja de mi mente

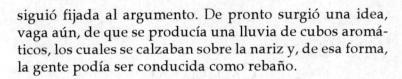

siguió fijada al argumento. De pronto surgió una idea, vaga aún, de que se producía una lluvia de cubos aromáticos, los cuales se calzaban sobre la nariz y, de esa forma, la gente podía ser conducida como rebaño.

Capítulo XI

Manuel dejó que el viejo Diantre quedase sepultado en su enigmática choza.

Años después, tras la lluvia de cubos, fue repentinamente interpelado por un hombre que se le parecía, pero sin arrugas en la piel y ninguna cana en el cabello, ni siquiera en su recortada barbita de punta. Sonreía alegre y exhibía con orgullo el artefacto sobre su nariz.

—¡Éste es el milagro! —dijo, señalándolo.

Aquel viejo lustrabotas gris, ¿se había encarnado en otra persona?

—¡Éste es el milagro! —insistió.

Manuel indagó en la joven fisonomía y en el cuerpo flaco para descubrir los ecos del viejo brujo que había encandilado su niñez. Los múltiples tonos de gris que antes lo caracterizaban, ¿habían mutado? Delante de sus ojos relucía ahora una desenfadada policromía de barba dorada, ojos verdes, cejas negras, traje azul y corbata roja. En vez de una flor marchita en la oreja, portaba un cubo en el centro de la cara. Y su paralelepípedo lleno de pomadas, botellas y cepillos se había metamorfoseado en un valijín de empresario moderno. El hombre celebró feliz la profusión de cubos que portaba la gente y lamentó que Manuel siguiera ofreciendo resistencia. Una tonta y molesta resistencia, dijo.

Manuel conjeturó que el viejo Diantre había trabajado como un solitario cíclope en su gruta llena de pétalos, alambiques y braserillos para burlar varias leyes de la física y de la biología.

—Sos Diantre —dijo al caballero con la esperanza de quitarle enseguida su máscara.

—¡Diantre! —rió mientras se acariciaba la giba artificial de su nariz—. ¡Qué nombre tan excéntrico!

Manuel no dudó. Este individuo era una provocativa versión de aquel misterioso lustrabotas que amaba las travesuras de los niños y odiaba la libertad de los pájaros. Ya entonces había presentido sus ganas de romper el orden natural.

No había razones para dudar. Manuel estaba seguro de que era Diantre, efectivamente. Los antiguos grises fueron bañados en las tinturas del arco iris y los perfumes que años atrás exhalaban los pétalos acumulados en su cueva habían realizado el prodigio de darle apariencia de joven. Confirmó su certeza el tono de voz, porque la de este caballero seguía siendo la misma del viejo brujo.

El hombre le mostró que ya no quedaban seres humanos sin el cubo en la cara. Era como negarse a usar ropa.

Discutieron.

Mientras la rejuvenecida versión de Diantre mantenía un equilibrio a prueba de las más penetrantes estocadas, Manuel transitó por bruscos cambios de humor. Palabra contra palabra, idea contra idea. Hasta que finalmente fue convencido de que su obstinada negativa lo privaba de un conocimiento nuevo. Fue el argumento que Diantre explayó sin tenerle más confianza que a los otros lanzados antes, quizás más enfáticos, pero fue el que horadó la coraza de Manuel. ¿Qué pasaría si consintiese el artefacto sólo por unas horas? Unas horas no podían hacerle mal.

Manuel miró desafiante al caballero.

—Está bien. Lo calzaré sobre mi nariz por un rato.

—¡Son pétalos de flores auténticas! —advirtió Diantre mientras le tendía el cubo con la elegancia de un vendedor de perfumes.

Manuel lo fijó enseguida, como quien se manda de golpe un trago amargo. Al instante fue transportado con la fuerza de una turbina hacia distintas zonas del planeta. Sus sentidos se extra-

viaron, como si su sangre hubiera sido invadida por una fuerte dosis de alucinógenos. Olió el frío de las nieves acumuladas en los Andes y a continuación los pastizales de la pampa oriental, sintió el hedor de los pantanos litoraleños y la áspera sequedad de las regiones medanosas, se embelesó con la gramínea y los nogales y se sacudió bajo el contraste de madreselvas cruzadas por rosas trepadoras. Los aromas movilizaban el espacio y el tiempo: reproducían los instantes felices y los prolongaban como un orgasmo de fantasía.

Al cabo de un lapso inmedible Manuel intentó desabrochar el artefacto de su nariz, pero sus movimientos sólo lograron acrecentar el suministro de aromas. Su brazo debió realizar un gran esfuerzo y disociar el placer que inundaba sus sentidos.

—¡Qué tonto, mi querido Manuel! —rió Diantre—. ¿No lo estabas pasando bien?

Partió con la misma velocidad que lo trajo.

Manuel guardó el cubo en su bolsillo. Cada tanto lo revisaba para comprobar si su cubierta sufría algún desgaste. No estaba formado por un material artificial, sino por pétalos vivos. Resultaba incomprensible, casi ominoso. Pensó que expresaban la posibilidad de interrumpir el deterioro causado por el tiempo.

Tenía que averiguar más y decidió volver a probarlo. Lo instaló sobre la nariz con menos desconfianza que en la primera ocasión. Quería efectuar el registro de los perfumes y las visiones que proveían, quería memorizar su orden, quería, en fin, investigar este fenómeno para estar en condiciones de manejarlo. El hombre no debía ser esclavo de sus inventos, se dijo con firmeza.

Pero en lugar de sentir aromas escuchó música. Quedó desconcertado. Era una música suave, acariciadora. Los sonidos se agrupaban en formas novedosas, casi provistas de suspenso. Mantuvo el artefacto durante varias horas. La música no le impedía caminar, ordenar los objetos de su casa, ni siquiera prepararse el almuerzo. Siguió gozando la maravi-

llosa sucesión de sonidos mientras comía y no intentó privarse de ella a lo largo de la tarde. Su mente se mantenía vigil y nada le hacía suponer que la fascinante música implicaba algún tipo de riesgo. Tampoco se quitó el cubo durante la cena. Salió a caminar con la verruga sobre la nariz y ni siquiera advirtió que ya no se diferenciaba de sus vecinos. La música lo transportaba como una alfombra de las mil y una noches. Pero antes de dormir, empeñado en preservar su libertad, lo arrancó de la nariz y cesaron los sonidos. El hueco acústico casi le impulsó a instalárselo de nuevo, pero resistió la tentación.

A la mañana siguiente decidió que su investigación debía continuar, pero provista de un ardid: en lugar de dejarse el aparato durante casi todo el día, quitárselo cada dos horas con disciplina de hierro. Diantre es un brujo —repitió a su propia mente—, pero no le será fácil engrillarme.

Volvió a sonar la música de embeleso y cuando se estaban por cumplir las dos horas tuvo que realizar un esfuerzo enorme para renunciar a ella. Así procedió un día, dos, tres, diez. Por último, convencido de que esa música sólo le deparaba placer y ningún daño, se formuló la pregunta que jamás debió atravesar su cerebro.

—¿Tiene sentido mi resistencia?

Contempló el artefacto, lo hizo girar entre sus dedos sensibles, raspó con la uña su invencible cubierta y, seguro de que no era incorruptible, lo lanzó al piso y saltó sobre él como si fuese un cucaracha. No era una cucaracha: le dolió el pie y el cubo siguió lozano. ¿Cómo podía ser?

—Parece sobrenatural. No es de hombres, no puede ser de hombres... ¡Aquí hay brujería!

Después del desayuno lo recogió.

—Te fabricó el diablo, evidentemente. Das placer, mucho placer. Pero, ¿a qué costo? —razonó mientras acariciaba su tierna superficie—. Bueno —dudó un instante—. Averiguaré el costo.

Y se lo puso sobre la nariz.

No oyó música.

—*¡Lo he estropeado!* —*se alegró, ambivalente.*

Se dirigió a un vecino: mire, no funciona más, no es indestructible.

El vecino lo contempló asombrado mientras acariciaba su propia giba nasal.

—*No funciona* —*repitió Manuel*—. *Lo pongo sobre mi cara, ¿ve? Pues no huelo perfumes, no oigo música, nada.*

El vecino encogió los hombros y se alejó. Hacia los oídos de Manuel empezaron a fluir versos. Era una poesía llena de imágenes novedosas, sostenida por un ritmo excitante, magnético. Las metáforas lo atraparon con tanta fuerza que olvidó su obsesión libertaria. Esa noche ya no tuvo energía para quitarse el cubo y se durmió escuchando los versos tan hermosos. A la mañana se bañó con el artefacto puesto, como ordenaban las instrucciones. Luego se afeitó y desayunó atento a las fascinantes palabras.

Una estrofa mencionó la palabra libertad y Manuel fue recorrido por una tenue descarga. Fue la última prueba. Clamó a los agónicos recursos de su voluntad, recordó el añoso algarrobo y los pájaros espantados por el silbido del viejo lustrabotas. Levantó su brazo, recorrió un espacio sideral y pudo instalar los dedos sobre su nariz. Entre sus ganas de mantener el deleite y sus ganas de ponerle fin se desarrolló un combate prolongado. Por fin su pulgar empujó el cubo. Pero el cubo se resistió a despegarse y acrecentó la belleza de los versos. El pulgar insistió, sin lograr mover el artefacto porque la sustancia de los pétalos había comenzado a adherirse a los cartílagos nasales. Mantuvo el empeño y sólo pudo separar una mínima parte.

De súbito cesó el fluir de versos. Creyó que por fin lo había desconectado. Descansó un rato antes de lanzar su último golpe. Pero en ese instante lo atravesó un sonido hondo, como el que llega al útero, antes de nacer. Lo hirió un puñal de luz y el sonido se transformó en palabras. "Manuel, Manuel, conocerás el Juicio Final".

—¿Ya he muerto acaso?

—Para designar tu muerte será preciso acuñar una nueva palabra —explicó la inconfundible voz de Diantre.

Un pétalo navegó el aire delante de sus ojos. Se dilataron sus suaves bordes hasta que el pétalo se convirtió en sábana, luego en pared. Por último en una pantalla tersa donde se proyectaba el Juicio Final.

El espacio giró violento alrededor de un titánico algarrobo. Corrió luego de prisa una historia trizada por los rayos; parpadearon las centurias y las edades. Los muertos que habían sido depositados en la Antártida —frigorífico de cadáveres— resucitaban en serie.

El juez apareció sobre un trono de nubes. No tenía rostro, pero lucía una túnica brillante.

Hombres y mujeres avanzaron cabizbajos hacia ese trono. El juez los separaba en redimibles y condenados.

Sobre la pantalla apareció un buqué de flores blancas comprimidas en un vaso. Las flores yacían sobre un altar. Delante del altar rezaba un hombre concentrado. El templo —entendió que había sido llevado a un templo— emanaba vapores. Mientras, tras los muros, seguía marchando la multitud.

—Dios mío... Dios mío... —murmuraba el hombre arrodillado.

La imagen enfocó entonces la mano del juez, que se crispó. Bajó pesada sobre el altar, junto a las flores, delante del hombre en oración.

—¡Condenado!

—¿Por qué? —preguntó Manuel, con susto.

El templo se achicharró entre lenguas de fuego. Se transformó en una pelota roja que desprendía pétalos mientras rodaba hacia las estrellas.

Manuel fue incorporado a la pantalla para ser sometido a un sacrificio ritual. No sabía si era distinto del hombre que recién había aparecido arrodillado y fue comido por el fuego. Diantre le recordó que ningún mesías puede cumplir su misión sin antes encarnarse en uno de los oprimidos que redimirá. Manuel recordó que su nombre era el del mesías, pero aún no estaba preparado para cumplir semejante misión. Tampoco quería ser un mesías. Se sintió impotente y perdido.

Emergió de la película con la verruga adherida al centro de su rostro, vigorosamente conectado a su sangre. Desolado, y con sonrisa de idiota.

Capítulo XII

Albariconte...
Albaris
Albarato
Albarián
Albariconte, Fernando.
Buscaste su número en la guía telefónica.
—Habla Héctor Célico, de Leubucó. Yo quería...
—¿Héctor Célico? ¿El hijo de Lorenzo?
—El mismo.
—¿Cómo te va, muchacho...? ¿Estás en Buenos Aires?
—Sí; en Buenos Aires. Deseaba visitarlo; en fin, conversar con usted.
—Cómo no. ¿Viniste con tus viejos?
—No, solo.
—¿Cómo están ellos?
—Bien, bastante bien.
—Ahá. ¿Te importa venir a mi casa?
—Al contrario, será un honor.
—¿Qué te parece hoy, a la hora de la cena?
—Perfecto —te sorprendió su celeridad.
—Entonces te espero a las nueve.
El doloroso desencanto que te produjeron las iniciativas de la Editorial se alejó ante el reencuentro con Albariconte. Hacía ocho años que no lo veías, desde aquel viaje que te pagó la Independencia como primer premio del concurso. Aquella vez Fernando Albariconte acarició tu cabeza adolescente y comunicó a tu padre que le habías caído muy bien.

Llegaste a la calle Alsina cuando ya había oscurecido. Pudiste leer el número parcialmente visible sobre una chapa descascarada gracias a los faroles callejeros. El edificio tenía las puertas entornadas; ingresaste al húmedo corredor; nadie a la vista. El ascensor estrecho se balanceó como un canasto y te dejó frente a varias puertas. La de Albariconte exhibía su nombre en una pequeña chapa. Llamaste.

—Quién es.

Giró la mirilla y viste el brillo de su ojo. Abrió y todo el espacio fue llenado por una impresionante pelota de casi dos metros de diámetro.

—¡Bienvenido, muchacho!

Quedaste mudo. Cambiaste de mano el portafolios para darte unos segundos y digerir la perplejidad.

—¡Adelante! Los hijos de la mítica Leubucó alegran mi casa. Adelante —tendió su diestra mullida.

Fernando Albariconte había engordado en forma monstruosa. Su cabeza parecía la masa de un cíclope adherida a otra masa mucho más grande. El conjunto causaba una mezcla de asombro y asco.

El recibidor breve desembocaba en su estudio atiborrado de libros. Te invitó a seguirlo, te acercó una silla y él comprimió su exceso de humanidad en una butaca suficientemente ancha.

Le quitaste la mirada de encima para no ofender e hiciste una recorrida de los anaqueles arqueados por el peso de los volúmenes. El olor a humedad que sentiste a la entrada aquí se mantenía y combinaba con el más grato a tinta y papel. Las hileras de títulos se prolongaban hacia un corredor violáceo. Albariconte adivinó tus pensamientos.

—Todos leídos, algunos releídos y muchos marcados. A la postre, se trata sólo de papel, querido Héctor, demasiado papel donde los autores se lo pasan copiándose ideas y metáforas, desvergonzadamente.

No supiste qué contestar. Su brutal metamorfosis te había anonadado.

—Ahora me dirás qué estás haciendo en Buenos Aires.

—Vine a conversar con una Editorial.

—Conversar o negociar. ¿Te publicarán la novela?

—¿Cómo lo sabe?

—Me asiste una red de espionaje.

Tienen información propia. La Independencia es... ¿cómo podría explicarte? Es un Estado; eso es: un Estado. Con gobierno, policía, prensa, espionaje, todo, había afirmado tu padre.

—Entonces también conoce el resultado de la entrevista.

—Hasta ahí no llegó mi espionaje. ¿Es bueno? —alzó un paquete de cigarrillos.

—Desconcertante, duro.

—En el universo de los negocios nada es desconcertante, muchacho. Pero veamos: ¿qué te sorprendió? —la nube de humo ocultó su mirada.

—Me dieron un par de alternativas: que la Municipalidad de Leubucó adquiera la mitad de los ejemplares o que yo pague todo el costo de la impresión.

—Es decir, no te rechazaron.

Tragaste saliva.

—¿Cuál es la diferencia? —lo miraste ansioso.

—Los autores noveles no son redituables; las empresas necesitan evitar pérdidas, nada más.

—Pero...

—Has sufrido un pequeño golpe. Enhorabuena: ya has comenzado a ser escritor —chupó hondamente su cigarrillo.

—No estoy contento; fue como si me hubiesen rechazado. ¿Qué me aconseja?

—Primero, debería leer tu novela —lanzó otra bocanada que le envolvió el ancho rostro.

Tras sus palabras tranquilas percibiste que deseaba ayudarte. Según tu padre, Fernando Albariconte era ahora una persona de reconocida gravitación en la poderosa Independencia, pero antes había publicado unos libros que tuvieron excelente crítica y escasa venta. *No le alcanzaron para vivir; por eso entró en la Independencia.*

—¿Usted se tomaría el trabajo de leerla?

—Acabo de sugerirlo. ¡Por supuesto que sí!

Te pareció más confiable este monstruoso dirigible humano que el Patriota, quien no sólo te había embarullado con sus consejos pedestres, sino encajado su maldito prólogo de quince páginas, un mortal ladrillo atado al cuello que podía hundir al mejor nadador. Abriste tu portafolios y sacaste la amada carpeta.

—Veremos qué se puede hacer —dijo Albariconte mientras la recibía con gesto cordial.

—Ojalá le guste —no ocultaste tu temor.

—No me vengás con falsa modestia, che —quiso desinhibirte; guardó el manuscrito en un cajón lateral del escritorio—. Mañana lo empiezo a leer; ahora hablemos de otra cosa.

Te alivió; necesitabas una pausa.

—¿Hace mucho que no viaja a Leubucó?

Evocaste la plantación de rosas que él, como directivo (o lo que fuese) de la Independencia, debía supervisar de tanto en tanto. Un año atrás habían regresado, para instalarse allí, Soledad y su hijo; se habló de un divorcio ambiguo y corrieron chismes de muchos colores; nunca fue tan evidente la gastada máxima de que "en pueblo chico, infierno grande". El pequeño hijo de Albariconte daba motivos a los morbosos para inventivas de humor negro.

Fernando deshizo con sus gruesos dedos la pared de

humo y te miró con ternura. En lugar de responder a tu pregunta, dijo:

—Héctor —su voz onduló ligeramente—, te agradezco que hayas venido a verme.

Tu presencia le ablandaba una terrible condena y le proporcionaba gotas de bálsamo. Pero no iba a contarte su tragedia. No tan rápido. Por eso se incorporó de la crujiente butaca y pasó a un asunto libre de resonancias.

—¿Te gustan los mariscos?

—Nunca los comí en Leubucó.

—Ya lo sé. Allí están enviciados por las parrilladas; nunca vieron el mar.

—Sólo el mar de los pastos. Cuando llueve.

—Ahá. O el mar de arenas, para ser más exactos. Eso es Leubucó... ¿Aceptarías una cazuela de mariscos? ¿no tenés miedo de morir intoxicado?

—Me arriesgaré...

Sonrió.

—¡Bravo! A cuatrocientos metros la preparan de una manera inolvidable.

Gumersindo Arenas, redactor de *Horizonte*, poeta gauchesco y célebre coleccionista de cactos, aseguraba que Fernando Albariconte era el único hombre que memorizaba una guía completa de restaurantes porteños.

—Conocí a su actual propietario, un gallego de buen diente y excelente oficio, en Mar del Plata, hace algo más de una década —contó mientras bajaban comprimidos en el inestable ascensor—. En esa época yo perseguía a una princesa cuyo padre quería preservarla de mi amor de ogro. La despachó a Mar del Plata escoltada por una viejecita con fama de inquisidora, pero un corazón de manteca... Bueno, ese gallego tenía una fonda pintoresca que sólo conocían los entendidos. Cuando fui a comer allí con la princesa y su ambivalente escolta, intentó lucirse. Sabía que podía llegar a ser el buen cupido, cuya flecha de comida exaltaría nuestro amor. Me confesó que estaba loco de ganas por mudarse a Buenos Aires y suponía que la revista *Prospectiva* lo podría ayudar. Lo ayudé, en efecto, con una nota sobre su arte con los mariscos. Y también lo ayudé de otra forma: recordé que un local céntrico se ofrecía en alquiler, muy barato. A mi regreso oficié de intermediario y le conseguí el local. Propuse llamarlo *Siete mares*. Y el gallego se vino, feliz.

—Ahora tiene un buen restaurante pegado a su casa.

—Cuatrocientos metros.

—Mariscos todos lo días.

—No exagerés —replicó airado—. Me gusta variar; en materia de comidas soy un nómade irreductible. Pero reconozco que en *Siete mares* se come muy bien, acompañado por la ilusión de fantásticos viajes, divertidos corsarios y tesoros ocultos bajo la mesa. Ya verás.

—Sus palabras me aumentan el apetito.

—Esta noche sólo cazuela, ¿eh? Mi barriga es una bordelesa, pero no ha perdido la educación.

—Entonces nos conformaremos con una cazuela chica.

—No, chica no: como Dios manda. La cazuela de mariscos vi-vi-fi-ca. Es una bandeja enjoyada, patrimonio de un maharajá. De día o de noche, comer hace bien. No te rías. Comer es el único deporte natural del hombre; una gimnasia llena de placer. Los regímenes balanceados atentan contra el perfeccionamiento humano, porque atrofian las papilas gustativas. El hombre se diferencia de los animales porque jerarquiza la comida: de necesidad primaria la elevó a goce del espíritu —te miró de lado—. Espero que no te escandalicen estas boludeces.

Apareció un ancla de neón que contenía las palabras *Siete mares*. Albariconte empujó la puerta vaivén. El amplio recinto estaba desbordado.

—A ver, que nos descubra el dueño... Allí está. ¿Viene?
Sí, ya me vio.

—¡Buenas noches, don Fernando! —saludó eufórico
mientras se secaba la doble papada con una servilleta enorme—. ¡Encantado de verle!

—Maestro de paellas... —Albariconte le hizo una reverencia—. Quiero presentarle a un amigo de Leubucó:
Héctor Célico.

—Bienvenido —sacudió tu mano.

—¡A lucirse, viejito! —exclamó Albariconte—. Le he
prometido un plato inolvidable; por eso lo traje aquí.

—¡Es el mejor lugar de Buenos Aires! Lo que ordene —se
cuadró y después te hizo un guiño—: Cada vez más flaco
este producto del campo de concentración, ¿eh?

—¡Basta de cháchara! —protestó Albariconte—. A mostrar eficiencia. ¿Qué tenemos de entrada?

—Hay un plato para adelgazar...

—Mire, proyecto de Neptuno —Fernando le aplastó su
manaza sobre el hombro—: tráiganos una cazuela de mariscos como centro; adecue el prólogo y el epílogo a su
criterio; me gustan las sorpresas.

Curiosa manera de ordenar, Héctor, porque Fernando
Albariconte no era un *gourmet*. Tardaste un poco en vislum-
brar su curiosa y casi inverosímil estructura, enhebrada de
esperanzas y escepticismo, piedra y arcilla, fuego y dolor.

—¿Qué está escribiendo ahora? —preguntaste apenas
tomaron asiento.

—Ya me podés tutear. Ustedes, los provincianos, son
inaguantablemente respetuosos. Mirá, entre otras cosas,
reúno material para una historia completa del *Erúctary
Club*.

—¿*Erúctary Club*?

—Sí, una imaginativa institución que nació en Córdoba.
¿Nunca la oíste nombrar?

—No.

—Está inspirada en otras entidades de servicio; incluso su nombre las evoca. Pero mientras las entidades de servicio son primordialmente centrífugas, procurando rociar su entorno con obras de bien, el *Erúctary* es centrípeto. ¿Cazás la diferencia? Las demás entidades también hacen obra hacia adentro, porque sus integrantes se reúnen para pasarlo bien, pero lo que acentúan es el trabajo hacia afuera, hacia la sociedad en general. En el *Erúctary*, en cambio, la actividad dominante es la centrípeta: comer y pasarlo bien. Para balancear nuestra tendencia centrípeta, que lleva todo hacia adentro, estimulamos el eructo, es decir la explosión hacia fuera. En otros términos: placer hacia adentro, pestilencia hacia afuera.

—¡Un disparate! ¿Y vos sos miembro activo?

—¡Activísimo! Fui aceptado en el primer examen.

—¿Examen? ¿Cómo es eso?

—Ingerir mucho, tragar aire mientras se mastica y efectuar un eructo que dure cinco segundos por lo menos. Cronometrados, desde luego. Te aclaro que en materia de eructos cinco segundos equivalen casi a una eternidad.

—Asqueroso.

—¡Un espectáculo, hijo!... Pensá en la variedad de sonidos que se logran emitir con cada eructo: las combinaciones de color, los ritmos, los ascensos y descensos arpegiados, progresivos o violentos, el suspenso, las descargas explosivas, los ronroneos agónicos, el hipado espasmódico, el rugido burbujeante... Maravilloso. El eructo es una caja de sorpresas, creeme. En el examen de admisión se graba la demostración del candidato que luego, si es aprobado, queda archivada. Hemos reunido una *eructeca* única en el mundo, merece incluirse en el Libro Guinness. Te lo digo en serio. Más aún, y esto es secreto: a ella recurren compositores de vanguardia.

—Me estás tomando el pelo.

—Te hablo con la mano en el corazón. ¿No es el eructo una catarsis? La civilización ordena reprimir todo, incluso el aire. Un buen eructo, en cambio, libera cuerpo y alma, quita el mal humor, recupera el sentido de la travesura, aporta tranquilidad. Fíjate: lo aceptamos en el bebé, porque lo tranquiliza, y se nos dio la locura por condenarlo en la gente grande. ¿No te parece que hay una ridícula pifiada? El *Erúctary* equivale a una reparación histórica, no me caben dudas. Nuestras reuniones se parecen a la orilla de un mar embravecido, con olas que revientan en los acantilados del paladar y salpican las servilletas. Es una orquesta en furiosa actividad.

—¡Llega la comida! —anunció el sudado figonero tras un mozo que cargaba la bandeja coronada de vapor.

—¡Magnífico! —Albariconte examinó la fuente—. Veremos si el sabor es tan bueno como la decoración. ¡A nutrirse, Héctor!

Comí con apetito. Reconocí que la mano del dueño tenía arte.

Pero el júbilo de Fernando no se mantuvo parejo. Hacia el término de la cena empezó a decaer. Al principio lo atribuí al ruido que imperaba en el restaurante y había terminado por cansar nuestra voz. La superficie juguetona que exhibió desde que lo visité en su departamento, parecida al cabrilleo del mar, encubría densidades oscuras. Hacia el postre ya no era el mismo.

Te invitó a beber el café en otro lugar. Luego sugirió volver a su casa, porque allí sobraban los licores de sobremesa. Esa noche te iba a permitir que cruzaras la frontera de un Fernando Albariconte a otro, de un mundo de luz a un báratro poblado de sombras. Esa misma noche, mientras te ofrecía la redonda copa de coñac, se refirió por primera vez a los zombis. Surgieron de pronto, como un inoportuno ejército. Con ellos se deshizo el encanto de la cena, porque eran como sepulturas en actividad, algo verdaderamente siniestro.

Los zombis se nutren con el látigo, Héctor (te enteraste). El impiadoso azote alimenta sus espaldas y también sus cabezas, muslos y vientres. Andan desnudos. Sus cuerpos mecánicos y sin sangre ni linfa han olvidado el estremecimiento de la vergüenza y la jerarquía de la intimidad. Trabajan, identificados por su número. Sus articulaciones chirrían porque sólo reciben de lubricante unas mezquinas gotas. Son máquinas sin bulbos olfatorios, ni papilas gustativas, ni oídos sensibles. Han sido recuperados de la muerte estando muertos para aprovechar la sobrante energía del cadáver. Sobre sus huesos el látigo traza sus dibujos de dominación. Las manos sin expresividad fabrican, distribuyen, mezclan, cocinan. Matan.

Te acostaste tarde y esa noche fuiste asaltado por las pesadillas.

Capítulo XIII

Azucena Irrázuriz devoró la *Antología poética* que le obsequié. Amaba tanto los versos que reactivó su aletargado idilio. Nos habíamos conocido durante nuestra adolescencia, allá lejos, en la salada laguna de Carhué. También en Carhué nos encontramos cinco años más tarde. Ambos brotes, lamentablemente, quedaron ahí. Después se interpuso un largo suspenso.

De todas formas, puedo decir que nuestro romance comenzó efectivamente allí, junto a esa laguna salada, en cuyas aguas densas flotan hasta los cascotes. La gente se alegraba revocándose con el oloroso barro de sus orillas. Luego las duchas se encargaban de eliminar las sales pegadas hasta el hueso. Por la tarde casi todo el mundo salía a respirar el aire podrido que, a fuerza de sugestión, seducía a turistas y reumáticos. El horizonte liso tragaba al sol en inolvidables fogatas de crepúsculo; sus llamas evocaban los incendios que por la zona habían provocado los malones de Namuncurá.

Separados del grupo que conocimos en el hotel, con toda la cursilería de un proceso tan antiguo como la creación, contemplamos las nubes coloreadas. Azucena denunció con el índice al bañista fanático que jamás volvía antes de que cerrase la noche. Le propuse caminar a lo largo de la costanera. El camino a veces se abría hacia la pendiente barrosa. Ingresamos en uno de los muelles que bebían la última luz y corrimos sobre sus maderas ablandadas por la humedad. Agitados, nos apoyamos contra el pretil. La brisa asperjaba gotitas refrescantes. La contemplé fijo y ella se extrañó; de pronto soltó una carcajada molesta.

Le ofrecí la mano, pero prefirió correr de nuevo; temía a su propia excitación. Nuestro trote rebotó fuerte en los tablones. Regresamos al camino y la dejé mantener una ventaja por casi doscientos metros. Luego decidí darle alcance y atrapé sus hombros. Se contrajo. Le sonreí, nos soltamos y continuamos la marcha. Ya se había sumergido media esfera de sol. Descubrimos un obraje: ¿Aquí hacen un puente?, se asombró. No —dije—, es un corredor cubierto que unirá este hotel con la playa. Lo atravesamos con inquietud: su penumbra era un espacio íntimo que invitaba a la unión; ella se detuvo por unos segundos y yo la miré vacilante. Casi nos abrazábamos, pero en el instante en que avancé un paso ella reanudó su marcha. Cruzamos un muro de ladrillos, rodeamos el pozo de cal y descendimos por la escalera de hormigón sin terminar. El espacio se estrechó, cómplice. Entonces me animé y la abracé por la cintura, con inseguridad y torpeza; la giré hacia mí y pegué mi boca a su cara, sin precisión. Fue un segundo de quemante locura. El beso resultó más breve que un suspiro mientras nuestros corazones amenazaban rompernos el pecho.

Salimos a la playa, avergonzados. Las olas se revolcaban ajenas. Ella miró hacia un lado y yo hacia el opuesto sin saber qué decir. Los turgentes relieves de su cuerpo quedaron grabados sobre el mío, como si en aquel contacto que pretendió ser beso hubiera tomado una foto que se introdujo en mi sangre. Permanecimos en silencio, separados. Hasta que rompí el bochorno con la única palabra que podía salir de mi boca: ¿Volvemos? Azucena asintió y caminó delante; yo le miraba el cabello suelto, la espalda delicada, la cintura estrecha. En el centro del húmedo corredor volvió a detenerse: sus ojos celestes se aproximaron a los míos. Con súbita alegría, como si su mirada me hubiera concedido permiso, la abracé con más fuerza que antes. Pero no pude librarme del apuro. Y la solté enseguida. Ella no se atrevió a retenerme, aunque hubiera querido hacerlo. Así lo pensé después.

Eso fue todo. Ridículamente pobre, ¿no?

Transcurrieron cinco años y nos encontramos otra vez, también en Carhué. Apenas me vio dijo: ¿Hace mucho que llegaste, Fernando? Sólo dos días, informé jubiloso. Ella bajó los párpados, entristecida de golpe: Mañana me voy. ¿Cómo? ¿ya? ¡no puede ser! Sólo tuvimos tiempo para conversar un rato. Azucena se recibía de maestra. Yo iré a la universidad, dije. Ella no, Leubucó no tenía universidad y sus padres no podían pagarle los estudios en otra ciudad. Yo seguiría Derecho en Buenos Aires, pero mi vocación eran las letras, expliqué. ¿Letras? Ella se entusiasmó. ¡Nos escribiremos, Azucena! Le apreté ambas manos. Melodramáticamente. A ella le saltaron lágrimas. ¿Por qué tenía que ser tan cruel nuestro destino? pensamos a dúo sin abrir la boca.

Después que ella partió recorrí el túnel que había sido testigo de nuestro primer beso y me di un baño de masturbatoria nostalgia. Tenía una historia de amor, y como pasaba en las novelas, me hacía sufrir.

En Buenos Aires recibí una carta llena de azúcar, acompañada de un poema suyo que, desde el título, hacía referencia a nuestro encuentro: *A la laguna testigo*. Me estremeció su pasión y le contesté enseguida. Llegó otra carta más apasionada aún; la distancia la dejaba expresarse sin frenos. Murmuré: esto se está poniendo maravilloso... O feo, advirtió Valentín, mi compañero de pensión; esa tipa debe estar loca, aseguró: tené cuidado, porque en una de ésas te va a complicar en un juicio por insania. ¡Qué estás diciendo!, reaccioné. En serio, no seas boludo, insistió;

conocí un caso igual: carta va y carta viene, después los abogados las usaron de documentos en el juicio; ella acabó en el manicomio y él tras las rejas. ¡Estás en pedo! no tiene ni comparación con nosotros. Di media vuelta y pensé que Valentín estaba carcomido por la envidia. Pero luego reflexioné, recordé sus palabras, discutí con ellas, las refuté. Bueno, en realidad creí refutarlas, porque no fue así: terminaron influyéndome. Resultado, dejé pasar semanas sin contestarle. Ella reprochó entristecida mi silencio, pero no se dio por vencida: compuso y mandó más versos en cartas que alternaban el entusiasmo con la súplica. ¿Ves? está loca, sentenciaba Valentín. Entonces decidí realizar un corte elegante: llené dos hojas para cancelar su amor por correspondencia: no tenía sentido, las ilusiones llevan a desastres, sólo podíamos mantener una relación de amigos, nada más. Azucena aceptó la amistad. ¿Viste? marcó mi amigo: ya no te soltará. Ella siguió escribiendo durante un año. Yo esperaba sus sobres con ansiedad. Pero al año se cortó. La interrupción brusca me sacudió hondo, por supuesto. Y el contacto no volvió a reanudarse hasta que fui a Leubucó.

Azucena me descubrió en el boliche El Médano, el mejor —tal vez el único aceptable— de esa localidad. Mi inesperada presencia debió haber restallado en su cabeza como un látigo; seguro que en ese momento se le produjo un alud de evocaciones: Carhué, el túnel, las aguas barrosas, los torpes besos, el reencuentro fugaz, el calor de mis manos encerrando las suyas, la primera carta, la última, sus lágrimas. Era posible que deseara ahorcarme.

Yo me hacía el distraído junto a mi vaso de cerveza.

Salió a bailar. Su pareja, evidentemente, no sospechaba el incendio de su corazón. Sobre el hombro del joven sus ojos brillantes buscaban los míos; aunque temían encontrarlos, no dejaban de buscarlos. En eso el director de la orquesta detuvo la música: los instrumentos callaron en forma sucesiva. ¿Qué pasaba?

—Un momentito, un momentito —exclamó con los brazos en alto—. Se encuentra entre nosotros, en esta inolvidable noche, un corresponsal de la gran revista *Prospectiva*.

(¡Pueblerinos de mierda! —exclamé para mis adentros.)

—Acaba de llegar a Leubucó para escribir sobre nuestra vida y nuestro sentir —agregó—. ¡Un aplauso grande! Así... más fuerte... ¡más fuerte!... Que el reflector lo señale. Muy bien... ¡Sigue la músicaaa!

Encandilado por el cuchillo luminoso, saludé con el vaso a medio beber.

—Gracias, gracias...

(Cuántos boludos juntos.) Quienes me rodeaban se apartaron primero y después volvieron para abrumarme con preguntas simpáticas. El director de la orquesta anuló las ventajas del incógnito que me habían protegido hasta ese instante. Era cierto que yo había viajado para escribir una nota sobre aquella localidad pampeana erigida sobre los escombros del legendario imperio ranquel. Pero también quería divertirme.

"El Médano —escribí después— es un boliche púdicamente oscurecido, que ofrece por una entrada al alcance de cualquiera una primera consumición gratis y una orquesta estrepitosa cuyo director compensa las deficiencias de los músicos con *gags* de su propia invención. Abundan los viajantes de comercio que ansían quebrar su vida gris con una aventura romántica. También se cuelan al interior del boliche adolescentes decididos a competir con la experiencia de los mayores, o seguros de que más de una mujer, puesta a elegir, preferirá sangre joven. Persisten tradiciones antiguas, como la de que muchas jóvenes sean acompañadas por sus madres, a las que no escandaliza el lugar, ni la penumbra, ni el correr de bebidas, pero jamás tolerarían que una seducción durante el baile les haga perder su virtud.

Cuando Azucena volvió a su silla la abordé sin rodeos: sus compañeras me desnudaron, asombradas y envidiosas. Azucena tembló bajo su vestido de noche. La invité a bailar y apenas dudó un parpadeo en seguirme.

Giramos con dificultad en la pista atiborrada. Las curvas de su cuerpo acariciaron el mío y sentí que levitaba. Nuestras bocas lanzaban el aliento junto a las orejas.

—¡Qué alegría encontrarte, Azucena! ¡Después de tantos años!

No contestó.

—¿Estás enojada?

La música ametrallaba.

—Podrías decirme algo.

Ella intentaba simular dominio, aunque su rigidez era evidente. Por fin dijo algo, la voz quebrada.

—E... estudiás... derecho, ¿no?

—¿Estudiar? Hace tiempo que no rindo una materia. Ingresé en esta revista para comer. Debo trabajar. No se puede hacer todo.

—Yo creía...

Empecé a contarle, exagerando las desventuras. Bailamos casi una hora, la mayor parte del tiempo abrazados. Yo gozaba su perfume y ella se adaptaba con menos pudor al relieve de mi virilidad.

Antes de regresarla a su sitio estallaron las burbujas de reproche y mis esfuerzos de excusa: Dejaste de escribirme. Me mudé. Mentiroso. Tenés que creerme. Podías haberme avisado que venías a Leubucó. Pensé que me odiabas. Lo has dicho: merecés ser odiado. Seamos amigos. ¿Es posible? Te extrañé, Azucena. No te creo. Creeme, es verdad.

Apoyé mis labios en su arrebolada mejilla. Se contrajo. La retuve, se aflojó, nos estrechamos más fuerte. Después me despedí: sus amigas no le sacaban el ojo de encima y ella no hubiera aceptado que la acompañase delante de semejantes cuervos.

Al día siguiente fui a su casa con la *Antología poética* que había comprado en el negocio de Soledad.

—Fernando... —me miró con los ojos húmedos.

Un beso rápido en la blanda luz del zaguán marcó nuestra despedida. Estábamos condenados a encuentros frustrados, demasiado breves. Algo nos impedía soltar el deseo. Azucena comprimió el libro contra su pecho y dijo que en ese instante se desgarraba una nebulosa. No entendí, sino años más tarde: para ella estábamos protagonizando una historia de amor accidentada que un ángel romántico escribía capítulo a capítulo.

En síntesis, ese viaje a Leubucó decidido por *Prospectiva* me permitió descubrir a Soledad y encontrarme de nuevo con Azucena. Dos momentos inolvidables y muy gratos, pero semillas de un conflicto que pronto derivaría en tempestad.

Capítulo XIV

Las nuevas jerarquías reconocieron en Manuel algunos méritos, de modo que lo dejaron ascender. En el escalafón adquirió conocimientos que servirían en su labor futura.

Compensatoriamente, perdió cuotas de voluntad y de rebeldía. Se produjo un desdoblamiento entre su saber y su poder. Le brotó una angustia silenciosa que le acidulaba la noche y el día. Su actividad dejó de ser espontánea y el sistema consideró que estaba ganando un ilota, como ya lo era la mayoría de la gente. Su malestar escondido no repercutió en sus manos ni en sus ojos: Manuel, al cabo de meses, sólo notó cambios en sus genitales. Cambios íntimos, quizás la única intimidad tolerada aún. Por eso nada dijo.

Tampoco podía quitarse de la nariz el artefacto que había caído del cielo: era su instructor perpetuo. Ese cubo construido con flores tenía cualidades sobrehumanas, sin duda. Existían tantas unidades como habitantes en el país, uno para cada hombre y mujer; operaban como ángeles de la guarda según los teólogos, o tonas, según historiadores y antropólogos. El aparato protegía y apuntalaba según el proyecto diseñado en la Gran Corola.

El cubo registraba las informaciones que recibía el sensorio de cada persona mediante pétalos reacondicionados, cintas, discos, módulos, polen, ondas magnéticas y vibraciones. Los receptores se conectaban a los sépalos. Los sépalos formaban enormes cálices, que eran estaciones estratégicas destinadas a traducir y procesar los datos vertidos por millones de artefactos. Los cálices, a su turno, convergían en centros que transferían su caudal a la *memoria de largo plazo, donde se almacenaban los archivos de comunidades enteras. En el más alto nivel se reordenaba el cuantioso material según las indicaciones del Pistilo Central instalado en el comando de la Gran Corola.*

El camino de retorno seguía la misma ruta, pero en sentido inverso. Innumerables señales se irradiaban hasta el último de los efectores en la nariz de cada individuo.

Esto no es novedoso, sonrió Diantre, pero sí necesario.

A Manuel lo asombraron otras cosas más.

La Gran Corola era un edificio cruzado por mecanismos de seguridad y compensación. En su lugar había existido la choza del viejo brujo. Pero ya no quedaban vestigios del sauce, ni de los montes, ni de algarrobo, chañar o caldén alguno tras cuyas frondas se escondían niños desnudos. También quedaron sepultados los zanjones llenos de huesos, cascotes y pasto marchito. La serranía azul que antes desdibujaba la niebla se trocó en una vasta usina.

Manuel pudo recorrer el camino que llevaba hacia el sanctasanctórum del Pistilo con la misma curiosidad que en su infancia lo empujó hacia la guarida del taumaturgo. Fue recibido por el colorido y joven Diantre, quien lo condujo hasta el primer estamento de la jerarquía. Recibió entonces un hiriente baño de luz.

Apreció que el Pistilo concentraba un inmenso poder gracias a la red de tonas que le informaba sobre la acción y el pensamiento de cada ser humano. No sólo hacía perfectos diagnósticos sobre la actualidad, sino que era clarividente: gracias a los datos que recibía, estaba en condiciones de rendir sofisticados cálculos de probabilidad.

Pero no podía (aún) suprimir el disimulado rescoldo que ardía en el pecho de algunos seres, entre los cuales figuraba el mismo Manuel. Ese fuego íntimo y secreto no lograba ser identificado por el Pistilo a causa de sus propias fallas, que también eran íntimas y secretas. En el mundo se había establecido una

misteriosa y asimétrica compensación entre las nuevas catego-
rías de amo y esclavo. El tímido fuego rebelde de unos pocos
denunciaba que casi todos los hombres habían sido reducidos a
la monstruosidad de los zombis: parecían normales, pero care-
cían de genuinos ojos, nariz, orejas, uñas, lengua y sentimien-
tos de indignación.

Manuel continuó ampliando sus conocimientos con la in-
tención de descubrir las encubiertas fallas del Pistilo Central.
Pese a las limitaciones de su voluntad, pudo salir airoso de
riesgosas pruebas. Gracias a que las jerarquías lo considera-
ron domesticado, Manuel tuvo acceso al impresionante deta-
lle. Y tembló —como Lucifer antes de la rebelión, o Cristo en
el Getsemaní.

Una de las fallas del Pistilo Central podía ser comparada con
el mínimo margen de error que se permite el calendario
gregoriano. La perfección de la Gran Corola necesitaba una suer-
te de año bisiesto, un recurso compensador para aprovechar el
resto de sus conquistas. Era una falla que se celebró como si
fuese un hallazgo. Gracias a esa falla podía seguir el sistema.
Manuel había logrado cruzar los muros de la fortaleza, aunque
no tenía en claro qué hacer. Esperaba que sus indomables in-
tenciones no se filtrasen a través del cubo, aunque eso era im-
probable. Se resignó a saber que estaba más cerca de la derrota
que del triunfo. No obstante, persistió.

La falla consistía en que exactamente cada ocho años el Pisti-
lo perdía la cuenta de un pequeño grupo humano. Dejaban de
actuar los tonas de sus integrantes y, en forma automática,
quedaban excluidos de la codificación universal. Esa comuni-
dad ya no podía ser registrada por los sépalos, los gigantescos
cálices ni los centros de decisión. Tampoco resultaba tolerable
que siguiese viva, porque su presencia disonante envenenaría a
las otras comunidades. La única solución consistía en elimi-
narla por completo, incluso de la memoria, a fin de que el siste-
ma —tan grandioso en lo demás— pudiese seguir aceitado.

La muerte de esos seres —consoló Diantre, inclemente, a Manuel, encogido— ha sido prefigurada por los sacrificios de la antigüedad, la simbología del chivo expiatorio y las desapariciones sin explicación: Rómulo se evaporó misteriosamente, lo mismo Eneas. Siempre algunos han tenido que perecer o desaparecer para que el universo siguiera marchando. Desde el punto de vista estadístico —prosiguió Diantre con su eterna sonrisa—, el exterminio de una comunidad cada ocho años es prácticamente nada en relación con los millones de asesinatos que cometió la humanidad desde que se instaló sobre la Tierra.

Manuel lo escuchó hasta el final, boquiabierto.

En uno de los estambres apareció entonces el anuncio de la primera comunidad a descartar desde que sucedió la lluvia de cubos. El rescoldo de Manuel se agitó, estremecido.

Capítulo XV

—¿Héctor?

—Sí, soy yo.

—¿Dónde estás?

—En la cocina; busco unos fósforos.

—Decime: ¿cómo te fue realmente con el Patriota?

No sabías cómo te fue. Habían pasado cinco semanas. Bartolomé López Plaza, con sus abruptas modulaciones de voz y los contrastes de rigidez e hipotonía, calor y frío, proximidad y distancia, te arrastró de la vanidad a la modestia, de la esperanza a la desolación, y te abandonó en el gancho de la duda.

—Creo que bien, papá. Se quedó con el manuscrito, prometió leerlo.

—Pero, ¿qué reacción tuvo?

—Grandiosa y confusa... Para reír y llorar; ¡es un caso de escopeta! Pero reconozco que fue amable.

—Un buen tipo. Se hincha en los discursos, pero fuera de ellos tiene calidad.

Los ojos de tu padre se habían detenido en tu cara, absorbiéndote, cubiertos por una delgada superficie líquida. Dos remansos sobre su piel seca; oblicuos o casi redondos (como la ingenuidad y la sorpresa). Ojos que recorrían con inmaculada responsabilidad las planillas de sueldos, el movimiento de caja y los resúmenes contables de la Independencia.

—¿Todavía no te llamó?

—No.

—Ya pasaron cinco semanas.

¡Las contaba! Como vos, Héctor.

—Ya sé.

—¿Y si le telefoneás?

No querías.

—¡Seguro! ¿Qué vas a perder? —insistió.

Le hiciste caso y llamaste por la noche.

—¿Hola?

—¡Mi querido amigo, escritor y discípulo!

—Yo...

—Sí, tu novela; ¿es eso? No la he olvidado. Refulge sobre mi mesa de luz, como un manjar que espera. Aún no la he leído, no. Padezco el agobio de mis obligaciones de rutina. Y no quiero recorrer sus páginas superficialmente. Así lo pediste, ¿verdad?

Lástima que escaseen las horas... hacerle un lugarcito es difícil.

—Sí.

—Sólo pude mirarlo por arribita, piqué algunos párrafos. Confieso que estimula mi curiosidad. Pero, en fin, calculo que a mediados de la semana próxima podré brindarte mi opinión. ¿Conforme?

¿Qué podías hacer? Te fuiste a dormir.

Pero el Patriota cumplió. Tu madre te avisó que había llamado. La abrazaste y giraste con ella en el desenfreno de tu alegría. Dijiste cosas del infatuado gran hombre, te burlaste de su melena engominada y su pañuelo en flor. Tu madre, riendo, te cerró los labios con su índice: Héctor, no seas ingrato.

—¡Deja que te felicite! —el cuerpo del abogado te envolvió como un cíclope; inhalaste su olor a perfume y tabaco; eras un pajarito en las manos de San Francisco de Asís—. Ven, siéntate. *Contramalón...*

Tuviste sensación de extrañeza. Pronunció el título de tu obra: *Contramalón*. Ese reconocimiento le daba un status ajeno a tu exclusividad. Metamorfosis deseada, pero inquietante. Júbilo con una gota de amargura.

—Confieso que tu libro me atrapó, admirado Héctor.

¡Dijo "admirado"! Pero sospechaste que ese comienzo tan feliz podía ocultar una mala noticia. Se aceleraron tus latidos.

—Recuerdo la frase de mi amigo Juan Filloy —sus órbitas se prensaron en la evocación—: "La novela permite todo, menos aburrir". ¡Cuántos cagatintas descomponen el estómago con páginas indigestas!

Su tórax cargó combustible para lanzarse al ataque. Te apoyaste contra el respaldo del sofá para soportar sus frases huracanadas.

—¡La lectura no debe martirizar! ¡El libro no es una herramienta del Purgatorio! ¡Sería descabellado que aburriese! ¡Una estulticia teratológica! —su mano sobre el pecho certificaba la grandiosa honestidad de su protesta.

El silencio que siguió (¡sus silencios grandiosos!) se abrió al esperado tono coloquial.

—Los episodios históricos que describes, Héctor, incluso los personajes disimulados por un nombre de ficción, me son conocidos. Los he identificado sin esfuerzo, cosa que no sucedería con un lector común.

Asentiste con la cabeza, resignado a tolerar su infaltable sesión de hipnoelocuencia.

—Tu relato es diestro. Sube y baja, encubre y descubre, enreda y desenreda. No obstante, mi obligación exige advertir... —ajustó el gemelo de su manga con la lentitud que requería la importancia del anuncio— que son muy crueles las escenas del malón y evidentemente tendenciosas y cínicas las del que tú llamas *Contramalón*. En toda página literaria debe manifestarse la belleza sin connubios abyectos, ¿comprendes? No se debe abandonar el buen gusto. La coprolalia, los incestos, la degra-

dación... ¡a la letrina, amigo mío! —su índice señaló una ventana.

—Pero Shakespeare, Zola, Joyce... —querías esgrimir los nombres que refutaban su hipócrita pudor; citaste los grandes como si fuesen escudos a prueba de balas.

—¡Cuidado! —su voz se alzó hacia las alturas desde donde Minerva le inspiraba pensamientos—. Cuidado... No confundas lo mejor con lo peor. ¿Crees que se inmortalizaron por sus renglones infectos? ¡Nooo! ¡Cuidado ante las trampas!

Había ingresado en uno de sus círculos viciosos. No tenías otra alternativa que arrellanarte y escuchar.

—Arte es albura, oposición a la cotidianidad gris, negra, roja o amarilla. ¡Las furias astillarán las cabezas de los irresponsables!

López Plaza no podía resignarse a una conversación serena. Su fuego fatuo amenazaba malograr la entrevista. Te devanabas los sesos buscando la forma de instalarlo en un carril lógico, apacible, pero él escogía patalear en la gelatina.

Le tiraste un hueso.

—Revisaré los pasajes que usted critica.

—¡Bien! ¡me gusta tu flexibilidad! —se tranquilizó, pero no mucho; su tórax aún cargaba pólvora—. El libro mejorará. Los ojos tienen derecho a respirar el mismo oxígeno que la nariz: nada de hediondeces en tu relato. Bien.

Se acarició la mandíbula mientras solicitaba ayuda a la diosa que rondaba sus cabellos.

—También deberás pulir los retratos de algunos próceres, Héctor. No me satisface tu parquedad respecto de la grandeza de la lucha que libraron contra los indios, ni tus ironías sobre intereses bastardos.

—Es que...

—Cuidado, jovencito.

—Yo...

—Lo sé, lo sé —descartó con la mano tus explicaciones molestas—. No se trata de ángeles ni demonios. ¿Es eso?... ¡Bah! prejuicios, modas, nada es completamente blanco, nada completamente negro. Pero tu novela infla la codicia de algunas familias por apropiarse de tierras que no ganaron con las armas. Noto demasiada fruición en el relato de las estafas que hicieron a milicos ignorantes. No me gusta. Es morbo gratuito.

—Hoy en día no podemos...

—¡Lo que no podemos es reducir nuestro pasado glorioso a intereses materialistas! ¡Nuestro pasado es sacrosanto! ¡Es nuestra plataforma moral! ¡La usina del futuro! ¿Has perdido el juicio? ¿Quieres derribar altares?

—Pero...

No le interesaban tus argumentos y no te escucharía ni aunque le aullases con un megáfono.

—Admiro a la juventud —cayó en la más vieja de sus obsesiones—. Sí, la admiro. Nuestro país es joven, su historia es joven, su potencia es joven.

Se detuvo a pensar y elevó una ceja; su rostro se había encendido.

—Pero más admiro el pasado.

Te moviste incómodo. Juventud, pasado, obras, ¡montañas de hueca exageración! Asociaste sus palabras con el desmesurado Sarmiento que colgaba en la antesala de su despacho.

—Volvamos a la novela —propuso de repente.

(Sí, por favor.)

—Ya te dije que me gusta. Pero, la socavan infantiles tesis sobre el origen de los latifundios. ¡Tus denuncias,

Héctor, no caerán bien! Para nada. *Contramalón* podría convertirse en la gran novela de nuestra pampa semidesierta —levantó ambas manos hacia el cielo raso—, si eliminases su exceso de agresividad contra la limpieza de salvajes. Nos guste o no, atentaban contra la unidad de la patria. O nos incorporábamos al mundo civilizado o nos retraíamos a la mugre de las tolderías. Tus trasnochadas reivindicaciones del indio, cuando ya no hay peligro de ser vencidos por ellos, son falsas. ¡Te hubiera querido ver cuando asaltaban nuestros pueblos, prendían fuego a lo que podían y se llevaban a las mujeres jóvenes!

Callaste, abrumado. Decía que le gustó tu novela y, sin embargo, la rompía a dentelladas. Estabas decididamente confundido. En ese tiempo aún ignorabas que para Bartolomé López Plaza las frases eran más importantes por sus efectos que por el significado. Lo tomabas en serio. En cambio para él desdecirse, modificar el rumbo, afirmar y negar lo mismo, no implicaba incoherencia, sino la pirotecnia que electrifica a cualquier público. No debiste quedar pasmado cuando afirmó:

—A tu libro le auguro un gran porvenir.

(¿Qué dice? ¿Ahora es halago? ¿es burla?)

La habitación cambió de color. Quizás una nube fue quitada del cielo para que el sol de la tarde perforase los visillos. O quizá la nube se metió en tu cabeza. Violeta, almendra, oro. Te restregaste los párpados.

—*Contramalón*...

(El título sonaba natural, consagrado.)

—...atraerá la atención de todo el país sobre nuestra querida ciudad —agregó.

López Plaza se puso de pie. Quisiste imitarlo, pero su mano te aplastó el hombro: sólo él necesitaba caminar.

—¿Leubucó no lo merece? —abrió los brazos—. Estamos lejos de la Capital Federal, de la capital provincial, olvidados de las principales rutas, apenas recordados por la prensa. Sobrevivimos gracias a un denuedo incansable y testarudo. ¡Y pensar que habitamos en el hontanar de nuestra historia! ¡En el centro mismo del legendario Imperio Ranquel! Aquí se libraron batallas épicas; aquí sucumbieron sueños y nacieron esperanzas; aquí se paseó esbelta la grandeza. ¡Tu novela refrescará memorias y enderezará el porvenir!

—Mi novela no elogia el pasado.

—No importa, joven amigo.

(¿Ya no importa?)

—Habrá polémica. ¡Mejor! ¡Mucho mejor!

Extendió las manos hacia el sol.

—¡Ahora veo con nitidez! Tu agresividad, tus denuncias, tus palabrotas, tus bajezas, tu irresponsabilidad, tus ideales, tu talento hirsuto de errores... son los cañonazos que despertarán a los dormidos.

(¿Eras todo eso, Héctor?)

—Tu insolencia, tu realismo y tu imaginación ardiente son un auténtico reflejo de nuestra vida en Leubucó.

(¿Tenías que decir gracias?)

Su traqueteo cesó de golpe. Su estampa majestuosa te enfrentó. Tras un silencio largo como una noche de invierno retomó la palabra, pero susurrante, confidencial.

—No interesan los soldados engañados, los próceres brutales, las familias acaparadoras, los indios ni el caos. Interesa tu novela llena de espinos como una zarza.

(¿La zarza ardiente? Moisés, la revelación divina. ¿Estabas en la víspera de grandes acontecimientos?)

Miraste sus labios trémulos, listos para pronunciar algo impresionante.

—Interesa... —te miró al fondo de los ojos—, interesa, mi querido y admirado joven autor... ¡el escándalo!

Te llevaste las manos a las sienes. Ese diálogo no tenía pies ni cabeza. Él, inflamado, pensaba que te oponías.

—¿No te estimula el futuro de nuestra ciudad? ¿Para ti es más importante el fraude que se le hizo al idiota de Namuncurá?

(No. No pensabas en los caciques.)

—¡Sí te importa! Porque Namuncurá... —enrojeció de ira.

(Zás: cayó en otros de sus férreos círculos.)

—...reúne las características infrahumanas de los indios. No digo todos, porque ¡soy anti-racista! Pero la mayoría de los indios eran infrahumanos, hay que reconocerlo. Salvajes. Y Namuncurá, ese lamentable cacique... ¡Jé, jé, jé!... Namuncurá... —se encogió como un tigre antes del salto—, ese fiero guerrero que ciñó la vincha imperial de los ranqueles, que había exigido doscientos millones por las tierras aledañas a la laguna de Carhué, huyó como un follón, mientras sus tropas morían en los desesperados combates de la retirada. Él no tuvo dignidad: abandonó a los suyos, se exilió en Chile y luego se entregó a las autoridades nacionales. Namuncurá... ¡qué héroe de pacotilla! Aceptó un regalo de quinientos pesos que gastó en golosinas y después se disfrazó con un uniforme de coronel, uniforme del mismo ejército que lo había humillado. ¿A ése pelafustán había que darle las tierras? En Norteamérica no se entró en componendas con los indios. ¡Limpieza!

—Hubo componendas, es verdad, pero también liquidamos a casi todos nuestros indios.

—Menos. Nos mezclamos con ellos y su mugre y por eso el país anda como anda. Te lo dice alguien que odia a los racistas, ¿eh? ¡no confundir! —pasó el dorso de la mano delante de su cara, para ahuyentar el tema; después cambió el tono y repitió—: Volvamos a lo nuestro.

—Sí, definitivamente.

Retornó a su sillón.

—Deberás publicar tu libro.

Suspiraste, era lo que deseabas. Para eso estabas allí soportando su metralla.

—¿Dónde? ¿Cómo?

—Ahora te digo mi última palabra: que tu novela se mantenga como está —agregó, sordo a tu reclamo—: agresiva, irreverente. La excesiva cocción arruina el gusto de los mejores platos.

—Pero, recién...

—No te quedes en el recién, sino en el ahora. ¿Qué hacer con los personajes centrales? Ángela y Federico son contradictorios por momentos, pero... —reflexionó en voz baja—. Ángela, hija del futuro terrateniente... Y Federico, un oficial de carrera... Mm... Ángela es una muchacha que convence. También su amor por Federico. Federico, en cambio, bien pintado como guerrero, adopta una actitud que podría llamar... inverosímil; rechaza las tierras que le ofrecen. Eso no es creíble. Tu novela trata de explicar su decisión, asociada a la repulsa que le genera la brutal matanza de indios. Pero las recompensas, cuando son muy grandes, no se rechazan así como así.

—Es que Federico tiene el alma limpia, doctor López Plaza. Como usted, por ejemplo. Mantiene sus principios.

(Qué canalla eras, Héctor: lo hiciste vacilar.)

—En efecto... Pero estamos analizando la verosimilitud de tus personajes. La actitud de Federico me suena artificial.

—Sugiere entonces que haga cambios.

—¡Nooo...! ¡Jamás! ¿No te dije que olvidaras el recién y escuchases mi ahora?

(Te volvía loco.)

—Tu novela debe ser lanzada con sus atributos intactos; es la obra de un escritor joven, por lo tanto desmañada e irregular. Nada de arreglos, podrías matarle el alma.

—¿Qué te dijo el Patriota?

—Mucho. Demasiado, papá. Me embadurnó de mierda el cerebro. Necesito pasarle jabón a mis neuronas.

—¿Y sobre las editoriales? ¿Qué dijo sobre las editoriales?

—Doctor, ¿qué debo hacer para publicarla?

—Es tema de la próxima etapa, mi amigo. No nos precipitemos.

(¿Precipitarnos? Hace horas que no para de hablar.)

—¿Me ayudará en ese trámite?

—¡Qué pregunta! —giró hacia Minerva atenta—. Querido y admirado joven escritor: hasta este momento, ¿qué estoy haciendo? ¿cabe mayor ingratitud de tu parte?

(Te encogiste.)

—Me refería al nombre de alguna editorial.

—Sí, alguna editorial. Una buena editorial. ¿Tienes que viajar a Buenos Aires?

—En realidad...

—No importa. Tu presencia será poco favorable cuando te vean tan joven. Mejor envías el manuscrito con una carta mía.

(¡Eso deseabas!)

—Para impresionar al editor, le anunciaré que si publica tu novela, le escribiré un prólogo.

(¡No, eso no!)

Se te cayeron las medias. Fue un golpe completamente inesperado. Lo miraste impotente, con cara de cordero degollado.

—Eso tendrá mucho peso —afirmó con el puño en alto—. Sabrán que confío en tu obra. Y obtendremos ¡un éxito rotundo!

No se te escapó el *obtendremos*. Acababa de apropiarse de tu novela, sin pudor. Lo hizo con la misma naturalidad e hipócrita nobleza con que algunos terratenientes del siglo pasado quitaron leguas a los soldados brutos.

Entre tu relato histórico y la cotidiana actualidad las fronteras se esfumaban rápido.

Capítulo XVI

La mía es una confesión interminable: ¿narcisista? ¿delirante? ¿masoca? Hablo, callo, pienso, busco. ¡Qué sé yo!

Cuando te vi por primera vez, Héctor, tenías diez años. Entonces no pensabas escribir novelas, porque ni siquiera las leías. Pero acababas de lucirte en el concurso poético organizado por la Independencia SA en Leubucó. Luego viniste a Buenos Aires con tus padres y tu maestra: era el premio convenido. Te llevaron al monumental edificio Patria, donde nos encontramos de nuevo. Pocos meses antes yo había empezado a trabajar allí y Antonio Ceballos, mi jefe, me designó tu cicerone. Cuando te llevé a la azotea brincaste de júbilo al descubrir el inmenso Río de la Plata, porque hasta ese momento el único curso de agua que conocías era la exangüe cinta que cruzaba Leubucó. Me acuerdo como si fuera ayer.

Tu padre trabajaba en un Banco local y no simpatizaba con tus inclinaciones artísticas; entonces yo le propuse que se incorporase a nuestra empresa por... no sé, por corazonada, por vos, por tu madre, por Azucena. Y tu padre aceptó encantado, desde luego: tendría mejor salario y prestigio profesional. Fue como un shock: la literatura de su hijo —que no valoraba— le rendía un fruto inesperado. La sorpresa le pintó una sonrisa que no se le fue en semanas.

Yo ya había tenido mi propia sorpresa, Héctor. Mucho

antes de la Independencia y del concurso y de tu viaje, cuando aún era periodista de *Prospectiva*, decidieron que escribiese una crónica sobre alguna ciudad aislada del interior argentino. La suerte quiso que eligieran a Leubucó. Tal como deseaba, en aquel viaje reencontré a Azucena Irrázuriz. Y también, simultáneamente, conocí a Soledad. Dos hallazgos que entraban en irremediable conflicto. Publiqué un artículo vivaz que tuvo cola: Gumersindo Arenas, presidente del Centro de Escritores, me invitó a volver para dictar una conferencia. Acepté feliz: el anzuelo de una mujer es poderoso; el de dos, imposible de esquivar.

El tema elegido para mi disertación era "El mesianismo de los intelectuales". Me despaché con todo, porque —a mi gusto— ya empezaban a sobrar pontífices tan engreídos como fanáticos. El único que entendió mis ironías fue Gumersindo, que publicó un extenso comentario en *Horizonte*. Ese periodista-poeta y coleccionador de cactos es una personalidad inolvidable, realmente. Bueno, como te decía, en ese segundo viaje consolidé mi relación con Soledad y dejé que Azucena se corriese a las sombras.

Soledad tenía veintiséis años y yo treinta y uno.

La estreché con fuerza mientras girábamos en la penumbra de *El Gato Azul*. Busqué sus labios, que aún esquivaba por coquetería. Acaricié su espalda, ascendí hasta su nuca y calcé la base de su cráneo como si fuese una copa de coñac. Entonces la guié con dulzura hasta que su boca accedió a entregarse. La besé cuidadoso, pero con insistencia y variaciones. Tenía necesidad de apagar una sed que empezó cuando la descubrí en medio de los libros. La sed aumentó al día siguiente, tras el escándalo con Joe Tradiner. Se incrementó aún cuando su padre quiso someterme a un interrogatorio porque desconfiaba de los porteños. La sed no se apagó jamás, claro. Soledad me gustaba con intensidad desconocida. Yo había caído en la fosa encantada del enamoramiento sin límites.

Ésta no es Azucena, expliqué a Valentín mientras le mostraba una foto de Soledad, y le escribiré a chorros.

Las excitadas cartas develaron historias y deseos. Pero no todo era crónica, por supuesto: yo inventaba y ella posiblemente también. A Soledad la oprimía la chatura de Leubucó y me consideraba el cóndor que la llevaría hasta las nubes de la gran ciudad. Sus sueños, tejidos a la vera de los relatos que oía en las estancias, podrían convertirse en realidad gracias a nuestro súbito amor.

Dos meses más tarde regresé a Leubucó.

—Volvamos a *El Gato Azul* —invité.

—¿Tenés malas intenciones?

—Has adivinado, querida.

—Pues bien, me defenderé —sonrió.

Durante una hora pudo mantener a raya la osadía de mis manos. ¿Y ahora qué bebemos? ¿más whisky? ¿una Cuba libre? Hace mucho que no pruebo Cuba libre. Está bien: ¡mozo!, dos Cubas libres. ¿Bailamos de nuevo? Enseguida, prefiero que me contés otras cosas, pero ¡dejá en paz los dedos! ¡qué impaciente! A los cinco minutos salimos a bailar y enseguida rodeé su talle. Ahora se atrevía a cimbrear como una odalisca. Soledad me parecía decididamente bella. Repetí mi acercamiento a sus labios que volvieron a teatralizar reticencia. Mantuve la perseverancia de mis caricias en su espalda, sus hombros, su nuca, hasta que los labios se unieron para transmitir aquello que no pueden expresar las palabras. Al cabo de un tiempo indeterminable nos sentamos. La rodeé con mi brazo derecho y con el izquierdo le alcancé su copa.

—Por tu soberanía territorial —brindé.

Nos besamos con la boca húmeda de alcohol. Y dejamos de hablar, anegados por el deseo. Las copas se renovaron hasta que el mozo nos suplicó que debía cerrar el local.

—Vamos a mi casa —propuso—. Papá viajó a Córdoba.

La cabeza me dio vueltas; llamé a un taxi. Durante el breve trayecto no permitió que le acariciara los senos. Cuando frenó entregué un billete.

—No le pagués —dijo—: te llevará al hotel.

—¿Cómo? ¿no me invitaste?

—Aún no, Fernando. Disculpame. Nos vemos mañana, ¿eh? —me besó en la mejilla y descendió precipitadamente.

La seguí vacilante.

—Pero... Soledad...

—Fernando, te lo ruego. Hoy no.

—Por qué...

—Por favor. ¿Me perdonás?

—Es absurdo... Yo te quiero.

—¿Te ofendiste? —rozó mi mejilla con sus dedos.

—Puede ser —la miré con dureza y regresé al taxi; ella quedó rígida junto a la puerta, la llave colgada de la mano.

Traté de restablecer mi equilibrio. Murmuré para mis adentros que, al fin de cuentas, era una mujer de provincia chapada a la antigua.

En mis narices aún persistía su aroma. Abrí la ventanilla y el viento de la noche lo arrancó de mi piel. Un minuto después ordené al conductor que se detuviera.

—¿Aquí? —no pareció comprender.

—Sí, aquí mismo —pagué y descendí.

Era una calle desconocida y solitaria. Caminé bajo la fronda de las encinas hasta una plaza donde los faroles derramaban luz amarilla. Pisé la sonora grava y escogí un banco al que debí secarle el rocío con mi pañuelo. Necesitaba meditar mi vínculo con Soledad, aunque esas meditaciones ruedan locas y nada aclaran.

TECEL

*El hombre es un ser en continua crisis. Su avance por la vida supone
una escisión entre algo que se acepta y algo que se deja. Lo que produce
angustia y desesperación no son tanto las dificultades del simple vivir,
sino las de lograr una vida preñada de significaciones.*

JUAN J. LÓPEZ IBOR

Capítulo I

Mientras la escribías, Héctor, tu novela permaneció blindada en el silencio de la intimidad. Con ella pasabas horas de placer y alegría. Pero las cosas dieron un vuelco cuando la terminaste: primero la leyeron tus padres y Bartolomé López Plaza. Y pronto —demasiado pronto— cundió la noticia que atrajo a pastores y reyes magos, ansiosos por contemplar el prodigio que nació en tan modesto pesebre (en esos términos te habló después Fernando Albariconte).

En una tarde ventosa había llegado a tu casa Gumersindo Arenas, presidente del CEL (Centro de Escritores Leubuquenses), apoyado en su bastón de caña. Se arregló el moño negro que decoraba su cuello y pidió un vaso de agua para limpiarse el polvo de las tolvaneras (el viento de Leubucó fabrica globos de tierra, castiga el lomo de los animales, entierra arbustos, borra caminos y traslada médanos, cuando se pone bravo; su silbido acompañó el tiempo de la visita y las cordiales frases de invitación).

Gumersindo Arenas quería que te incorporases al CEL antes de que tu obra fuese publicada. En esa geografía yerma no se respetaban secuencias, sino expectativas. Habías escrito y, por lo tanto, eras escritor.

Tenemos que decir algo de Gumersindo, porque influía a todos, y vos no escapaste a sus frases y actitudes. Lo honraban como el más antiguo redactor de *Horizonte*, diario fundado en 1910, cuando las celebraciones del primer

siglo de la Revolución de Mayo. En la página literaria de los domingos siempre incorporaba un poema gauchesco. Conversaba con los amigos en el bar de la vuelta mientras saboreaba su vaso de vino tinto con hielo que —según decía— era el mejor remedio para la sed. De modo que tu madre hizo bien en ofrecerle vino, aunque pidió agua. Luego le cebó algunos mates.

El hombre era querido. Años antes había dirigido el Centro Folklórico y acompañó a un grupo de bailarines al Festival Nacional del Malambo. Los testigos repiten que, arrastrado por una vehemente exaltación, se lanzó a la pista, donde su zapateo lleno de firuletes bordó figuras que desataron una ovación interminable. Se le desprendió el moño y gastaron las suelas. ¡Viva el viejo! Taco y punta, polvo y llamas, el anciano se transformó en una máquina de percusión que rompía las costuras. Lástima que al final la mala suerte le produjo un esguince que lo obligó a usar bastón por el resto de la vida.

Otro de sus rasgos inseparables —¡cómo no mencionarlo!— era su pasión por los cactos. Explotó de súbito por la misma época, mientras visitaba a un folklorista porteño. Acarició las espinas hinchadas por la humedad de Buenos Aires y las comparó con aves en prisión. Luego seleccionó especies y las cultivó en el patio de su casa; resultaron ser cactos gigantes y belicosos. Al cabo de poco tiempo pudo jactarse de que tenía un ejército de unidades ariscas y verdaderas, legítimamente arraigadas.

A Gumersindo le encantó que tu novela reconstruyese el pasado de Leubucó. Te lo dijo esa misma tarde. Insistió que el mérito esencial radicaba en el tema: los valores literarios sólo pueden erigirse a partir de esa plataforma; respaldó su postura con una cita de Herman Melville: "Para producir un gran libro es menester elegir un gran tema. Ninguna obra grande y durable podrá ser jamás escrita sobre la pulga, aunque muchos lo hayan intentado".

Su entusiasmo ya se había extendido al CEL. Uno de sus integrantes poco asiduos —por sus "impostergables y superiores responsabilidades"— era Bartolomé López Plaza; en una de sus raras asistencias desató curiosidad por tu novela. Leubucó será llevada en libro a todo el país, anunció. Y sus palabras vibraron como un clarín. El CEL debe estar a la cabeza del proceso histórico, agregó. Entonces la aprobación y el arrebato fueron uno. El Patriota, incorporándose de nuevo —casi siempre hablaba de pie—, informó que había escrito el prólogo y entablado contactos con una prestigiosa editorial. Otra vez aprobación y más entusiasmo. Gumersindo Arenas propuso asociarte sin demora.

Y así conociste a los primeros "escritores" de tu vida.

Te recibieron con afecto. El CEL funcionaba en la Biblioteca Popular Esteban Echeverría, fundada en los albores del siglo por un puñado de anarquistas que traían la antorcha de la revolución desde sus aldeas europeas. Junto a don Gumersindo se sentó el escribano Gregorio Tassini, secretario de actas, que se esmeraba por eternizar con pasión pareja insustanciales iniciativas y debates. Dio lectura al acta anterior con voz solemne, pegando el cuaderno a sus ojos miopes. Te enteraste del intercambio de encomios que mereció tu novela inédita.

Con tardanza irrumpió el Patriota: hoy no podía venir, dijo con rostro demudado, pero traigo una noticia desconcertante.

Le gustan los golpes de efecto.

—¿Qué ocurre? —preguntó Arenas.

El Patriota depositó una carta, se desabrochó el saco y se sentó.

—Léala, secretario. En voz alta, por favor.

Tassini abrió el sobre y extrajo una hoja. La desplegó solemne. López Plaza te miró, bajó los párpados y se contrajo a meditar. La misiva se dirigía al estimado amigo Bartolomé López Plaza y explicaba en un lenguaje deprimente que la Editorial no iba a publicar la novela de su recomendado, señor Héctor Célico.

Los miembros del CEL confluyeron en fórmulas de consternación. Sus ojos te abrazaron, Héctor.

Gumersindo Arenas propuso debatir el injusto rechazo. Oíste frases hostiles contra las editoriales en general y las porteñas en especial; supiste de algunas buenas obras enterradas antes de nacer. La Biblioteca Echeverría se impregnó de lamentaciones.

López Plaza salió de sus poderosas reflexiones y denunció con el puño en alto la ofensa que la respuesta infligía al interior del país. Su laringe seleccionó las palabras más duras, porque "¡mi espíritu se afirma sobre los tarsos de la verdad!" Demostró que tenía un acabado conocimiento del manuscrito y recitó párrafos de su propio y enjundioso prólogo. Trazó un paralelo entre la plantación de rosas que efectuaba la Independencia, sus indiscutibles beneficios a Leubucó y a la Patria, y los cerrados grupos económicos que ignoran los yacimientos de las provincias. Por eso *Contramalón*, cuando se publique, será un genuino producto de la pampa medanosa que hará temblar el país. Sugirió que una delegación del CEL hablara con el obispo y el jefe de la Guarnición Militar.

Aprobación.

Así hay que hacer... Muy bien... Yo lo acompaño... Yo también voy.

Resolvamos entonces: anote, secretario.

Gregorio Tassini se acomodó los cristales, consciente de que en su cuaderno esculpía la historia.

López Plaza solicitó las entrevistas y a la hora establecida partió la delegación para recoger apoyos. Primero el obispo: gran hombre, comprensivo, culto. Luego el jefe militar: soldado apuesto. López Plaza explicó, convenció y entusiasmó. Ambos se solidarizaron con el propósito de editar tu novela sin haberla leído. El Patriota se jugó, Héctor; y te sorprendió que no le importase comprometer a todo el mundo. Sus argumentos se popularizaron: es por la ciudad, es por su futuro y su pasado, es para atraer la atención nacional, es para jerarquizar las provincias, es para darles oportunidad a los autores jóvenes, es por la Patria grande, es por la memoria de los héroes desconocidos, es por la caridad cristiana, es por la dignidad castrense... El Patriota gozaba escuchándose.

Otra editorial recibió entonces tu obra, pero esta vez acompañada por un cortejo de quince cartas firmadas por el obispo, el jefe de la Guarnición Militar, el Intendente, Robustiano Buteler por el directorio de la Independencia y un rosario de instituciones: Biblioteca Echeverría, Círculo Médico, Club Social, Colegio Normal, Liga de Beneficencia, Museo Histórico Ranquelino, Patronato de Leprosos, Sociedad Rural, Rotary Club, Centro de Protección a la Infancia y Asociación de Almaceneros. Grotesca corte de los milagros. Enfatizaban la urgencia por la edición de esta ínclita obra sobre Leubucó, centro de una epopeya nacional.

Te habías convertido en el espectador de un proceso que te involucraba. La nueva casa editora respondió que te invitaba a conversar personalmente con su encargado de relaciones públicas. Se abría una puerta más benevolente. La hoja circuló por las veinticuatro manos que se sostenían sobre el borde de la mesa oval. Brotaron cálculos, conjeturas y anécdotas. El secretario de actas atrapó en su cuaderno las mociones y divagaciones como un enloquecido perro de presa. En cambio vos, Héctor, habías empezado a observar con dosis de malicia y te preguntabas cuántas de esas páginas indigestas que el secretario de actas escribía con hermosa letra serían consultadas alguna vez.

El Patriota enumeró las condiciones que deberías defender a muerte en tus negociaciones. Eran rotundas como mandamientos. Primero, la edición no será inferior a los tres mil ejemplares. Segundo, todos los libros serán numerados y firmados por su autor o prologuista para controlar la tirada. Tercero, el autor percibirá un 10% del precio de tapa. Cuarto, se destinará una décima parte de la edición para el autor, que la distribuirá según su criterio. Quinto, la Editorial no se arrogará ningún derecho sobre otro tipo de reproducción ni sobre las traducciones. Sexto, las reediciones deberán ser comunicadas por anticipado y se regirán por idéntico acuerdo.

—Está bien, doctor, está bien —lo tranquilizabas a fin de que no volviera a repetir lo mismo.

Viajaste en ómnibus. El tramo Leubucó-Buenos Aires era suficientemente largo como para permitir que la mente se acomodase no sólo a un cambio de ciudad, sino de mundo. Las progresivas manchas verdes fueron inmovilizando el polvo que se movía demasiado en la pampa semidesierta. La tierra se fue despojando de médanos, tanto los fijos como los nómades y en su lugar aparecieron pastizales cada vez más robustos. Entraste de a poco en la pampa húmeda, es decir en el maravilloso abanico de la fertilidad argentina.

En Buenos Aires no sólo te esperaba el encargado de relaciones públicas de la "benevolente" Editorial, sino Fernando Albariconte y su rescoldo escondido.

Capítulo II

El rescoldo de Manuel clamó por un hijo libertador que diera término a su misión frustrada. La red de pétalos que sometió a su país le había disminuido la voluntad y tal vez su inteligencia. Necesitaba el hijo que prolongase su voz y su puño, que tuviera la capacidad que a él le habían marchitado.

Decidió correr el riesgo de lograrlo. Para ello apeló al ardid de comunicar a su tona que los perfumes lo impulsaban a unirse con una mujer. El cubo le respondió alborozado que sí, y le anticipó con versos el disfrute; nadie, en las jerarquías, presentaba oposición a tan primitivo deseo. Manuel contempló entonces sus debilitados genitales, que quizás no funcionaran bien, pero no dejaría de probarlos para lograr su fin. Lo consolaba el hecho de que aún las jerarquías no hubieran descubierto la deformación que ocultaba los restos de su conciencia insumisa, de un rescoldo bien guardado.

Para encontrar a la mujer de su destino —también prevista por el Pistilo Central— debía viajar, le dijeron. Sin distinguir vigilia de sueño recibió a un agente de Viator. Fue una escena surrealista. El hombre depositó su portafolios lleno de sorpresas. Sus dientes expuestos en sonrisa se movieron hacia una conversación lubricante. El tiempo es oro, señor, no se lo robaré; la tournée incluye descuentos excepcionales; también se han fijado días libres.

Libres... La libertad estremeció al rescoldo.

El agente seguía: también tardes libres, horas libres. Extendió un pliego de papel ilustración con fotografías *rutilantes que se ordenaban desde el círculo central hacia los rectángulos laterales; lo bordeaban títulos, leyendas, signos de admiración y mujeres hermosas. Giraban la basílica de San Pedro, la playa de Cannes, una roca de Cerdeña y mármoles de la Acrópolis. Comidas. Mujeres. Más mujeres. Sol. Juegos. Más comidas. Viator ofrece los mejores aviones, en pocas semanas podrá visitar 20 países, 78 ciudades, atravesar 392 villorrios, admirar 12 galerías de arte, 28 monumentos históricos, 36 iglesias, 11 clubes nocturnos y bañarse en 11 playas diferentes. ¡No se preocupe!, exclamó el agente. Todo financiado en cómodas cuotas: 12 meses, o 24 meses, o 36 meses.*

Extrajo su libreta. Pero Manuel dudaba. Y el agente continuó el ataque: en París dispondrá de una tarde libre, en Sevilla de una mañana libre, en Amsterdam de una noche libre, en Atenas de una hora libre y en Madrid de dos siestas libres.

La libertad brotaba de su propaganda como el redoble de un tambor. Pareciera que Viator —dependiente del Pistilo— lo estuviese sometiendo a una tramposa prueba. Manuel preguntó: ¿libres? El agente contestó: libres, consulte con su ángel, señor; Viator es respetuosa de su tiempo, porque el tiempo es oro y nosotros no queremos dilapidar su oro.

Abrió el talonario. Las hojas de clientes anteriores corrieron hacia atrás. Apareció la destinada a Manuel. El rescoldo ardió con violencia y Manuel firmó. El agente repitió las ventajas: descuentos, mujeres, sol, restaurantes, monumentos, hosanas y aleluyas. ¿Qué deseaba visitar primero?

Manuel no tuvo que pensar demasiado y dijo Belén. ¿Belén? De acuerdo. El fragoroso avión lo llevó al borde del Mediterráneo. De allí, por tierra, hasta la luminosa Jerusalén. Se asomó al valle de Josafat profundo e inquietante, con relieves que prefiguraban el Juicio Final; en esa tenebrosa hondonada los cananeos sacrificaron niños y en la conclusión de

*los tiempos, de sus abismos se alzará una masiva resurrec-
ción. Después enfiló hacia el sur, donde las colinas se abrieron en flor: era Belén, la casa del pan.*

*Recorrió sus callejuelas onduladas sin ocultar la verruga
nasal. A lo lejos apareció el rostro que le fuera adelantado en
visiones; podía ser Magdalena antes de su conversión.*

*Diantre observó la escena desde su torre en uno de los es-
tambres de la Gran Corola, se peinó con los dedos y exclamó
divertido ¡qué gracioso! Otra vez Magdalena y Manuel. Impartió instrucciones a un centro de decisión, éste a uno de los
cálices, de ahí a un sépalo y el sépalo al* tona. *En el cerebro de
Manuel sonaron versos propicios. Se acercó a la mujer y contempló sus ojos celestes. Magdalena, la prostituta, aguardó
complacida.*

*Manuel comprobó que también ella calzaba un cubo sobre
la nariz y su rescoldo lanzó una llama que lo impulsó a ale-
jarse: no debía ser la madre de su hijo. Los muros giraron y
su cabeza chocó contra pórticos de hierro y madera. Resbaló
por las blancas rocas de Judea hacia el Mar Muerto, cuyo
fondo se conecta con el centro de la tierra. No pararía hasta
hundirse en la oquedad sin retorno.*

*Pero bruscamente fue detenido por una colina de sal. Su
piel se había herido en los hombros, la rodilla y la frente;
sangraba en medio del desierto que caminaron los profetas.
Quedó inmóvil, de cara al vacío. Transcurrieron para su
cerebro atontado muchas horas, días y meses; registró una
tarde libre, una mañana libre, una noche libre y una siesta
libre; escuchó que alguien anunciaba luz a los ciegos, fuerza a los paralíticos y música a los sordos. Su* tona *se reca-
lentaba en el fuego del desierto y Manuel envejecía, pero
sin morirse.*

*Tardó en comprender que lo auxiliaba una mujer y que no
pasó tanto tiempo en ese lugar. Ella vertía agua sobre su
carne abierta. Pudo ver cómo el sol encarnizado se deshacía*

en el horizonte. *Pudo apreciar que esforzadamente se imponía la tarde. Cuando por fin refrescó y se encendieron las estrellas, las manos de la mujer lo acariciaron suave, muy suave. Manuel se estremeció y la apartó para mirarle la nariz: ya no tenía verruga. ¡Eso era maravilloso! y se tranquilizó. Pero se trataba de otra mujer, no de la Magdalena que había descubierto en Belén. Relajó su cabeza sobre el seno firme y descansó.*

Distinguió una tumba excavada en la roca. El hueco lo atrajo; enlazó sus dedos a los de la joven y la invitó a explorarla. Penetraron juntos. La cueva se agrandaba a medida que sus pies la hollaban con respetuoso cuidado. Estaba iluminada por decenas de cirios que rodeaban un ataúd. La muerte estaba allí, como una presencia decisiva, y excitó paradójicamente la vitalidad de Manuel. Se le apuraron los latidos y endureció el pene.

Tomó a su compañera por los hombros y empezó a besarla con delicadeza durante un minuto, pero luego con furia. Sus labios sabían a jazmín. Le desprendió la túnica y la invitó a tenderse en el suelo con olor a arcilla quemada. Trepó a su cuerpo tibio, sensible; la acarició con multiplicada impaciencia. En pocos minutos estaban entregados al más antiguo de los ritos. De las penumbras brotaron suspiros cananeos que miles de años antes sonaron en esa misma gruta durante sus orgías rituales. Ella equivalía a la fecunda Astarté, manceba de dioses y animales. Manuel se extravió en un prolongado deleite. Tenía el placer y en nueve meses tendría su hijo.

Pero antes de que cesara su convulsión ella pegó un grito y lo rechazó con violencia. Las sorprendidas rocas temblaron. Manuel advirtió que no eyaculaba semen, sino minúsculos cubos. Se paralizó el temblor de los cirios y el cadáver hizo crujir su ataúd.

Semanas después, en la Gran Corola, Manuel fue felicitado. Había cumplido la más esperada de las proezas.

Pero a él no le parecía una proeza, sino un chiste de humor negro. Y extremadamente cruel, intolerable.

El Pistilo escuchó sus lamentos. Por último, harto de su ridícula testarudez, le informó que se trataba de una advertencia. No cualquiera eyacula cubos perfumados.

Capítulo III

No te extrañe, Héctor: a lo largo de la existencia podemos imaginar nuestro propio velatorio. Morimos cada vez que revolucionamos el pensamiento. Entonces advertimos con mayor o menor pena que lo anterior es sólo cadáver. Por eso algunos proceden a enterrarlo (a enterrarse). Yo he muerto hace unos años y armé un velatorio. En el corredor funcionaba una urna donde las visitas depositaban sus tarjetas de condolencias por mi temprana muerte. Me rodeaba la decoración fúnebre de rutina: Cristo crucificado, tras mi cabeza, parecía menos muerto que yo; un círculo de velas iluminaban mi ataúd. Los amigos, amigos de amigos y curiosos me contemplaban a través de la ventanita que sería clausurada antes de transportarme al cementerio. Reconozco que el sarcófago resultaba chico para mi volumen carnal. Era un prisionero en lata de sardinas. Allí terminaban mis sueños de libertad: no sólo estaba inmovilizado, sino ocupando el menor espacio en vil repudio a mi deformación.

Mientras yacía en mi imaginado ataúd recordé otro velatorio más real, el de Conrado Castelli, padre de Soledad. El humilde living de su casa se había llenado con ramos y coronas; abundaban los jazmines porque era noviembre, el mes en que esa flor abunda. La vidriada ventanita del féretro reverberaba la luz de las velas. Su cara parecía extrañamente desnuda sin las gafas; las poderosas arrugas de su frente —una de las cuales heredó

Soledad— lucían tristes. Su pelo de leche se confundía con el acolchado del ataúd.

Busqué a Soledad con ansiedad. Las flores soplaban aromas de inoportuna primavera. Junto al finado se contaban anécdotas, algunas irrespetuosas, eran parte del consuelo.

Soledad recibía las visitas: había perdido a su culto y honesto padre y todo el vecindario compartía su dolor. Desde el ahogo de mi cajón volví a escuchar las voces que me rodeaban. El pésame se armaba con un lugar común, tan vacuo como horrendo; si se aventura la originalidad, suena hipócrita. Recuerdo que yo tenía ocho años cuando asistí el primer velatorio de mi vida. Estaba encogido de susto; mamá creía que vigorizaba mi espíritu llevándome consigo y, al rato, me empujó hacia una anciana vestida de negro, a quien tendí la mano mientras pronunciaba un vacilante mucho gusto. La pobre me abrazó y explotó en un sollozo de taladro. Mamá me condujo luego hacia su hija, también vestida de negro, y pidió que le dijese algo más. Repetí el mucho gusto y quedé trancado; revolví mi pequeño almacén de frases hechas y atiné a pronunciar otra palabra, la más inadecuada de todas: ¡felicitaciones!... Un abismo se abrió a mi alrededor. Intenté cerrarlo con otras palabras, más apurado que nunca. Dije buenas tardes y de inmediato corregí buenas noches. Como no surtían efecto agregué buen provecho, después añadí buena suerte. Terció mamá, desesperada: discúlpelo, está impresionado.

Soledad se esforzaba en ser cordial con los vecinos. No tenía derecho a la flaqueza en esos momentos, menos en Leubucó. Aluciné a Jorge Luis Borges, Leopoldo Marechal y Victoria Ocampo, que descendieron de los anaqueles para sumarse a las manifestaciones de pesar por la repentina muerte de don Conrado. Victoria acomodó sus anteojos negros de marco blanco y Borges apoyó ambas manos sobre su bastón. Soledad quiso disculparse ante Marechal porque su padre lo había odiado a causa de su magnificada filiación peronista. Se puso tensa y le costaba expresarse. Entonces la abracé y ella empezó a llorar. Su cuerpo tembló como un animalito a punto de ser sacrificado. Sus hombros se apretaron a los míos y el líquido de sus ojos empapó mi cuello. Desfilaron otros autores, críticos y traductores, todos amigos alojados desde siempre en los anaqueles de la librería. Comprobé que el finado Conrado Castelli, aun muerto, podía reunir a su alrededor a famosos personajes, cosa que no habría de ocurrir en torno a mi propio funeral.

En mi funeral, sí, en mi propio y prolijo funeral, no había gente. Únicamente Soledad. Hizo el esfuerzo de mirarme a través de la vidriada ventanita que se deja abierta hasta último momento. Lamentó mi obesidad monstruosa y tuvo nostalgia de mis labios, cuando eran jóvenes y tensos, cuando ardían erotismo. Pensó cuánto pudimos haber realizado juntos si no se hubiese torcido la suerte.

Luego me acompañó al cementerio. Mi cuerpo onduló como un dirigible para esquivar panteones, lápidas y achaparrados árboles. Recordé entonces el trayecto que habíamos hecho años atrás con el ataúd de su padre. En aquel distante momento ciertos vecinos me miraron con tirria y murmuraban: ¿qué hace aquí ese sinvergüenza? ¿viene a corroborar la muerte del hombre que acaba de asesinar? Yo era el culpable del infarto que lo fulminó. Conrado Castelli no pudo soportar la perspectiva de que su hija fuese arrancada por un aventurero.

Después del sepelio de don Conrado la acompañé a su casa. Los empleados de la funeraria habían retirado la

decoración mortuoria del living, pero aún persistía el olor del jazmín. En el ángulo donde estuvo el cajón quedó un vacío, como si el muerto continuase allí, dueño eterno del espacio. Nos sentamos en el sofá y apagué la mitad de las luces. Abrí el aparador, extraje una botella de vino y llené dos copas. Soledad me abrazó desesperada. Sus mejillas estaban calientes. Sentí su cuerpo tierno y agitado. Estábamos solos. La soledad —y Soledad— me excitaron. Pensé en el muerto que nos espiaba desde su rincón exclusivo. Ella me besó. La apreté. Ella me besó de nuevo como en *El Gato Azul*, como en las calles oscuras, como en el íntimo zaguán. El aroma de su pelo no era como el de las flores, porque honraba la vida. Su aliento de almendras erizó mi piel. Apoyé mi boca sobre su cuello. Nos estrechamos y entrecruzamos. La cercanía de la muerte pretendía bloquear mis impulsos, como las piedras que lastiman las patas de un caballo. Sentía dolor, pero no podía frenar mi carrera.

Minutos de caricias audaces sólo se interrumpían para que otro sorbo de vino quitara la sequedad de la garganta. Soledad me besaba con impaciencia inédita; su sangre era fuego. Pensé que estábamos en una gruta donde había un ataúd milenario y que el fuego de Soledad ardía en su torno. Pero Soledad no era sólo llamas, sino la voluptuosa diosa Astarté, responsable de las orgías cananeas. Sus besos me supieron a sal del Mar Muerto. Sus mejillas y labios estaban anegados por las lágrimas. La cópula fue sísmica y acabamos tendidos en el suelo, en el preciso espacio donde habían velado a su padre.

Cuando abrí los ojos y tomé conciencia de la profanación, la hice girar suave, para que no se diese cuenta. Luego la ayudé a recostarse sobre el sofá. La seguí besando y ella se adormeció en mis brazos, acunada. En ese momento la amé profundamente y decidí convertirla en mi compañera definitiva. Quizás su finado padre leyó mi mente y empezó a descansar en paz. Yo, en cambio, tuve un presentimiento veloz como un relámpago: mi júbilo duraría poco y terminaría en velatorio. El que aluciné con meridiana claridad.

Capítulo IV

Habías visto por primera vez a Fernando Albariconte cuando recorriste el centellante edificio Patria. Aún eras un niño. Desde hacía semanas te agitaba el prometido viaje a Buenos Aires ganado en el concurso. Celina compró ropa para todos, pero tu padre no estuvo conforme, la moda es allí diferente, decía: me tomarán por pajuerano, los conozco, nací en el Barrio Norte.

Tus amiguitos te envidiaban; algunos en serio y otros en broma te adelantaban visiones de esa ciudad llena de edificios y parques, nerviosa, tapada de ofertas, con noches iluminadas a día, laberínticos museos, un teatro Colón que hacía competencia a la Ópera de París, la calle Corrientes con librerías insomnes y empecinada nostalgia de tango, la avenida más ancha del mundo, el inútil obelisco, ríos de gente a la salida de los cines, restaurantes a granel.

Tenías diez años y emprendías una aventura. En el andén del ferrocarril de Leubucó se reunieron vecinos y colegas del banco donde trabajaba tu padre. Le decían que no dejara de visitar el Maipo y el Tabarís. ¡Bah! son teatros de revistas para los giles: ningún porteño ya los pisa. Entonces andá a los cabarets del Bajo, son una fiesta, pero no la llevés a Celina ni a tu hijo. Está bien... Mirá: la dejás en el hotel o la mandás al cine o a un teatro vocacional. Es mejor el teatro vocacional y te vas donde te dije, cerca de la plaza Congreso. No, no es ahí. Pero si estuve hace poco, dame un papel, te dibujo el camino. Calláte, va con un escolar, es un viaje educativo. ¡Nada de locuras! ¿eh?...

Tu padre sonreía sin ganas. A Celina también la llenaban de apodícticas recomendaciones: ahí encontrarás los mejores sombreros, allá las mejores carteras, acullá los mejores zapatos; para los abrigos andá a, para la vajilla andá a, para la ropa blanca andá a; recorré las vidrieras de la avenida Santa Fe pero comprá en el Once. ¿Y la señorita Irrázuriz? ¡cómo tarda! La vi en la peluquería esta tarde. ¡Qué exageración! igual llegará despeinada.

Gumersindo Arenas había escrito otra nota en *Horizonte* para alabar de nuevo el concurso organizado por la Independencia y reiteró las expectativas que esa empresa había desencadenado en Leubucó. En el andén volvieron a repetirse algunos datos: la municipalidad le donó tierras, la provincia no le cobrará impuestos y los bancos ofrecieron créditos para sus plantaciones sin siquiera pedir avales. ¿No es un negocio demasiado grande para que lo maneje un boludo como Robustiano Buteler? No, porque Buteler es la pantalla, hombre —replicó tu padre—; todo se dirige desde Buenos Aires. Qué importa desde dónde, lo que importa es que nos cayó del cielo una industria fenomenal. ¿Te chupás el dedo? De ninguna manera: sin la plantación de rosas Leubucó estaría muerta. De acuerdo, dijo otro; además, el grasiento Robustiano es un viejo bien pícaro. ¡Que la inocencia te valga! No seás desagradecido: ¿sabías que el directorio renunció al sueldo? ya ves, los calumniadores echan mierda porque sí.

Por fin apareció tu frutal maestra con el abrigo sobre los hombros, un peinado en torre y las mejillas bermellón.

—¡Ay, qué manera de apurarme! ¿Cómo estás, Héctor? —acarició tu hombro.

—Bien... —no olía al almidón del guardapolvo, sino a rosas.

Encontraste tu asiento y llamaste con señas. Tu padre acomodó los abrigos sobre el portaequipajes. Luego abrió la ventanilla para seguir en contacto con los amigos que se habían molestado hasta la estación. También te asomaste. A tu lado se apoyó Azucena; percibiste su cuerpo de mimbre y recordaste con placer que la tendrías a tu exclusivo servicio, porque ella debería conducirte a los museos y lugares históricos.

Sonó una larga pitada. Las manos se agitaron para el último saludo. El tren sacudió su mole y te derribó de cabeza contra el respaldo. Lentamente fueron desapareciendo las luces de Leubucó. Tu padre cerró la ventanilla y, mirando su reloj, anunció que llegarían a las 11 y 45 del día siguiente.

Cuando apareció el guarda preguntó como si no supiera. Y la respuesta lo llenó de orgullo.

—Once cuarenta y cinco.

—Si no se atrasa...

El guarda encogió los hombros.

Llegaron a la una y diez. Tu padre protestó desde que se hizo evidente la demora. ¿Cómo va a marchar este país? ¿Cómo?

Abarcaste con tus ojos asombrados la enorme estación Retiro. Al final de la bóveda metálica divisaste un trozo del cielo gris y hacia abajo, confundidos con postes y otros trenes, quisiste percibir los mástiles de algún barco. Te habían dicho que muy cerca se extendía el anchísimo río.

—¡Vamos, vamos! —corría tu padre detrás del changador sin apartar los ojos de las valijas por miedo a ser robado. El hombre las depositó junto a una cola y extendió su palma. Tu padre la llenó de monedas. El changador las contó y volvió a extenderla. Tu padre preguntó cuánto y le puso un billete. Los vecinos de la cola lo miraron indiferentes.

Delante de todos trabajaba otro hombre, musculoso y parlanchín. Detenía a los taxis, hablaba con los pasajeros, en algunos casos ordenaba al chofer que abriera el baúl, que avanzara o retrocediera; luego acomodaba el equipaje y mantenía la disciplina: mujeres primero, un momento señor, no se apure que la vida es linda, falta una moneda, gracias señor, adelante, pará un momento. Tu padre arrugaba la hoja con la dirección del hotel donde tenían la reserva. ¿Es lejos? Cerquita señor, adelante, suban señoras, subí pibe, gracias señor, el que sigue. ¡Al Hotel Castelar! ordenó al taxi.

—¿Ésa es la Torre de los Ingleses? —preguntó Celina.

—Sí —respondió Lorenzo mientras controlaba hacia dónde enfilaba el auto porque se aprovechan de los turistas para hacer un montón de vueltas y cobrar cinco veces más de lo debido.

—¿Ése es el Palacio San Martín? —preguntó de nuevo tu madre.

Lorenzo se acercó a su oreja y le cuchicheó: ¡basta! no sigás mostrando que sos una provinciana o este tipo nos hará recorrer toda la ciudad.

El auto empezó a levantar velocidad.

—¿Por aquí es el camino más directo? —tu padre preguntó con angustia.

—Directo a dónde —replicó malhumorado.

—Al Hotel Castelar.

—Sí, es directo. Pero éste no es un helicóptero. Si quiere algo más directo, debería viajar en helicóptero.

—Preguntaba nomás... —se disculpó.

—Ahora vamos bien, porque abrieron esta calle que tenían clausurada durante dos meses para arreglarle medio bache. ¿Me escuchó? ¡medio bache! Este Intendente de mierda (que me disculpen las señoras) se lo pasa rompiendo la ciudad. Y después uno se embotella y empelota (que me disculpen las señoras). ¡Cómo quiere que no esté mufado! Uno tiene que hablar o reventar por culpa de ese hijo de mala madre.

Lorenzo quiso demostrarle que no era un perdido en la Capital y le cambió de tema: sería conveniente tomar por calle Libertad, ¿no le parece?

El taxista lo miró por su espejo.

—Vea, señor: si no sabe, mejor se calla.

—Pero Libertad...

—Libertad es contramano. Usted me pidió que lo llevara al Hotel Castelar y hacia allí lo llevo. Tengo treinta años de calle tengo. ¿Me quiere enseñar?

—Está bien... perdone.

—Perdone usted —se ablandó—. Lo que pasa es que el Inten... ¡Bah! para qué seguir hablando de esa bestia. Es una bestia. Resulta que ahora nos quiere recargar la... ¡Bah! mejor que me calle, hijo de la gran puta (que me perdonen las señoras). Ayer nomás me encajaron una multa por subir un pasajero fuera de la parada. Era una viejita; ¿le parece bien que no suba a una viejita? ¿que la haga caminar una cuadra hasta la parada de mierda? Dígame —y miró hacia atrás, con riesgo de embestir a otro auto—: ¿usted no alzaría a una viejita? Puede ser su madre, ¿no? O su abuela. Los perros de ese hijo de perra me encajaron la multa nomás... Como para estar bailando de alegría. Me gustaría que esa mierda se ponga al frente de mi paragolpe. ¡Le aseguro que hundo el fierro y lo hago pelotaaa! —picó enloquecido.

—¡Cuidado! —gritaron las mujeres.

—Que me perdonen las señoras. Uno anda mufado... Bueno, llegamos al viejo Hotel Castelar. ¿Lo ven? Aguarde que llamo al botones. ¡Che, pibe!... ¡Sí, a vos te hablo! ¡movete! ¡bajá las valijas! ¿o te han puesto de florero?

Esa misma tarde debían presentarse ante el gerente Antonio Ceballos, quien les daría la bienvenida además de orientarlos sobre la mejor manera de aprovechar el paseo en Buenos Aires. Celina, aturdida por las instrucciones de Lorenzo, vació las maletas y acomodó la ropa en el amplio placard, mientras vos, junto a la ventana, contemplabas los edificios pegados entre sí. A tu maestra le adjudicaron la habitación vecina.

Se emperifollaron con lo mejor que traían y fueron hacia el famoso edificio Patria.

En el *hall* circulaba mucha gente. Lorenzo estaba sorprendido: esto es colosal. Se acercó al mostrador de Informaciones.

—Undécimo piso, por el ascensor de la derecha.

—De la derecha —repitió tu padre por las dudas—. Miren: los pisos y las paredes son de mármol. ¡Cuántos millones!

Varias personas aguardaban que se abrieran las puertas del ascensor. Tuvieron tiempo para contemplar las enormes arañas, el estucado fulgurante, una escalera cuyos peldaños y balaustrada también eran de mármol, bustos que seguramente recordaban a personalidades de la empresa.

—Arriba —anunció el ascensorista.

—Quinto... octavo... cuarto —pedían los pasajeros.

—Undécimo —dijo tu padre.

Ingresaron en un corredor alfombrado, luego en una sala. Tras un escritorio los contemplaba una mujer joven.

—Tenemos una entrevista con el señor Antonio Ceballos.

—¿Por qué asunto?

—Venimos de Leubucó. Mi hijo ha ganado el premio de la Independencia.

—¡Ah, sí! ¿Es usted el señor Lorenzo Célico?

—Ahá.

—Y éste el joven poeta... —sus ojos te acariciaron—. Aguarden.

La salita era acogedora, con un cuadro al óleo inspirado en el mar.

—¡Ya te conocen en Buenos Aires! —comentó Azucena.

—Por escribir versos —agregaste.

La empleada retornó con paso liviano: síganme. Los hizo ingresar en un suntuoso despacho.

—Enseguida los recibirá el señor Ceballos.

Sobre las paredes de madera lucían cuadros originales y espadas toledanas. Los ventanales estaban cubiertos con visillos que transparentaban el exterior. Te acercaste con avidez.

—¡Papá, el mar!

—No es el mar: es el río.

—Parece el mar, hay barcos. ¡Allí está el puerto!

Entró Ceballos vestido con elegante traje gris. Saludó a cada una de las visitas, empezando por tu madre.

—¿Es la primera vez que vienen a la Capital?

—No, yo nací aquí, en el Barrio Norte —se cubrió tu padre—; después me trasladaron a Leubucó...

—Entiendo; ¿usted, señora?

—Sí, la primera vez.

Miró a tu maestra.

—Me llamo Azucena Irrázuriz —contestó nerviosa—; ya estuve en dos ocasiones. Me encanta Buenos Aires.

—Magnífico —le retiró la mirada—. Celebro tenerlos aquí. Te felicito, Héctor, y ojalá sigas cultivando las letras.

—Sí, señor.

—Nuestra empresa aspira a descubrir los valores del interior argentino, estar al servicio del país, como se ha anunciado reiteradamente. ¿Así lo aprecian en Leubucó?

—Por cierto —dijo tu padre—. La empresa es un modelo.

Apenas dos minutos más tarde apretó un botón: que venga Albariconte, dijo.

Azucena perdió la sangre de sus mejillas y abrió grande los ojos. Antonio Ceballos se despidió con teatral apostura: Señora, señorita, señor, joven poeta, ha sido un placer. Aguarden, que enseguida llegará un hombre que conoce y ama la pampa medanosa. Pero, ¡qué digo! Si ya está aquí. Acérquese, Fernando: quiero presentarle a la familia Célico y la señorita Irrázuriz.

Caminó hacia la puerta y añadió: Los dejo en las mejores manos; hasta pronto.

Percibiste el embrollo. Los comentarios que habían circulado en Leubucó —algunos de los cuales repitieron tus padres muchas veces— se confirmaban. Albariconte había enamorado a Azucena y luego la abandonó como a un zapato viejo. Su último encuentro fue cuando lo invitó el CEL para dictar una conferencia. Esa noche Gumersindo Arenas lo agasajó en su casa; convocó a varios escritores locales y algunas mujeres jóvenes, entre ellas Soledad Castelli y Azucena Irrázuriz. Luego de la comida Azucena bailó tangos con el Patriota, irritada por la indefinición de Albariconte; ahí empezaron las versiones sobre sus clandestinos encuentros con López Plaza, más versiones que realidad, seguramente. Porque ella quería al periodista. El periodista, en cambio, se interesaba por Soledad, pese a la resistencia de su padre. Era tan sinvergüenza ese Albariconte que para disculparse con Azucena le regaló una *Antología poética* que había comprado nada menos que a Soledad, su adversaria. ¡Para colgarlo! ¿cómo no se cuidó de evitar semejante mezcla? Cuando Azucena supo la verdad, arrancó hoja por hoja del libro, cortó cada hoja en ocho pedazos, formó una parva, la puso en una bolsa y mandó el paquete al hotel de Fernando

Albariconte sin otro mensaje que el nombre del asqueroso destinatario.

Fernando tendió su mano como si nada. Era un hombre elegante y seductor. Azucena bajó la cabeza, quebrada por el desasosiego. El arranque de la conversación parecía más difícil que levantar una tonelada de piedras. Hablaron del tiempo y del viaje. Albariconte lanzó fugaces miradas a tu maestra, pero ella jamás se las devolvió. Lorenzo dijo que le gustaría conocer el edificio.

—Con mucho gusto —aceptó para alivio de todos—. Éste es uno de los que tiene la Independencia. Aquí funcionan algunas de sus firmas.

Parecía obvio.

—La Independencia propiamente, sin embargo —te acarició la nuca—, sólo ocupa cinco habitaciones, menos de las que hay en este piso.

—¿Nada más?

Albariconte encogió los hombros.

—La Independencia se ocupa ahora, con prioridad, de la explotación de rosas en la pampa seca. Y audita vastas conexiones con otras empresas argentinas y extranjeras.

—Claro... —tu padre simuló entender—: aquí es como una sucursal, un apéndice, ¿verdad? Al revés de otras empresas que tienen su corazón en Buenos Aires. Es el ejemplo de la descentralización. Maravilloso.

Fernando lo miró un segundo, cerró los párpados y cambió de tema.

—Les mostraré la terraza. Los demás pisos son oficinas de fábricas, desmotadoras de algodón, financieras, inmobiliarias, elevadoras de granos, constructoras, manufacturas diversas. Creo que no les interesa.

—¿Todo eso se concentra aquí?

—Más de lo que pueden imaginar —dijo Albariconte sin orgullo.

—¿Quién es el propietario del edificio?

—Los mismos.

—Cómo los mismos.

—Sí... —Albariconte se detuvo un instante—, los de la inmobiliaria. En el segundo piso funciona La Inmobiliaria, sociedad anónima. Pero es todo lo mismo.

—¡Ah!

—Vamos con el ascensor, luego tendremos que subir una breve escalera hasta la terraza. Son dieciséis escalones. Marcho delante, así les muestro el camino.

Ingresaron a una explanada fabulosa. Era el mejor mirador que entonces existía en Buenos Aires. Soplaba un viento húmedo y excitante. Azucena se protegió con las manos el resto de su peinado en torre. Viste por fin el río de chocolate y plomo, ancho como la pampa y salpicado de veleros que circulaban como pétalos blancos. Hacia abajo te dio vértigo mirar las cintas de asfalto por donde corrían los automóviles.

—¡Cuidado! —advirtió Albariconte cuando te inclinaste sobre la balaustrada.

Lo miraste por primera vez a los ojos y descubriste su oceánica profundidad. Fue un latigazo.

Tu padre, emocionado por el panorama, comenzó a explicar: ahí está el puerto, ahí el Correo Central, ahí la Casa Rosada, ahí el edificio Libertador, ahí la Aduana, ahí la CGT. El viento le sacudía la corbata y terminó plantándosela sobre la boca.

—¿Es de Leubucó? —preguntó Albariconte.

—Qué cosa.

—La corbata.

—Sí; ¿por qué?

—Tiene celos de su excesivo amor a Buenos Aires...

—Je, je. Yo nací en Buenos Aires —se defendió Lorenzo—: Leubucó es mi lugar de adopción —la corbata volvió a darle en la boca.

—¿Bajamos ya?

—Sí, está muy ventoso —se quejó Azucena; era su primera frase.

—¿Has escrito muchos versos? —te preguntó Fernando Albariconte mientras ponía otra vez sobre tu nuca su cálida mano.

—¿A qué llamaría muchos?

—Digamos... un poemita cada semana.

—¡Tanto no! —reíste.

—¡Por supuesto, muchacho! —rió también—. El artista no es una máquina, no debería serlo. Hay que producir cuando estalla la necesidad, libremente. Pero yo, sin embargo, trato de escribir todos los días: caliento el motor durante media hora y, si la marcha va bien, continúo. Aunque sea un poco. Como te darás cuenta, hago una cosa y aconsejo otra, como los curas pícaros.

—¿Es usted escritor?

—Sí —levantó la cabeza y apuntó su mirada hacia la esquiva Azucena.

—Mi hijo ¡no será escritor! —protestó tu padre para exorcizar el peligro.

—Lorenzo —Celina le apretó el brazo: no era ocasión para decir esas cosas, menos delante del funcionario que había propuesto el concurso de poesías.

—Yo no estaría tan seguro —replicó Albariconte con suavidad.

—En mi familia existe una tradición de trabajo y realismo —explicó Lorenzo para arreglar su exabrupto—. Si Héctor quiere escribir como hobby, que lo haga. Un éxito precoz no debería hacerle perder la cabeza.

Fernando sonrió.

—Te parecés a tu madre —dijo, para liberarte de tu posesivo papá.

Celina agradeció contenta.

Regresaron al despacho del undécimo piso y Albariconte pidió a la recepcionista que los acompañase a la agencia Viator, donde recibirían una colección de folletos sobre Buenos Aires.

—Son útiles para recorrer y entender la ciudad.

—¡Gracias! —exclamó Lorenzo.

Al salir tuviste la impresión de haber conocido a un grande, y esa impresión te duró años, puerilmente.

Capítulo V

—Basta por hoy, Fernando: no insistas más.

Dudé un instante y me recosté boca arriba, transpirado, flojas las extremidades, electrificado de rabia.

—No te preocupes; será otra vez —prometió Soledad.

—Debía haber sido ahora.

—Querido, hace rato que, en fin... —bostezó.

—¡Me inhibís con semejantes palabras! —exclamé de pronto; y percibí su susto, que me dio más placer que sus zalamerías.

—Lo siento, ya no sé qué...

—¡Es eso! ¡no sabés!

Soledad pasó su mano por mi cabeza caliente.

—¡Dejame! —protesté sin convicción.

—Estás exhausto, Fernando. Te agobian las preocupaciones, es eso.

Aguardó un minuto. Luego se inclinó hacia la mesita de noche y encendió la radio.

—Apagala.

—Está bien...

—¡Soledad! —la abracé desolado—, disculpame. Debo contarte que...

—Te escucho.

—Es importante, de veras.

—Está bien. Ahora largá tu rollo.

—Empecé un tratamiento médico.

—¿Tratamiento médico? ¿de qué?

—¿Lo preguntás?

—¿Por tu impot...? es decir, ¿por... por tus preocupaciones?

—Impotencia.

—¡No es impotencia! No te hagas la película. Tenés un problema pasajero. Les pasa a muchos.

—Gracias, pero no me convence —apreté su mano bajo las sábanas.

—¿En qué consiste el tratamiento?

—¿Te parece mal?

—No sé de qué se trata, pero lo considero apurado. Lo que de veras necesitás es un descanso. Los agobios enfrían el sexo de cualquiera.

—Soledad: no voy al médico por la impotencia. El tratamiento que hago es el que me produce esta dificultad. Al revés. ¿Me explico?

—¡No! —se incorporó como un resorte, impresionada.

—Calma...

—Hablá de una vez. Y clarito, por favor.

Soledad se había erizado. El año feliz en que nos hacíamos el amor a cada rato cesó cuando ingresé en la Independencia. Ella quedó embarazada y yo dejé de tener erecciones.

—¿Por dónde empiezo? Primero recostate, que desde las alturas te parecés a un verdugo.

—¡Gracias por el piropo! Bien, me recuesto. Pero no des vueltas, Fernando. Quiero saber si estás loco. ¿Has dicho que vas al médico para ser impotente?

—¡Dejame contarte!

—Es lo que quiero. Pero vas y venís.

—¿Conocés al doctor Grinaudo?

—De nombre.

—A él he recurrido.

—¿Para qué?

Para evadirme, hubiera querido explicar, pero no lo hice.

Cuando nos habíamos casado tuve la ilusión de que nuestros hijos serían obras de trescientas páginas que escribiría bajo su inspiración de besos. Nuestro palacio tenía las paredes derruidas, pero era de ensueño; gestaría mis hijos sobre una portátil usada, bebiendo el café que me ofrecería Soledad. Al principio fue así, pero cambiamos la portátil por una moderna máquina eléctrica cuando aparecieron Antonio Ceballos, el embarazo y otra vez Azucena Irrázuriz. Fui sepultado por los éxitos en la Independencia. Mi voluntad empezó a decaer junto con mi inspiración.

—Queríamos tener hijos, ¿verdad? —le recordé.

—Sí, muchos.

—Bueno, soñé que mi primer hijo sería muy parecido a mí.

—Ahá; una aspiración con egoísmo. Pero no sos el primero en soñar así.

—No quería que fuera igual, sino mejor. Que, por ejemplo, no tenga mis debilidades, ni miedos, ni raptos de cólera. Que me supere en inteligencia. Porque el hijo es como un brazo que se extiende hacia la inmortalidad.

—Tu inmortalidad. Sos más egoísta de lo que imaginaba...

—¡No me interrumpas! ¡Así no podré hacerme entender!

—Callo.

—Fui a lo de ese médico, entonces. Había leído que premiaron su trabajo sobre la dirigibilidad de los genes. Ahora es famoso. Y puede conseguir que los hijos sean concebidos según la expectativa de sus padres.

—Fernando —suspiró cansada—: sos un tipo increíble... No es un elogio.

—¿Por qué? Lo de Grinaudo está avalado científicamente, su descubrimiento es serio.

En realidad, lo único serio —y grave— era mi impotencia sexual derivada de mi impotencia contra la estafa. Yo lo sabía, pero no sabía cómo salir.

—¿En qué consiste su tratamiento? —volvió a suspirar.

—Inyecciones que el mismo doctor Grinaudo elabora en su consultorio.

—¿Ah, sí? ¿También te da algo para la idiotez?

—¡No te burles! Es un especialista de prestigio.

—¡Qué prestigio! Un embaucador de giles. ¡Te desconozco! A ver esas inyecciones.

—Qué querés ver: ¿su color?

—Quiero verlas simplemente, ¿no puedo?

—No; me las coloca él mismo. Lo siento.

—¡Agua destilada! En el mejor de los casos es agua destilada. Dios mío: con tu inteligencia y tu lógica entregás el cuerpo a un irresponsable. ¿No será el vivo de Joe Tradiner disfrazado de doctor Grinaudo?

—¡No lo injuries! ¡Es un científico, no un milagrero!

—Un charlatán como Tradiner. Exactamente como Tradiner. ¿Qué más hace en su consultorio? ¿hace ver a los ciegos? ¿caminar a los paralíticos?

—Radiaciones... —contesté en voz baja.

—¿¡Radiaciones!? ¿con ellas mejorará tus genes? Fernando: ¿te estás haciendo quemar los testículos?

—Pero Soledad...

—¡Fernando querido! —me abrazó—. ¿Por qué semejante locura? Deberías haberlo conversado conmigo antes. ¿Qué garantías te dio ese Grinaudo? ¿Cómo te arriesgás a una experiencia así? Además, ya estoy embarazada. No te entiendo, francamente. Tus problemas en la Independencia te han arruinado el juicio.

—No debemos cerrar los ojos ante el progreso.

—¿Y ser conejillos de Indias?

—De ninguna manera, Soledad. Es algo probado y maravilloso. ¿Tenemos derecho a privar a nuestra descendencia de la fuerza, el brillo, la superioridad que ahora ya se les puede ofrecer desde su misma concepción? Mi impotencia es el transitorio precio de una futura alegría.

—¿Transitorio precio? —me miró fijo, los labios trémulos—. Sos otra persona, Fernando. No puedo creer lo que acabo de escuchar... Te quiero pedir una sola cosa.

—Me imagino... Pero te encerrás, querida. Te encerrás en esquemas viejos y tontos.

—Te quiero pedir una sola cosa —insistió.

—Mm...

—¡Suspendé el tratamiento! Ya mismo. Estoy embarazada y no te hace falta; ni yo lo acepto.

—Pero...

—Te lo digo de otro modo: no es justo que nuestros próximos hijos sean distintos del que ya crece en mi panza. ¿Así lo entenderá mejor tu trastornada cabeza? Además, gracias a esas malditas radiaciones corremos el riesgo de no tener más hijos después de éste —se acarició el vientre—. Me has puesto muy nerviosa, Fernando —empezó a llorar.

—No es tiempo de interrum...

—¡Fernando! —clavó sus uñas en mis hombros.

—Estás haciendo un drama.

Arrojó la cobija a un lado y se sentó en el borde con los pies en el piso.

—¿Adónde vas?

—Estoy perpleja, nunca imaginé que podría ocurrir algo semejante. ¡Es una pesadilla!

—Mi amor... —la ceñí con un brazo alrededor del cuello y el otro alrededor de su cintura; le besé el cabello—. Te amo entrañablemente.

—¡Abandoná ese tratamiento criminal, entonces! —respondió con dureza.

—La impotencia pasará en unos días; Grinaudo me lo aseguró.

—¿Y si no pasa?

—Lo hago por el bien de nuestros hijos. Deberías colaborar.

—¿Colaborar?

—Es por nuestros hijos, serán perfectos.

—Serán perfectos sin recursos artificiales. No son un libro —giró y tomó mi cabeza con ambas manos—. ¡Estás delirando! ¿Verdad que estás delirando? Al mes de conocernos me contaste tu proyecto de engendrar un mesías, un nuevo y definitivo Manuel... ¿te acordás? Es eso: el delirio te arruina la vida. ¿Por qué no lo hablamos con un buen amigo tuyo, Valentín por ejemplo?

—No es su especialidad.

—Pero es médico. Sabe más que vos y yo de genes; y a lo mejor conoce a ese curandero que te irradia los testículos.

—No estoy de acuerdo.

Se soltó y buscó las pantuflas con la punta de los pies. Fue al baño y abrió los grifos. Desde la cama oí que se cepillaba los dientes. Ya se los había higienizado antes de acostarse. Caminó luego hacia la cocina y abrió la heladera.

—Soledad.

No respondió.

—Traeme jugo de naranjas, tengo sed.

No respondió.

—¿Estás enojada?

Tampoco respondió.

—¡Bueno, qué tanto! —di media vuelta y me cubrí hasta las orejas.

—Tomá —trajo un vaso lleno.

Se acostó y prendió la radio nuevamente.

—Soledad.

—Qué.

—Debés entenderme.

—Abandoná el tratamiento.

—Tenés una reacción de chiquilina.

—¡Abandoná el tratamiento! —gritó con los puños apretados.

Capítulo VI

A la salida del cine nos encontramos con Antonio Ceballos y su amiga.

—¿Desean beber algo? —invitó.

Su propuesta sonó inoportuna. En el cine había apoyado la mano sobre el regazo de Soledad, le acaricié las rodillas y repté a lo largo de sus muslos; en la calle abracé sus hombros. Lo único que deseaba era quedarme a solas con mi mujer para aniquilar de una buena vez el maleficio de mi impotencia. La película tuvo suficiente dosis de erotismo para poner mi sangre en punto de ebullición. Temía que después de unas horas perdiese la energía que en ese momento me recorría desde la cabeza a la punta de los pies. Pero no tuve más alternativa que aceptar, reprochando en silencio mi nueva prueba de sumisión.

En la confitería Ceballos ordenó té, cerveza, whisky y Coca-cola. ¿Qué les pareció la película? Perdón: ¿está desocupada esta silla? Gracias, aquí podemos acomodar los abrigos. ¿Cómo dice usted? Ah, claro. Pero la censura cortó mucho. No es evidente la relación de la tía con el sobrino. ¿No? Es usted ingenua, querida. Me refiero al proceso. Bueno, en realidad, hay mucho símbolo. No creo, porque el director dijo que no acepta la adjudicación de valores simbólicos a sus personajes; reflejan la vida cotidiana. ¡Bah! quiere confundir; yo veo símbolos por todas partes, su lenguaje no es directo. Permiso: ¿para quién es el té? Fernando, ¿tenés una aspirina? No... ¿te duele la cabeza? Sí. Mozo, ¿podría conseguirle una aspirina? ¿Se siente mal, Soledad? Un poco, no se alarmen. ¿Querés que nos vayamos, amor? Terminemos de beber y nos vamos. De acuerdo.

Acaricié el cuello de Soledad y la miré con ternura. La tía de la película era una mujer corpulenta. En el sobrino ejerció una anómala atracción: faldas que se elevaban al descuido, escotes que se abrían como pozos encantados, abrazos secretos, ardiente práctica de un exótico tango que evocaba el coito vertical.

—Si Soledad tiene resto, los invito a una nueva *boîte* —dijo Ceballos.

—Me encantaría, pero me duele la cabeza; les arruinaré la noche.

—Mejor vamos a casa, entonces.

—Discúlpenme —volvió a decir Soledad.

Pese al torrente callejero, recuperamos la anhelada intimidad. Caminamos adheridos; el movimiento de los costados estimulaba mis nervios y me hacía recordar la suntuosa cadera de la tía que atrapaba como un garfio los ojos del sobrino. En el taxi nos hundimos en el asiento para poder besarnos a gusto. Se electrificó mi piel y sentí que me funcionaba la erección. Ella tocó mi bragueta y sonrió esperanzada.

—Estoy echo una hoguera —abrí la ventanilla para que el aire de la noche me diese un resuello—. ¿Te duele la cabeza todavía?

—¿Lo creíste? —rió.

—¡Mi amor!... —la besé de nuevo.

—¿Necesitamos una *boîte*?

—Necesitamos zambullirnos en la cama.

Cuando llegamos al departamento mi impaciente llave tembló en el ojo de la cerradura hasta que ella me la quitó con un guiño y pudo abrir. La abracé, la puerta aún entornada, un pie adentro y otro afuera. Se le cayeron la cartera y el abrigo. Nos acariciamos con la urgencia de animales en celo. Nos deslizamos hacia el dormitorio sin desprender las bocas. En el trayecto fueron quedando camisa, blusa, zapatos, pantalones, falda. Ella rodó con gracia provocadora. Sus mejillas rosadas anticipaban la voluptuosidad del cuerpo, parcialmente escondido aún por las últimas prendas que mi torpeza no conseguía quitarle. Aspiré los perfumes de sus cabellos, de sus hombros, de su vientre. Mi nariz corrió enloquecida de un extremo al otro de su cuerpo y se introdujo en sus orejas, su nuca, sus axilas, su pecho. Me carcomía la ansiedad de penetrarla antes de que mi erección huyese, pero el juego resultaba demasiado gratificante para suprimirlo. Todo marchaba a pedir de boca.

Me dispuse al asalto final. La instalé en la posición más excitante y guié mi miembro hacia el pórtico de las delicias. Repetía a mis adentros que estaba curado, que había recuperado la potencia de siempre. Pero mientras pensaba eso fui tomando conciencia de que no lograba entrar. Mis dedos tocaron su lubricación, que pedía a gritos ser aprovechada. Mi orgulloso báculo, empero, se había reducido a cuerda floja. ¡Volvió la maldición! Empecé a transpirar y recordé el momento en que Soledad había regresado de un viaje a Leubucó y me trajo de regalo un chaleco color limón; aquélla fue la oportunidad en que pasó por primera vez. Lo digo así porque los sabios insisten que no importa cuando ocurre por primera vez; sí, en cambio, cuando se repite por primera vez.

Quería pellizcar mi cobarde pene, arañarlo, cortarlo. Lo estiré furioso. Pero el resultado era patético: más lo atacaba, más se encogía, como un apaleado animal doméstico. Abracé a Soledad con manotazos de náufrago; procuré recordar escenas de la película; pedí que me acariciara enérgicamente; de nuevo intenté introducir mi muñón ridículo para que recuperase el deseo que desata la proximidad del placer. Pero ninguna maniobra servía. Entonces quise obtener inspiración del cuerpo amado y la besé, acaricié y froté con tanta desesperación que terminamos en el suelo.

Me desprendí vencido. Sentí la garganta quemada por un fuelle que reía irónico.

Soledad parecía un despojo, rodeada por jirones de sábanas. Sus llamas de pasión no encontraron cauce debido a mi flojera. Me miraba con miedo, segura de que el demonio hacía estragos de mis genitales y polvo de mi mente. Su excitación ya había roto las fronteras del recato y en su vientre ardía un volcán. Se liberó de las sábanas que aprisionaban sus muslos y sus vibrantes pechos. Saltó sobre mí.

—¡Vamos! —gritó—. Hacé algo. Rompeme. No puedo más...

Le mordí el cuello, le acaricié la vulva, le chupé los pezones, recorrí con mis pies sus piernas. Era atroz hacerlo sin ganas, mecánicamente. Me sentía basura en el fondo de un muladar. Por momentos contemplaba su rostro transfigurado; sentía pena y asco por ella, por mí. Soledad logró arrimarse al incendio de su orgasmo y se estremeció largamente. Galopó con mi índice en su vagina hasta quedar agotada.

Permanecimos abrazados. Simulé que era la gloria que corona al buen coito. Luego me cubrí los ojos con el antebrazo. Tal vez me adormecí. Ella empezó a besarme con la suavidad de una paloma.

—No puedo... —susurré—. Perdoname.

—No te preocupes, mi amor.

—Iba todo tan bien... Si hubiéramos venido directamente a casa. ¡Odio a la mierda de Ceballos!

Capítulo VII

Lorenzo levantó el teléfono de su cuarto en el Hotel Castelar. Lo llamaba Fernando Albariconte.

—¿Va bien el paseo? ¿visitaron los lugares que les recomendé?

—Algunos... es decir, la mayoría. Usted y la Independencia son muy amables.

—¿Cómo anda Héctor?

—Feliz —tu padre te miró—; muy feliz.

—Asombrará a sus amigos cuando les cuente, supongo. Dígale que me impresionó bien, que me recuerda mi propia juventud.

—Se lo diré —dijo impaciente, porque olfateó que Albariconte hacía un rodeo para desembocar en sorpresa.

—Mire, Célico —cambió el tono de voz—: usted es un bancario con buena foja. La tengo delante de mí.

Lorenzo se demudó.

—¿Cómo dice?

—La Independencia precisa en Leubucó a un hombre de confianza —siguió como si no le importara el desbarajuste emotivo que desencadenaba al otro lado de la línea—. Las plantaciones ya han comenzado su producción de hermosísimas rosas, pero todavía no vendimos suficientes acciones. Hoy analizamos el tema y yo lo propuse a usted para el cargo.

—¿A mí?

—¿Le gusta la idea?

—La verdad, me sorprende semejante honor. De todas

formas, no acostumbro a decidir en el acto... Debería conocer mis obligaciones, la remuneración, tantas cosas.

—Desde luego. Reflexione y mañana dése una vuelta por nuestras oficinas. Le describiré los detalles.

—Bien, bien. ¡Muchas gracias!

—Es un puesto de jerarquía que le reportará un ingreso por lo menos tres veces más alto del que ahora gana.

Al colgar, Lorenzo abrazó a Celina. Vos mirabas contento.

—¡Es un milagro, es un verdadero milagro! ¿Quién lo hubiera dicho?... —te abrazó también—: ¡Y se lo debemos a tu poesía, Héctor!

Llamó a Azucena para participarle la extraordinaria nueva. Mientras hablaba cepilló su traje negro y escogió una camisa blanca. Celina le formuló innecesarias recomendaciones para cuando le formalizaran la propuesta. Lorenzo te besó y corrió hacia la calle. Tomó un taxi rumbo al edificio Patria. Ya no se ocupó de controlar al chofer porque su cabeza giraba en torno a la inminente conversación.

Regresó al atardecer con el rostro encendido. Te sentaste en el borde de la cama para escuchar su informe. Celina y Azucena usaron las dos sillas del cuarto.

—Yo me dije antes de entrar —relató— que cuando la limosna es grande, hasta el santo desconfía. Así que pregunté sin tregua. Y parece que mi actitud desconfiada les gustó. Les demostré que estaban ante una personalidad alerta. Bueno... ¿qué les puedo decir? La Independencia ¡es una súper-empresa! Fuerte como los titanes, que se maneja con cordilleras de dólares. Mi función será contable, incluidos los movimientos de caja; pero fundamentalmente deberé viajar a colocar acciones en un amplio radio que incluye las provincias de La Pampa, Córdoba y San Luis.

Se quitó la corbata y desabrochó el cuello.

—Se basan en ideas modernas y en una automatización que influirá en todas las áreas —prosiguió—. En Leubucó, por ejemplo, trabajan sólo quince personas, nada más, ¡un portento! Con quince personas consiguen un resultado fabuloso. Quiere decir que, si en todas partes se siguiera su ejemplo, nuestro país se convertiría en una potencia. No se necesitan los habitantes de China para llenar el mundo de productos, sino inteligencia organizativa. Hagamos un cálculo simple: veintiséis millones de argentinos con una gran empresa cada veinte o treinta habitantes, ¿cuántas empresas tendríamos? ¿hasta qué niveles llegaría nuestra producción? ¿quién nos podría detener?

Ahora se quitó los zapatos y arremangó la camisa.

—El Banco Nación adelanta fondos para adquirir materia prima y financiar exportaciones. Confía en esta empresa y la estima como un modelo a multiplicar. También confían en ella otras reparticiones del gobierno, porque fue eximida de ciertos impuestos. La Independencia es... ¿cómo redondearlo en pocas palabras? Es histórica, abre nuevos rumbos, transforma el país. López Plaza tiene razón, no ha exagerado cuando afirmó que la Independencia es grande. Y yo estaré dentro de sus estructuras. Es como haberme subido a una escalera mecánica. ¿Hasta qué alturas me llevará? Es una incógnita excitante. Miren a Fernando Albaricante: ¿cuánto hace que dejó el periodismo por esta opción? Ya es un capo.

—Entonces, ¿aceptaste?

—Todavía no. Hay que parecer tranquilo, aunque me costó esfuerzo. Fui decidido a demorar mi respuesta para dar imagen de hombre responsable y seguro. Pedí veinticuatro horas de reflexión... ¡Pero tiemblo de ganas por firmar hoy mismo!

—Sos un genio, pa.

—¡Lorenzo!... —Celina volvió a abrazarlo— ¡te felicito!

—No esperaban mi serena resistencia, porque son muy poderosos. Se acostumbraron a que el mundo entero doble la rodilla. La Independencia es como un Estado, con personalidades tan eficientes como ministros, con expertos en cualquier materia, con policía privada, voceros de prensa, espionaje, todo lo imaginable.

No olvidarías esas palabras.

Al día siguiente Lorenzo regresó al edificio Patria para brindar su respuesta y mantuvo una breve entrevista con Antonio Ceballos. Luego fue conducido hacia el agente que le impartiría las instrucciones. El agente sonreía. Tu padre se turbó ante los dientes enigmáticos de quien le explicaba lo que se esperaba de él. *El tiempo es oro; no le robaré su oro, señor Célico.*

Fernando, sumergido en un blando sillón de cuero, miraba con asco la escena, porque la conocía de memoria. Otra vez el enganche entre un futuro siervo y un consumado zombi, entre ilusiones que llevan al infierno y las trampas que clausuran las salidas. Lo estaban maniatando a Lorenzo Célico de la misma manera que Antonio Ceballos lo había maniatado a él. Ambos se habían ufanado de su astucia y confiado en su propia voluntad, pero ambos cayeron como plomada.

El agente de la Independencia desplegó un enorme papel ilustración salpicado con fotografías que se ordenaban desde un círculo central hacia los ángulos laterales, bordeadas de letras, títulos, leyendas, signos de admiración y mujeres con diversos fondos: la plantación de rosas en Leubucó, la torre del edificio Patria en Buenos Aires, palmeras junto al mar Caribe y oficinas de la Independencia en la Quinta Avenida, Piccadilly Circus y plaza Vendôme.

Fernando intuyó que los ojos de tu padre sólo captaban

las oficinas, insensible a las mujeres y los manjares. Ya había empezado a transfigurarse, se dijo: el método no fallaba nunca. ¿Era esta caída una réplica exacta de la que él mismo había protagonizado tiempo atrás? Debería escribirlo esa misma noche. Sólo se diferenciaba por la circunstancia de que Lorenzo ya tenía un hijo: Héctor. Albariconte asoció de inmediato tu nombre con Troya, por supuesto. No fue una asociación casual. Ahora existía una nueva Troya, lejanamente enclavada en la pampa seca. Y, tal como le había pasado a la antigua, también en ésta querían meter un traicionero caballo; sólo que en vez de construirlo con madera, lo hacían con pétalos de rosas. Pensó que la diferencia estribaba en el hijo. Lorenzo ya tenía un hijo. Él, en cambio, no tenía ninguno aún, pero aguardaba dos: el que se gestaba en el vientre de Soledad y el que maduraba en las cuartillas de su novela onírica.

El tiempo es oro, insistió el hombre.

—Tendrá que viajar miles de kilómetros por las localidades vecinas y vender las acciones de nuestra plantación. Será como recorrer el mundo.

Albariconte imaginó entonces que le proponía visitar 20 países, 78 ciudades, atravesar 392 villorrios, admirar 12 galerías de arte, 28 monumentos históricos, 36 iglesias, 11 clubes nocturnos y bañarse en 11 playas diferentes. *No se preocupe: todo pago.*

Fernando cerró los párpados para oír las frases del representante de Viator que esa noche volcaría en el papel. *Somos respetuosos de su tiempo, el tiempo es oro, un día es oro, una semana siete veces más oro. Legión de fotógrafos, historiadores, artistas, escritores y diagramadores han trabajado para usted. Sin ningún compromiso. Todo financiado. Playa en Cannes, plaza España en Roma, columnas de la Acrópolis, mujeres, sol y felicidad en todas partes. Días libres, tardes libres y siestas libres.* La libertad...

Firme aquí, por favor. El movimiento del cuerpo agitó los corpúsculos de su loción para-después-de-afeitar. Lorenzo cayó en hipnosis olfativa.

—Lo felicito, señor Célico: usted acaba de tomar una magnífica decisión.

Magnífica, magnífica. La bruma de transacciones iguales, en planos de verdad y ficción, subió al paladar de Fernando y le produjo una arcada.

Saludos, apretón de manos, tu padre transpiraba. El agente apiló las carpetas en un ángulo. El mundo será engullido festivamente —pensó Albariconte—; el programa floral es matemático, con un Pistilo blindado en la Gran Corola y millares de sépalos, cálices y cubos terminales que controlarán hasta el último rincón. Habrá terminado el azar.

Lorenzo agradeció. Ansiaba correr a su hotel para magnificar las ventajas del contrato, así como los nuevos elogios que formularon a su evidente capacidad.

Capítulo VIII

Manuel se encerró en el Arca para soportar el diluvio. Confiaba en el mítico recurso que salvó a la especie del cimbronazo primordial.

Para ello no necesitaba maderas ni betún, sino impartir instrucciones al administrador del hotel: nada de periodistas y nada de periódicos, nada de contacto con el exterior y nada de computadoras suplementarias. El administrador, perplejo, acató su curiosa solicitud.

Pero un delegado de las jerarquías, cansado de acechar en el vestíbulo, en el ascensor y frente a la puerta de su suite, cometió la imprudencia de llamar con los nudillos. Manuel protestó: era otra violación irritante luego de la cometida por una mucama. Equivalía a una ranura en el costado de su nave. Debía mantenerse alerta, por lo menos al comienzo de la aventura.

Cerró las escotillas y las brasas de su interior ardieron alegres ante la inminencia de la salvación y de la libertad; ardían con llama tenue pese a la metamorfosis de su cuerpo.

En torno al hotel se concentraron nubes ferruginosas. Las examinó con telescopio para cerciorarse de que no ocultaban aviones llenos de cubos. Felizmente se trataba del espeso edredón cargado de los vapores que anegarían valles y planicies. Pronto comenzó la esperada lluvia. Pero el agua vivificante fue sustituida por granizo. Las piedras golpearon con ira la corrompida tierra. Sus impactos quebraban árboles, rompían vidrios y abollaban las carrocerías. Cundió el miedo y el miedo devino pánico. Ocurría algo diferente, incontrolable. Manuel advirtió que agua, piedra, fuego y azufre danzaban sal-

vajemente sobre la humanidad alienada. Millones de uñas se clavaron en la corteza del Arca, igual que en los lejanos tiempos de Noé. Por doquier flotaban los cubos desprendidos de los que morían ahogados.

Por fin las olas que Manuel celebraba invadieron la Gran Corola. Lo hicieron con un rugido de explosión.

El Arca trepidó. Contra sus flancos ya no se frotaban uñas, sino cadáveres. Se expandía un caos detergente y primario. Los gusanos buscaban refugio en las venas muertas. Los sonidos cristalizaban venenos, los perfumes modificaban colores, las drogas creaban mandíbulas. Los terroristas se inclinaban ante los pacifistas, los pacifistas aplaudían a los violentos, los violentos amenazaban con garrotes de leche, el confort dolía y se reclamaba miseria. Se desplazaban cilindros de letras y cadenas de ojos. La Gran Corola, el Pistilo Central, los estambres, la red de sépalos, la aristocracia floral y la dicha controlada se disolvían en las células mortecinas de los zombis.

Luego de cuarenta días un camarero vestido de paloma trajo el esperado ramo de olivo en la bandeja del desayuno. Esta vez no apareció el arco iris porque los pactos —todos los pactos— demostraron su fragilidad.

Capítulo IX

Recordé la tarjeta cuando en medio del bosque, sentado sobre un banco de madera pintada de verde, el policía me exigió un documento de identidad.

Fernando ama a Soledad, decía la tarjeta.

Podía haber escrito esa frase en la corteza de un árbol, sin tener que pedir disculpas a mis queridos enemigos del lugar común. *Fernando ama a Soledad* era una verdad simple, pero honda. El amor que se reedita en cada pareja consta de pocos elementos. *Fernando ama a Soledad* se puede decir de otras maneras, pero su esencia no cambia. Es preferible esa forma cursi que incomprensibles arabescos. *Fernando ama a Soledad* escribí en aquel anochecer sobre un trozo de cartulina cuando nos alejamos de la tumultuosa sesión de Joe Tradiner. Y sin que ella lo percibiese lo deslicé en su cartera de cuero negro. Descubrió el mensaje al otro día y un temblor de perplejidad recorrió sus labios. *Fernando ama a Soledad*. Ese tipo de notas escriben los adolescentes en el colegio y las hacen correr de un banco a otro hasta que logran el desenfreno de idilios ardientes pero transitorios, como pavesas.

Soledad me escribió a Buenos Aires: te olvidaste una tarjeta. ¿Ah, sí? dónde... En mi cartera. Entonces me la tendrás que devolver.

Soledad teme a Fernando dijo la devolución. Era elocuente... Acaricié la tersa superficie de la cartulina rosa. Su letra prolija, con discretas espirales de adorno, me guiñó traviesa.

Consumamos un intercambio de tarjetas como en las transacciones oficiales. Y de ese curioso modo ingresamos en el palacio del amor. Se prendió la luz verde. Hubo más encuentros. Siempre recordamos *El Gato Azul*. Aumentó la complicidad y el ensueño. Surgieron necesidades nuevas, exigentes. El amor es ciego —dijo mi amigo Valentín parafraseando a Bernardo Ezequiel Koremblit—, y el matrimonio es el oculista... ¡ojo, Fernando! Pero no lo escuché, pese a que tenía conciencia de que el amor, el sexo y la muerte se potencian. Lo comprobamos luego de enterrar a su padre, porque nos encendimos como antorchas y asaltamos la fortaleza del orgasmo en el mismo lugar donde velaron el cadáver; desde cierto punto de vista fue una redonda profanación. Nos adherimos como semiesferas sometidas al vacío, como un hombre y una mujer que se consideraban los únicos habitantes del planeta.

Luego nos soldó la nupcialidad. Desarrollamos una frenética disposición para el goce.

Hasta que Mefisto —es decir Antonio Ceballos— se cruzó en nuestras vidas. Ahora reconozco que mi sensorio volaba demasiado lejos y no advertí que soplaba un viento de azufre en torno a su cuerpo, tal como correspondía a su maligna investidura. Ceballos ulceró mis escleróticas hasta que deformó mi visión de la realidad y de la fantasía. En poco tiempo fui sacudido por tres sismos: me persuadió de ingresar a la Independencia, Soledad quedó embarazada y reapareció Azucena. Los tres sismos, mezclados, hubieran suscitado la envidia de los alquimistas.

Vuelvo al punto inicial: el policía exigió mi documento de identidad mientras hacía círculos con su linterna. Lo extraje de mi billetera arrastrando otra cosa.

—Se le cae algo— apuntó con la luz.

Atrapé la tarjeta cuando ya planeaba delante de mis

piernas. *Soledad teme a Fernando.* El policía se dedicó a mi cédula y yo guardé el viejo testimonio. Esperaba que me pidiese acompañarlo a la comisaría. Mejor sería una multa. Sí, una multa con propina de agradecimiento por su oportuna llegada.

De veras resultaba grotesco: Azucena, yo, las risotadas en fuga y el policía armado. El bosquecito en medio del parque, el banco de madera y un distante resplandor de la avenida. Mi parálisis, la desesperación y el tiempo detenido. El policía no se conformaba con el documento: lo leía una y otra vez como si no lograra entender. ¿Acaso sabía quién era Fernando Albariconte? Abroché el saco para ocultar mi bragueta acusadora. Azucena miraba el musgo y tal vez pensaba que no se había equivocado años atrás, cuando decidió matarme. *Fernando ama a Soledad*, el texto puro que inspiró el texto *Soledad teme a Fernando*, daba vueltas en mi cabeza mientras estaba sentado junto a Azucena y era interrogado por un policía.

¡Qué contradicción! Pensar que Azucena se había eclipsado de mi vida. Según cuentan, lavó su resentimiento en las aguas concupiscentes de Bartolomé López Plaza. Después te acompañó a Buenos Aires, Héctor, sin que se le hubiera cruzado la menor expectativa de encontrarme, puesto que ignoraba mis vínculos con la Independencia. El sobresalto en el undécimo piso del edificio Patria fue mutuo. Presenciaste la escena, tan difícil y penosa, presenciaste la turbación de Azucena.

Lo que *no* presenciaste fue su irracional y solitaria reaparición en mi oficina para *interiorizarse*, dijo, sobre la dínamo que transformaba la pampa medanosa. En realidad, necesitaba verme antes de regresar a Leubucó, sea por amor o por venganza. En sus mejillas latían acumuladas maldiciones. La traté con cariño, simulé distensión. Y al cabo de la charla la invité a almorzar. Su reacción

fue negarse con una ristra de excusas tan abundantes
como develadoras; bastó mantener la conversación durante tres minutos adicionales para que aceptase. En la
comida soltó límpidas carcajadas. Antes del postre ya
habíamos espolvoreado algunos reproches y empezaron
a zumbar frases de riesgosa confianza. Para que sepas,
Fernando —dijo—, no soy monja ni pienso llorarte. Ad-
miré sus labios y sus senos y le confié que esa noche estaba libre porque mi mujer había viajado a Leubucó para
visitar a su tía Eloísa.

—Me recomendaron una pieza teatral de primera: *Limosna para César*. ¿No querrías venir?

Ya no perdió tiempo en aparentar dificultades.

—Muy bien. Pero no se lo digás a nadie —dije—: los
Célico se ofenderían si no los incluimos. Esperame en la
puerta del hotel a las ocho en punto.

Disfrutamos la obra, luego fuimos a cenar y por último
la llevé a estirar las piernas por el bosque de Palermo.
Hablamos de todo, incluso sobre el contrato que firmó tu
padre, sobre mi novela surrealista, sobre la plantación de
rosas y sobre algunos personajes como Gurmensido Arenas, el gordo Buteler y Antonio Ceballos.

Rodeé sus hombros y ella se estremeció, se encogió, me
miró asustada. Su miedo provenía de ella misma, de todo
lo que estaba dispuesta a consentir. De veras, Héctor. Me
acercó sus labios cuando atravesamos un sector oscuro,
como si las sombras le brindasen permiso. El beso fue rápido y evocó las torpezas de Carhué; pero también evocó la
carga de deseo adolescente que nos consumió entonces. Nos
sentamos en un banco a contemplar la respiración de la
fronda y darle alivio al galope de nuestra sangre. Mi brazo
se mantuvo respetuosamente frenado sobre sus hombros.

Después de una media hora de conversación acompañada de reticentes caricias nos pusimos de pie y seguimos la marcha. Nos alejamos de la avenida rumbo a los

misterios del bosque. La creciente negrura incrementó nuestra excitación. Ella estaba encantada por la fragancia que nos envolvía y dijo que el parque le parecía un lugar propio de un cuento infantil.

—Cuando chica oculté un tesoro en el bosque —dijo—. Llamaba bosque a un conjunto de cinco árboles achaparrados que había en el fondo de casa. Imaginé que encerraban un castillo, en cuyo centro enterré mi cofrecito de porcelana lleno de monedas.

La miré con ternura.

—Pues estamos ahora en el interior de un verdadero bosque —la tomé de la mano.

El césped parecía la alfombra regia que llevaba a la intimidad de un palacio. Las murallas eran columnas de troncos coronados por un denso follaje. Nos volvimos a besar con delicadeza. Descubrí otro banco y la invité a sentarse. Mi índice recorrió su perfil desde la frente al mentón. Cuando pasó por su tierna boca me sopló otro beso. Sentí estímulo de repetir el trayecto a la inversa. Al recorrerla de nuevo volvió a soplar un beso, pero con más sonoridad. Detuve mi índice y ella lo chupó, lo apretó con sus labios y con la punta de la lengua frotó mi pulpejo. Sentí que los pelos se me paraban de punta. La abracé con energía brutal y reaparecieron la laguna, el túnel y un deseo al rojo vivo. Comprimí su cuerpo, besé su cuello y acaricié sus pezones. Los pechos saltaron de la blusa y me abalancé sobre ellos con hambre. Las ligaduras se rompían como sogas de papel.

—No, no... —gemía.

Cedí un poco, pero Azucena contradecía a su voz. También me acariciaba sin barreras; sus dedos desabrocharon mi camisa y penetraron audaces hacia mi pecho, mis flancos, mi espalda. Murmuraba que el palacio era maravilloso, que el hogar encendido le daba calor, que se sentía rodar por mullidas pieles de caza. Su imaginación

190

era más fogosa que la mía, y la atizaba con un fuelle colosal. Me pareció que las columnas celebraban nuestro amor y también imaginé que rodaba con el cuerpo de Azucena por las infinitas pieles de caza. Me sentía un animal en celo, agresivo e impaciente, abroquelado a una hembra salvaje.

Capítulo X

—¡Idiotas! ¡Cretinos!

—Mi amor...

—¡Bestias! ¡Porquerías!

—Fernando, Fernando. Despertá ya.

—¡Apaguen las luces de mierda! Apag...

—Despertá. Tenés una pesadilla.

—Sí... una pesadilla...

—¿Querés agua?

—No, estoy bien. Ya pasó. Estoy bien.

Alisé la sábana y me acomodé de lado. Una nube de aire caliente ascendió con mi movimiento. Por la celosía se filtraba la luz cambiante de los letreros luminosos. Imbéciles —pensé—: ¡manera de divertirse! Los estrangulaba, los estaba estrangulando. Ojalá Soledad no me hubiera sacado del sueño. Estaba procediendo en debida forma. En el bosque fui tomado por sorpresa, estallaron reflectores y risas, era terrible. Azucena se espantó y yo quedé rígido, con mis manos sobre su cadera desnuda. Las risas se mezclaron con obscenidades que anunciaban el ataque físico. Nos habían descubierto en medio del frenesí, sobre el borde del banco, unidas las pelvis. Nos habían estado siguiendo desde la espesura, como lobos. Sus linternas herían y gozaban. Por fin Azucena gritó. Fue un grito destemplado, como un chorro de metal hirviente. Se estremecieron los conos de luz, pero no se fueron. Nosotros seguíamos pegados como náufragos en un círculo de monstruos. No me atrevía a exponer mi braqueta desabrochada. Las luces golpearon en mi cara, en mis manos y en la pelvis. Me inhibía un pudor suicida. Esos degenerados pasarían pronto a la acción, querrían violar a Azucena y tal vez también a mí.

El estentóreo grito fue cortado por la manaza de un bruto que le aplastó la boca. La abracé con fuerza, protegiéndola con el corazón en la garganta. Entonces el círculo de luces se quebró y cada linterna apuntó hacia objetivos diferentes. Eran muchos. De mi boca no salía la voz. Creo que empecé a largar patadas. Fue mi momento cerebral en blanco.

De pronto sonó un disparo y los agresores se dieron a la fuga. Olvidaron una linterna encendida sobre la hierba. Apareció el policía con la pistola desenfundada. Brillaron sus botones; distinguí fragmentos de su rostro, como pedazos que flotaban en la noche. Me pidió el documento y saltó la tarjeta de Soledad. Miré a Azucena temblorosa, pensé en mi esposa y me consideré una basura insigne.

Capítulo XI

Zumbaba el enjambre humano. Miré el reloj. Puntualmente esta vez, ingresó la trepidante locomotora. Caminé hasta donde se detendrían los vagones de pasajeros. La gorda serpiente desencadenó ruidos y olores que se expandieron hasta el fondo de la estación. La gente corría presurosa hacia delante y atrás. Miré las ventanillas que sólo dejaban traslucir formas inciertas, excepto la cara de un niño que pegaba su nariz. Así será mi niño, pensé. Como siempre, la persona buscada me encontró primero.

—¡Fernando!

Soledad corría deliciosa a mi encuentro, los brazos extendidos. Nos besamos. Me contó una anécdota reciente, y otra del día anterior. Recogimos las maletas. A ella, dijo, le ocurrió en el viaje; a mí, dije, cuando salí de casa. Tonterías que nos ligaban mediante el sonido. Y lo demás, bueno, después, cuando nos tranquilicemos. Lo importante es que estábamos otra vez juntos. ¿Todo bien? Bien, bien. Empiezo a contarte ahora estotro, es muy divertido. Dale, dale.

¡Taxi!

¿Qué? Ah, sí... Las manos enlazadas, las rodillas juntas. El placer del reencuentro.

Llegamos. ¿Cuánto es?

Tras la puerta, tropezando con las maletas en desorden, el abrazo fue más prolongado. Te extrañé, amor. Y yo muchísimo. ¿Comemos? Otro beso.

No le dije que había estado nervioso, mordido por autorreproches irrefrenables. Temía que en algún momento se enterara. El policía registró mi nombre en el parque; y aunque aceptó la propina y nos dejó partir, sonrió con malicia. ¿Qué significaba esa malicia? ¿elevaría un informe extorsivo? Cualquier pasquín necesitado de chismes lo podría usar. Por eso me apliqué a revisar la sección de policiales, los crímenes truculentos, los robos, los atentados, las raterías, las violaciones. Deglutí el alimento que a diario saborean las mentes enfermas. La culpa me volvía paranoico. Pero mi nombre no apareció, por suerte. Ningún periodista se enteró ni difundió mi coito interrupto en los bosques de Palermo. El policía fue leal a la propina y olvidó el suceso. Pero, ¿y Azucena? ¿lo olvidará Azucena?... Cuando se esfume su transitoria libertad me tendrá rencor. El odio la impulsará a confesarse ante una amiga; deformará y calumniará; corregirá su actuación y empeorará la mía. Con esos pensamientos burbujeando en mi cabeza yo besaba a Soledad.

—Estás preocupado, mi amor.

—N... no.

—Me parece.

—No, no. Estoy bien. En estos días he trabajado magníficamente. Avancé una parte difícil del libro. Le tenía cierta aprensión ¿sabés? Estaba difiriéndolo para más adelante. ¡Y crucé el más adelante!

—¡Cuánto me alegro! Ahora cerrá los ojos.

—Los cierro.

—Con las manos abiertas.

—¿Qué es?... es algo blando. ¿Puedo abrir los ojos? A ver, a ver... ¡Un chaleco!

Soledad sonreía mientras yo desplegaba la prenda de color limón, muelle como la piel de aquel gato de Angora que mimaba su tía Eloísa.

Me lo puse. Soledad alisó los hombros y revisó la correcta posición de los botones.

—Te queda espléndido.

Y entonces sucedió lo temido.

Fue atroz.

Un mes más tarde, mientras nos preparábamos para cenar, ella preguntó: ¿Por qué no usás el chaleco? ¿ya no te gusta?

El chaleco evocaba aquellas horas de desesperación, cuando mi impotencia quedó evidenciada de manera irrefutable. Me lo había puesto y abracé a mi mujer con ascendente excitación. Nos necesitábamos como las esferas de Magdeburgo. Comprimimos los muslos y los vientres. El encuentro operaba como néctar en los pliegues de la flor. Un juego que precedía a la entrega nos exaltaba rápido, nos tensaba al infinito. Pero en ese instante se me cruzó el recuerdo de cuando me descubrieron en el parque; evoqué el escarnio, los reflectores sobre mi nuca, las amenazas de agresión.

Y el obelisco que concentraba mi energía se dobló antes de tocar el cielo. Su derrumbe me llenó de pavor. Se desdibujó Soledad y apareció el desencajado rostro de Azucena.

—¡Soledad! —exclamé exasperado; quería aferrarme al quebradizo presente—. ¡Te amo!...

—También te amo —murmuró ella.

—Soledad querida, mi fruta sabrosa...

Las palabras sonaban claras, pero huecas. Como si las pronunciase en medio de las ruinas. El juego de amor se convertía en trabajo. Qué horror.

—Fernando querido... —gimoteaba Soledad entre el deseo y la extrañeza.

Intenté salir del ahogo con los restos de mi energía mental. En vez de seguir atrapado en el recuerdo de lo que fue, imaginé lo que pudo haber sido. Pude haber reaccionado de otra forma cuando los canallas me asaltaron en el parque, pude haberles mandado más patadas a la nariz y gritado como un salvaje, pude haber descargado certeras trompadas en redondo. Esas ideas me calentaban de nuevo la sangre y quizás devolverían fuerza a mi inhibido sexo. Pero calentaban mi sangre y no influyeron sobre mi obelisco derrotado, ridículamente contraído, como una liebre en la trampa. Mi respiración sonó a resoplido de caballo exangüe.

—Qué pasa, mi amor.

—No sé... —empapado, rodé hacia el borde de la cama—. No sé... Es la primera vez que me pasa. Ya se me irá.

Ella quedó pensativa, frustrada.

—Por supuesto.

—Es la primera vez... —repetí.

—Una abstención demasiado larga —trató de consolarme.

—Sí, la abstención.

—Traeme un vaso de agua, ¿sí?

Me incorporé. El espejo del baño devolvió mi desmadejado rostro. Estiré las mejillas cubiertas por el punteado de la incipiente barba. Las orejas ardían como brasas sobre el lienzo de mi piel descolorida. Enjuagué el vaso y lo llené hasta desbordar. Bebí a enormes sorbos, enojado con mi garganta. Lo llené de nuevo y volví al dormitorio.

Soledad apoyó un codo sobre la almohada. Su hombro ebúrneo sobresalió del camisón. Era la ciudad perdida. Estúpidamente perdida.

Sobre una banqueta yacía el chaleco color limón que acababa de regalarme. Tenía la blandura del gato. Me acosté y no me pude dormir: un aquelarre de escenas me tuvieron sobre clavos. Una y otra vez alucinaba que Azucena se desprendía el escote, introducía su mano en mi bragueta y un linternazo me doblaba el miembro. Volvía a escuchar risas, muchas risas.

Nunca más quise ponerme el chaleco, porque era el

absurdo desencadenante de mi trastorno; a alguien debía cargarle la culpa, aunque de nada sirviese. Y un mes más tarde, efectivamente, Soledad preguntó. Pero ya no valía la pena explicarle porque era evidente que lo nuestro iría barranca abajo, sin remedio.

Capítulo XII

El diluvio fue un sarcasmo del Pistilo Central que divirtió a Diantre y al resto de las jerarquías. El confundido Manuel había repetido simbólicamente la conducta del hombre solo en el templo, cuando le proyectaron un anticipo del Juicio Final. Era patético, un fragmento de sofisticadas torturas.

Alzó el puñal y probó su filo con la uña. Se cortaría las venas y moriría en forma lenta, como los antiguos romanos. En un punto del trayecto sin retorno podría mirar con pena ambas orillas del misterio: la vida y la nada. Y cuando estuviera más cerca de la nada, se habría liberado del cínico dios que timonea la Gran Corola.

Su decisión no fue objetada porque no perturbaría el funcionamiento de la red.

El anhelo de muerte que empezó a poblar el alma de Manuel no explicitaba sus motivos. El quid era que sabía y no podía. Terrible. Su máximo arrojo ahora quedaba limitado a la automutilación. Y no la esquivaría. Llegado a cierto punto el hombre debía jugarse, aunque la partida valiese poco.

Decidió usar el puñal de inmediato. Estaba solo. Desabrochó la camisa y se tendió en el lecho del hotel. Frotó sus muñecas y comprimió el antebrazo izquierdo para hincharle las venas que, azuladas, afloraron con resignación. Les aproximó el puñal y de un tajo abrió pequeños grifos de sangre. Esperó que su tona le recitara versos nuevamente, como hacía años, o que sonara una música incomparable; tal vez Diantre acariciaría la fosforescencia de sus cabellos o reaparecería el encaje del robusto algarrobo. Pero nada de eso pasó y Manuel soltó el arma; se *llevó los dedos a la nariz para comprobar si por fin se había aflojado el escorpión. Tampoco.*

La sangre corría hacia su palma y dibujaba curvas en los pliegues. Pronto comenzó a gotear sobre el piso. Su cuerpo expiraría sobre un lago rojo. ¿Era preferible esto a su castración efectiva?

El diluvio había sido una parodia. La rama de olivo que a su término le sirvieron en la bandeja del desayuno sonó a carcajada. El administrador del hotel acarició su botón nasal mientras imaginaba a Manuel soñando con animales, como Noé.

Ahora se desangraba.

—Estoy ofreciéndome en sacrificio —comunicó a su tona.

Pero el sistema no necesitaba su sacrificio, sino el de una comunidad cada ocho años. Lo de Manuel era un aporte inútil, evaluó el Pistilo. Actuaba como un héroe secreto y, si no lograba alguna difusión, quedaría coagulado en el tiempo como su sangre. El muchacho que se había arrojado a detener las cuadrigas deformantes para embellecer la humanidad terminaba como un insecto.

No obstante, había derramado ideales, había sido un joven fantasioso y luchador. Manuel tenía conciencia de su pasado y ansiaba reencontrarse con el muchacho que fue.

Llevó su mano derecha a la muñeca herida y comprimió las venas abiertas.

—Quiero ver a ese muchacho —pidió a su ángel de la guarda—. No me interesan los perfumes ni las poesías que me inyectaron. Ahora sólo quiero a ese muchacho que fui.

Diantre acarició su barba de fuego y exclamó: ¡qué gracioso! El tona, *a través de sépalos, cálices y centros de decisión secundarios, consultó al Pistilo Central. Manuel aguardó con aprensión.*

Decidieron complacerlo.

Se abrió la puerta y entró el joven que fue él mismo antes de ser esclavizado.

Encogido por la alucinación, vendó su herida. Se sentía débil y mareado, pero su rescoldo cubierto por la deformación genital desprendió una llama nueva. No podía considerarla gran esperanza, pero estaba ahí, como un enigma a descifrar.

FARES

La guerra la tenemos que hacer del modo que podamos.
Si no tenemos dinero, carne y un pedazo de tabaco no nos tienen que faltar.
Cuando se acaben los vestuarios nos vestiremos con la bayetilla
que nos trabajen nuestras mujeres; o si no, andaremos en pelota, como
nuestros hermanos los indios. Seamos libres y lo demás no importa nada.

JOSÉ DE SAN MARTÍN

Capítulo I

Recordé con nostalgia aquellos tiempos en que me acercaba a Soledad y era inundado por su iridiscente ternura. Conversábamos sobre asuntos que se olvidan: el almacén, la vecina, el electricista, un disco, la noche. Nuestro tocadiscos derramaba alguna sinfonía, se desplazaban cometas, saludaban bronces, filosofaban peces. Ella apoyaba su palma sobre mi mejilla y entornaba los ojos mientras avanzaba hacia mis labios. Era como la nieve que se desliza por el tobogán de los cerros. Circunvalaba mi boca con sus dedos finos y, a través del pequeño canal, acercaba los propios húmedos labios. La montaña se estremecía y de su vértice brotaba una columna de fuego.

Cuando se estableció mi impotencia, perdí aquel paraíso: los besos llenos de promesa se convirtieron en un manjar asustado. Mi ruta de la salvación ya no pasaba por la grácil Soledad, sino por una chica que frecuentaba Valentín. Era la prescripción médica de Grinaudo, quien atribuía mi trastorno a una culpa tan estúpida como pétrea. Debía burlarme de la culpa reiterando el delito. Así de simple.

—Los medicamentos no alcanzan —aseguró luego de escuchar mis quejas—. No puedo seguir inundándolo con ansiolíticos ni afrodisíacos. Debe probar con otra mujer, para desactivar su inhibición. Cuanto antes.

—¿Y si también fracaso?

—¿Qué podría pasar? Lo intentará otra vez. Y otra. Sin compromiso. No se canse usted, que se canse la impotencia.

Anoté la dirección y fui al negocio de ropa para mujeres. Se acercó una vendedora.

—¿Lo atienden, señor?

—Estoy mirando, gracias.

Busqué a la amiga de Valentín.

—Stella...

Me miró con sus ojos intensamente maquillados.

—Soy amigo de Valentín.

—Ah, sí. ¿Cómo está él? Siempre dice que muy ocupado.

—Es verdad. Pero no debería privarse de vos. Cualquiera se daría cuenta de que comete un crimen...

Agradeció con una sonrisa.

—Tal vez yo pueda reparar tanta negligencia.

Me miró de arriba abajo.

—¿Es tan sencillo?

—Por supuesto.

—¿Y cómo? —levantó sus cejas perfectas.

—Primero, invitándote a tomar una copa a la salida del trabajo.

—Bien... ¿luego?

—¿Luego? Quizá cenemos, si no te resulto pesado. ¡En fin, preciosa, dame un espacio para la sorpresa!

—No todas las sorpresas son buenas.

Había perdido la tensión inicial. Renovaba mis dotes de seductor, lo cual expandía por mis arterias una planicie de alivio. Era otra vez el Fernando de siempre. (Bien, Grinaudo, vamos bien.)

—Permiso —interrumpió ella—; me llama el jefe.

—¿Hasta dentro de un rato, entonces?

Dándome la espalda, murmuró que sí. Contemplé su cuerpo ondulante y la imaginé desnuda.

Grinaudo también había exigido, como parte del tratamiento, que dejase de asaltar a mi propia mujer.

—Con la última frustración ya basta —dijo—. Su impaciencia por lograrlo con Soledad no hace más que aumentar su trastorno. Evítela. Usted le tiene miedo.

—Está insatisfecha...

—¿Más culpa? Invéntele una historia, usted es escritor. Pero no la vuelva a tocar hasta que su pito funcione. Le aseguro que lo conseguirá pronto si sigue mis prescripciones al pie de la letra.

Stella era el embrujado medicamento que resucitaría a mi pito de su desquiciante letargo. Era el medicamento milagroso que acababa de adquirir en una boutique para mujeres y que ya me estaba haciendo efecto. ¡Cuánto había progresado la medicina desde los purgantes antiguos hasta la ultramoderna inyección de carne para el sexo!

En la habitación del hotel, mientras apoyaba en mi oreja el teléfono para ordenar bebidas recordé que, según Valentín, Stella tenía un lunar en la nalga izquierda. Se lo acaricié y no pude frenar la tentación de pellizcárselo. Típica barbarie. Mi acumulado enojo pretendía urgente reparación. Enseguida mis dedos excavaron su entrepierna caliente y la recorrieron de una punta a la otra, impacientes por adueñarse de sus orificios. Ella se contrajo ante mi invasión ruda. ¿Quería someterla sin preparación? Me disculpé, pero ella ignoraba que mi lucha iba en contra de mis propios conflictos y en contra del traicionero tiempo. Sus reflejos de pudor tuvieron la virtud de soplar el fuego de mi sangre y eso era excelente para mi encogido obelisco. Estaba contento de generarle inquietud, porque de esa forma el potente era yo. Su cuerpo me resultaba voluptuoso y consiguió enardecerme. En pocos segundos había logrado la anhelada erección. Me toqué para verificar, porque no daba crédito al milagro. Golpearon en mi cabeza imágenes de Azucena, el parque, las luces, las risas, para derrumbarme. Pero la erección continuaba. Stella no entendía la turbulencia que recorría mis miembros y mis manos y mi boca. La frotaba, la daba vuelta al derecho y al revés, la besaba, mordía y metía los dedos y sacudiéndome como un salvaje monté su pelvis y luego de penetrarla seguí saltando como una pelota: sobre ella, sobre la cama, sobre el mundo. Mi pito cantó victoria con el placer de los bárbaros.

Grinaudo había demostrado su talento, era un bocho.

—¡Qué buen gusto tiene Valentín! —dije al encenderle un cigarrillo, mi pecho aún agitado.

Stella chupó el humo sin responder. Seguro que pensaba haber sido poseída por un orangután. Yo le estaba agradecido, pero mi obsesión era repetir la hazaña con Soledad. Grinaudo, sin embargo, no lo permitía; insistió que después de recuperar mi potencia con otra, debía esperar a que el coito en el lecho conyugal se produjese sin que lo llamasen. Debía ocurrir en forma inesperada.

—¿Cuándo nos encontramos de nuevo? —preguntó Stella mientras vaciaba el resto de su copa.

La contemplé como a una escultura ajena.

—Te buscaré.

—Dijiste que olvidarme es un crimen.

—Valentín te ama.

—¿Sí? Pero no alcanza para comer, jefecito.

—¿...?

—¿Sabés cuánto gano en la tienda?

—Supongo que...

—Firmo recibos por una cifra y me pagan la mitad.

—Tendrías que hacer una denuncia.

—¿Sos o te hacés? Trabajo es lo que menos sobra.

Aplastó su cigarrillo contra el cenicero con propaganda de Cinzano.

—Prefiero que me pagués en efectivo.

—¿Vas a cobrarme?

—Si te suena feo usemos otras palabras: haceme un regalo... Te aseguro que me gustás mucho y me caliento de sólo pensar que volverás a buscarme.

Tardé unos segundos en ordenar mi mente, luego metí la mano en el bolsillo.

—¿También le cobrás a Valentín...? —dije con un temblor en la comisura.

Stella acusó recibo de mi desencanto y acercó sus labios a mi oreja.

—¡Sos un tigre en la cama! —susurró—. Cogería con vos hasta el fin del mundo, pero también debo comer.

Retocó su peinado frente al espejo.

—¿Nunca has pagado?

Temí que el medicamento se malograse; no era el tipo de mujer que prescribió Grinaudo. Le tendí un billete.

—¡Gracias! —exclamó sorprendida; lo contempló un rato antes de empujarlo hacia el fondo de su cartera.

Giré el picaporte y salimos.

—¿Siempre sos tan generoso?

Me despidió con un dulce beso en la boca. Al fin de cuentas es una buena chica, dije para mí, desolado.

Capítulo II

Volviste a Buenos Aires ocho años después, Héctor. De eso ya hablamos antes, pero debemos evocar lo mejor. Tu padre seguía repitiendo que el subterráneo era el transporte más rápido y que no debías pararte como un pajuerano frente al obelisco porque era el alfiler que usaban los porteños para pinchar a los giles. Tenía un marmóreo resentimiento contra los habitantes de su ciudad natal por haber sido desterrado a la sucursal bancaria de Leubucó. Buenos Aires era el cáncer argentino, pero merecía estar en Europa, decía. ¡Qué ciudad tienen estos porteños repelentes!

Pero ahora no quiero hablar de tu padre.

Fuiste a la editorial, para eso habías viajado. Estabas más nervioso que un reo en el patíbulo. El encargado de relaciones públicas te recibió con amabilidad y preguntó sobre la vida cultural de Leubucó, tu vocación literaria y el portento de las rosas. Sí, admirable, porque conocía algo de la Independencia; se imaginaba campos teñidos de rojo como Holanda al florecer los tulipanes.

—Se cultivan en invernáculos —corregiste.

—Enormes, seguro.

—Unos cien metros de largo por seis de ancho. Con techos a dos aguas, de vidrio y plástico, más una redecilla de alambres contra el granizo.

—Escuché que es un emprendimiento modelo.

—Sí, con riego, cosecha, selección y empaquetamiento automáticos.

—Qué bien.

—Las máquinas seleccionan cada flor —seguiste relatando, así ganabas su simpatía para otra cosa, para la que habías venido—, después forman ramos de cuarenta y ocho unidades, los envuelven y depositan en cajas, las cajas en bultos, y los bultos en contenedores.

—También escuché que salen aviones diarios —comentó el hombre.

—Aún no —sonreíste—. Es un proyecto para más adelante. Por ahora los bultos esperan en cámaras frigoríficas.

Tu gentil interlocutor dio por finalizado el introito y ordenó a una empleada que trajera tu manuscrito con las cartas de recomendación. Las apiló a un costado de la mesa. Adelantó su bigote de morsa. Los ojos miraban con reposo comercial.

—Hemos estudiado las posibilidades de editar su novela.

¡Zas!, pensaste: aquí viene otro rechazo; ¿sólo "estudiado"? ¿Para qué te hicieron viajar novecientos ochenta kilómetros?

—Es factible —dijo.

Se te aflojaron tanto los músculos que se notó en tu cara. El bigote elevó fugazmente las puntas. Debías recordar los consejos del Patriota. *Primero, la edición no será inferior a los tres mil ejemplares...*

—Claro, hay que tener en cuenta algunos factores.

No cederás nada en la primera entrevista.

—La industria editorial argentina atraviesa un período difícil. La ficción vende poco. Y aunque su libro tiene valores respaldados por estas cartas —apoyó su mano sobre el montículo—, los números aconsejan otra cosa.

(Ahora pedirá que renuncie a mis derechos de autor.)

—Estas cartas —las acarició— sugieren la solución. Nuestro propósito es ayudar.

Te confundía, Héctor. Su estrategia era diferente de lo especulado.

—Las fuerzas vivas de Leubucó desean la impresión de su novela. Eso es muy bueno y lo tuvimos en cuenta. Ahora le informo nuestra decisión. Podríamos editar sólo dos mil ejemplares. Pero su Municipio debería adquirir el cincuenta porciento de la tirada; con ello se cubrirían los gastos. Los ejemplares restantes se venderán normalmente y usted percibirá el 10% del precio de tapa como derecho de autor.

Quinto, la editorial no se arrogará ningún derecho sobre otro tipo de reproducción ni sobre las traducciones.

—¿Qué le parece?

—No sé si el Municipio... —ésa no era una batalla, era un abuso.

—¡Por supuesto! —exclamó el bigote—. Tiene que analizar nuestra propuesta. Pero si las instituciones —apoyó su mano sobre quince cartas— manifiestan un afán tan sincero por la difusión de su obra, no resultará difícil comprar mil ejemplares. Los distribuirían en un santiamén.

—Lástima que no me adelantó su propuesta por carta —le querías dar un tijeretazo al bigote.

—Es una transacción comercial delicada, que debe expli-car-se en forma personal.

—¿No existe otra forma?

—¿Otra forma? Sí, que las fuerzas vivas paguen directamente los costos de composición, impresión, encuadernación, distribución y publicidad. Nuestra casa ofrece su sello. ¿Ventajas? La novela se editará pronto y bien; además, tendrá el respaldo que significa el prestigio de nuestro fondo editorial. Quizás esta forma resulte incluso más barata; habría que hacer números.

Sexto, las reediciones deberán ser comunicadas por anticipado a su autor.

—Transmitiré sus palabras y... veremos —te incorporaste con rabia.

—¿Otro café?

—No, gracias —le tendiste la mano, te faltaba calidad negociadora; hubiera sido más fácil el tijeretazo.

Gumersindo Arenas había insistido que visitaras a Fernando Albariconte: *es escritor, tiene experiencia, te ayudará.*

Evocabas el momento en que su mano cálida acarició tu nuca en el edificio Patria.

—¿Me permite esa guía telefónica?

Leíste:

Albarato

Albarián

Albaris

Albariconte Fernando.

Llamaste. Fuiste a su departamento y te dejó mudo su inesperada y fabulosa obesidad. Te embriagaron los extraños colores de las habitaciones atestadas de libros, luego te invitó a cenar en *Los siete mares*, habló del increíble *Erúctary Club* y por último incursionó en el siniestro tema de los zombis. Entre la editorial y Albariconte existía un abismo.

Los zombis no te dejaron dormir. Te hicieron olvidar a la morsa y sus lógicas pero irritantes propuestas. Lo único que te impresionaba era saber que los zombis eran medio hombres; el otro medio sólo putrefacción. Para enterarte de esta singular lobreguez había valido el esfuerzo de tu viaje. Era más trascendente que toda la mierda de la editorial.

Durante esa noche los viste.

Trabajan en la penumbra y parecen cavar sus propias fosas. El crepúsculo los identifica sobre el horizonte como una empalizada negra. El tren atraviesa sus cuerpos como una quilla al mar y los arroja hacia los costados. Saltan los zombis como cascotes, rebotan entre sí y contra las piedras. En el cielo evolucionan los buitres: anillos negros que se estrechan e inclinan rumbo a su carne descompuesta. Pero los zombis prosiguen el trabajo eterno, remueven humus y rocas, ellos mismos humus y roca. Son macabros. A veces engullen a los buitres para luego recostar sus cabezas sobre la guillotina del riel.

Capítulo III

El estudio era una gruta blindada por las hileras de volúmenes que cubrían las paredes; los lomos escintilaban como si fuesen caparazones. Reinaba una atmósfera de intimidad y secreto. Fernando levantó sus ojos tristes y confesó con un temblor de papada, soy un marrano.

No entendiste.

Cubrió su cabeza con un manto ritual, seleccionó un manojo de lapiceras y las armó en candelabro. Contempló las llamas. Sus párpados desbordaron los líquidos que nacían en su atormentado corazón. Pronunció una plegaria laica y se mostró sin careta para obtener la paz.

Soy un marrano, repitió después, siempre compungido, y devolvió el manojo de lapiceras al vaso de cuerina. Los caparazones recuperaron su calidad de libros y la gruta volvió a ser estudio.

Dijo que no se es marrano por elección, sino por imposición. Las fuerzas circundantes obligan a fingir. Entonces decidió contarte su dramática experiencia.

Estabas absorto.

Años atrás Fernando Albariconte había llevado el manuscrito de su propia novela a la editorial Porvenir con el temor y júbilo de un neófito (te recordaba a vos mismo). Todavía no era obeso ni completamente marrano. Al divisar el establecimiento sintió que enfrentaba la dínamo universal, la Gran Corola y los lúgubres estambres que circulaban por su imaginación febril. Atravesó un corredor que parecía pintado con grumos de azúcar. Una recepcionista acogió la carpeta y enseguida le extendió un recibo. ¿Cuándo me informarán sobre la decisión? El asesor literario tardará unos meses. ¿Meses? Meses en el mejor de los casos, señor; si prefiere, llévese el manuscrito y vuelva más adelante. (¿Te das cuenta, Héctor? un desprecio que te deja mudo.) Este... a fin de año tampoco lo leerá enseguida. ¡Por supuesto! todos los autores son impacientes; en fin: ¿qué decide? Lo dejo ahora.

Al salir notó que le faltaba algo, como si le hubiesen robado el bulbo de una flor maravillosa. Lo había confiado a un sujeto anónimo que se guiaría por su gusto arbitrario.

Soledad intentó brindarle consuelo y dijo: recibieron tu manuscrito, hay que esperar, estas cosas marchan así, apuesto que te irá bien, la recepcionista cumple órdenes.

Desde que había ingresado en la Independencia a Fernando se le evaporó la inspiración. Descubrió la esencia del emprendimiento y quiso huir. ¡Esto es muy feo, Soledad! insistió varias veces. Pero ella: el mundo está lleno de cosas feas, ¡no vas a renunciar a semejante sueldo! Pero Soledad, mi mente se está rompiendo en pedazos. Me parece que exagerás. No, no exagero, no podré escribir una línea nueva si permanezco en la Independencia, me estoy transformando en un marrano. ¿Qué es un marrano? Alguien con doble personalidad, pero dolorosamente consciente de ambas. ¡Qué imaginación! ¿por qué no pensás entonces en una novela sobre los marranos?

Terremotos concurrentes acabaron por infectar hasta la última célula de Fernando. Pronto Soledad quedó embarazada y una maldición se les metió en el lecho donde hasta entonces habían prevalecido el erotismo y el amor. Fernando comenzó a engordar velozmente. Antonio Ceballos conjeturó que tenía problemas endocrinológicos y le recomendó un especialista. Luego vio a otros. Desde tiempo atrás seguía los consejos de un charlatán llamado Grinaudo. Su tortura lo inflaba como a un Zepelín, convirtiéndolo en otro ser. Urgía la edición de su libro porque le aportaría el reconocimiento que necesitaba para liberarse de la Independencia; era surrealista y onírico, una fenomenal catarsis personal que enseguida interpretarían a fondo las mentes lúcidas. Pero pasaban los meses y también los años...

Nació su hijo. Un acontecimiento que debía consolidar sus vínculos de pareja, borrar su impotencia y decidirlo a satisfacer su verdadera vocación. Pero no fue así: los hechos roturaban un sendero que conducía a la tragedia.

Cuando llegó la respuesta de la editorial —tras kafkiana espera a la puerta del castillo— se produjo una insoportable desilusión. Desilusión que venía en tres renglones y terminaba con un saludo falso. Fernando y su mujer permanecieron rígidos como esculturas. Le rechazaban el libro y pedían que fuese a retirar los originales.

—Terrible.

—En efecto, Héctor, terrible.

Soledad fue la primera en salir del colapso e intentó nuevas racionalizaciones. Dijo que los lectores están empachados de manuscritos: ¿puede opinar sobre un buen plato quien come obligatoriamente una desordenada sucesión de manjares y porquerías? A lo sumo dirá que es estiércol rociado con limón. Pero Fernando no podía siquiera hablar; en su fuero íntimo se imponía la convicción de que no era bueno para la literatura. Soledad, en cambio, no se rendía: iremos a ver a Campi. Pero querida, Campi es el gerente. Por eso mismo.

Fueron juntos a la editorial Porvenir, atravesaron el corredor pintado con grumos de azúcar y se detuvieron frente a la seca recepcionista. ¿Hablar con el señor Campi? ¡imposible! ¿para qué asunto? La publicación de una novela. No necesitan verlo a él, entréguenme el manuscrito. Ya lo entregué y por eso quiero la entrevista personal. La joven encogió los hombros y preguntó su nombre. Un momentito, apretó un botón del tablero y conversó con otra voz femenina. Al rato sus labios fríos indicaron que fuesen hasta la penúltima puerta, donde le devolverían los originales.

—No quiero los originales, sino encontrarme con Campi.

—El señor Campi no da entrevistas a desconocidos.

—Dígale que no lo demoraré más que cinco minutos.

Soledad le encañonaba la espalda como si su índice fuese un revólver y algo debió traslucirse en el rostro de Fernando porque la rígida joven se ablandó.

—Está bien... —apretó otro botón del complicado tablero—. Garantiza que sólo por cinco minutos... Sí, es por su libro, ya sabe que la decisión fue tomada... pero quiere la entrevista igual... sólo cinco minutos...

Levantó sus ojos cómplices: lo recibirá el próximo viernes a las once.

—Gracias.

Soledad apartó el revólver.

Pensaron qué argumentos fulminantes podrían reducir la intransigencia de Campi. Ahora tenían un enemigo de carne y hueso. ¡Qué bien hace encontrar al enemigo!

Concurrieron puntuales. Atravesaron el mismo corredor. La recepcionista fue más gentil y precisó: puerta número 17. Acariciaron el picaporte y les abrieron desde adentro. Se trataba de una vulgar oficina repleta de libros y carpetas. Una mujer de mediana edad los recibió. ¿Fernando Albariconte? Sí. Lamento informarle que el señor Campi está en una reunión de Directorio y no los podrá recibir. Nos fijaron esta hora hace una semana. Lo siento de veras... ¿Cuándo podrá, entonces? ¿No quisiera informarme el motivo? tal vez yo pueda ayudarlo. Fernando empezó a explicarle, pero lo interrumpió Soledad: ¡Sólo lo tratará con el señor Campi! La mujer levantó sus manos para defenderse de la arremetida y dijo está bien, como quieran; vuelvan el próximo viernes.

—¿No habrá otra reunión de Directorio? —ironizó Soledad.

Salieron con rabia. Fernando pateó la puerta como si fuese el cuerpo de Campi. Pero no era Campi, Héctor, porque el marrano no pega a su enemigo, sino a su propio pecho. Dobla la agresión contra sí mismo y muestra su sangre con olor a sacrificio.

Puntuales regresaron otra vez. La puerta número 17 se abrió y la misma mujer les ofreció asiento en un gastado sofá de cuero. Enseguida los atenderá el señor Campi, sean breves, por favor.

—¿Vale la pena esto? —susurró Fernando a la oreja de Soledad.

Se abrió otra puerta y los invitaron a pasar. Allí estaba el monstruo. Una alfombra con arabescos cubría casi todo el piso; la luz se extendía por la *boiserie* de las paredes donde colgaban varias pinturas. El gerente poseía un rostro tranquilo. Casi tan seductor como el de Antonio Ceballos.

Fernando aclaró su garganta y miró a Soledad en busca de su incansable energía. Dijo que había recibido la carta de rechazo, pero opinaba que las consideraciones del asesor literario debían cruzarse con otras, en especial las de unos reconocidos escritores que ya leyeron la novela. Es su primera obra, ¿cierto? No, he publicado cuatro libros de poesías y dos ensayos; pero ésta es mi primera novela, sí. Ahá; ¿qué desean beber? ¿whisky, pepsi, café? Una desconcertante sorpresa, porque sólo esperaban quedarse cinco minutos. Café, aceptó Soledad. Yo también. Campi ordenó tres cafés y luego preguntó: ¿recuerda qué decía mi carta? Fernando sacó el papel y se lo entregó con reticencia, porque le refrescaría la mala disposición. Lo leyó de un golpe: sí... claro, ahora recuerdo, no se trataba de un rechazo, sino de las dificultades para editar enseguida; usted es un escritor bien considerado, tiene lectores.

—¿Qué ha pasado, entonces?

—Imposible publicar su novela durante este año.

—¿Y el año que viene?

Llegó el café. Sírvase señora, sírvase Albariconte.

Campi cambió el foco de la conversación extraviándola hacia el precio del café en Colombia y la audaz carretera transamazónica. En ese momento ambos temas le importaban a Soledad y Fernando lo mismo que el bienestar de una rata. Al cabo de agotadores minutos ella miró la hora y viró hacia el primitivo carril: necesitamos una definición, señor Campi.

Campi reflexionó.

—Vean, mi consejo es que recurran a otra editorial.

Tragaron saliva.

—¿Otra? ¿después de tanto tiempo perdido? ¿Me está recomendando alguna en especial?

—La que publicó sus libros anteriores.

—Ya no existe: quebró.

—Bueno, otra.

—¿Por ejemplo?

Sonrió: son mis competidoras, no puedo hacer recomendaciones objetivas. Se puso de pie.

—Los acompañaré hasta la puerta.

Soledad ardía bronca. Fernando arrastraba los pies. Presentaron una batalla absurda y no sólo fueron vencidos, sino deshechos.

Pero faltaba lo peor.

Manuel, su hijo, los recibió llorando. ¿Qué te pasa? preguntó la madre. Seguía llorando. ¡Explicate, querés! —se exasperó el padre. Más sollozos. Luego ahogos, un asco. Fernando fue a lavarse la cara y el niño se arrastró junto a sus talones sin parar los chirriantes gemidos. Con el agua hasta el cuello le imploró: ¡Basta Manuel, basta que me siento mal! Su hijo redobló los chillidos. ¡Callate! gritó Soledad mientras irrumpía como una bala; lo alzó, lo acunó rápido, empezó a cantar, lo besó, le metió el chupete. Imposible serenarlo. ¿Pero qué es lo que te pasa? Fernando estaba a punto de estallar y se tapó las orejas con las manos. El chico no paraba. ¡Qué mierda quiere! aulló desesperado y lo arrancó de los brazos de la madre. Lo zarandeó con brutalidad. ¡Estoy mal! ¿entendés? ¡me sacás de quicio! ¡no te aguanto! ¡no te aguaaantoooo! Lo depositó en el piso y fue otra vez al baño.

¿Caramelos? ¿ése era el motivo? ¡Basta, después te compramos! ¡He dicho después! ¿No callarás nunca, carajo? gritó el padre. ¡Me vuelvo loca! gritó la madre. ¡Callate de una santa vez, bocina de mierda! gritó el padre y se desgarró la camisa.

El chico seguía tenaz y Fernando se abalanzó sobre él. ¡Callate, callate! repetía, mientras su mente era invadida por la inoportuna sonrisa de Campi a la que hubiera deseado borrar de un puñetazo. Su mano se descontroló y cayó como una maza sobre la boca del niño. El niño bramó más fuerte. Entonces lo golpeó otra vez. Necesitaba acallar a Campi, a su frustración, a sus culpas y a esa máquina que le trepanaba la cabeza. Manuel cayó con los labios sangrantes y dejó de respirar. Fernando lo miró pasmado. A su madre se le erizaron los pelos. De súbito el niño se había transformado en un muñeco silencioso e inmóvil. Yacía sobre las baldosas mientras se oscurecía su piel; un hilo de sangre se deslizó hacia el cuello. Fernando lo alzó aterrorizado. ¡Respirá! Y Soledad: ¡qué le hiciste, bruto! Y Fernando: ¡respirá idiota, respirá! Y ella: ¡bruto! ¡bruto! Y Fernando, en medio del abismo que lo nublaba, descargó otra bofetada para hacerlo arrancar. Su mujer le quitó el niño: ¡criminal! ¡qué hacés! El niño inspiró una ruidosa bocanada de aire. Fernando se desplomó sobre una silla bañado en sudor, la garganta atravesada por un cuchillo.

Manuel recuperó sus colores normales y se durmió. Pero Soledad ya era otra. Se acercó a Fernando con la mirada perdida y el índice en alto: vos no tocás nunca más a mi hijo... nunca más.

Dos días más tarde el niño se enfermó en serio. El pediatra dijo que era grave y había que internarlo. ¿Muy grave? Sí, es necesario hacer varios estudios. Después empeoró. ¿Qué tiene, doctor? Está inconsciente. Sí, lo vemos, qué es, por favor. El médico apoyó su mano sobre los hombros del padre y de la madre para infundirles ánimo: encefalitis.

—¡No puede ser! Un traumatismo no produce encefalitis.

Fue lo que dijo entonces. Pero esa exclamación no evitaba la tragedia.

Estabas en su estudio, Héctor, y apreciaste su larga confesión. No eras el único en soportar frustraciones. Incluso debías sentirte feliz de no haber padecido otras cosas, de las cuales recién tuviste una muestra parcial. Aún no entendías por qué se calificó marrano, pero estabas seguro de que pronto vendría la aclaración. La dolorosa aclaración.

Su enorme cuerpo lanzó un alarido que convulsionó las estanterías. Su departamento atiborrado se convirtió de nuevo en una gruta espectral mientras los candelabros de lapiceras lanzaban llamas fúnebres. Por el aire se extendió la sombra de un manto.

Estabas junto a quien padece su desdoblamiento entre lo que es y lo que quisiera ser.

Capítulo IV

Manuel se solazó en la contemplación del muchacho que fue antes de que lo atrapara el sistema. La nariz del niño aún conservaba su rectitud original, sin la giba que los habitantes del país se adosaron con entusiasmo. Gracias a esta criatura ahora podía volver a los limpios orígenes y recuperar la brújula, pensó.

Curiosamente, el administrador del hotel reconoció al joven y, sin hacer comentarios, los condujo hacia la habitación que Manuel había usado de Arca virtual.

Manuel le narró a su hijo sobre la lluvia de cubos forrados con pétalos impermeables, porque a partir de esa época se comenzó a transformar en otro Manuel, torturado e ineficaz. Su ángel de la guarda —agazapado en el cubo— lo dejó narrar (era la última gracia antes del sacrificio): no interfirió con versos, ni colores, ni músicas. Manuel, derruido y opaco, había aceptado por fin la castración total... De sus ojos rodaban las lágrimas de una derrota aceptada, por lo menos a los límites de su individualidad.

Su hijo lo escuchó con interés. Fue enterándose del viejo lustrabotas que odiaba la libertad de los pájaros y manejaba alambiques en una choza fortificada con sauces. También se enteró de las trampas que lo llevaron a entregarse, tentado por la curiosidad. Supo de la música de sirenas que escuchó Ulises (la primera seducción que Manuel aceptó sin resistencia), de los versos que exaltaron su emoción, de las atroces escenas del Juicio Final, del falso y prometedor Diluvio vivido en este hotel.

Por último Manuel viejo mostró a Manuel joven sus genitales desfigurados: ¡de ellos sólo brotaban cubitos! Pero contenían las débiles llamas de un rescoldo: eran su maquis íntimo, inconfesable.

El muchacho se asustó, porque el viejo arañó la odiada verruga de su nariz hasta hacerla sangrar.

—¡Oleme! —imploró.

El muchacho aspiró el aroma y comprendió que exhalaba una atrapante energía. Entonces su padre lo tomó de la mano y llevó de nuevo hacia la calle. Mientras bajaban la alfombrada escalinata, le anunció:

—También presenciarás la catarsis de nuestras jerarquías. La conocerás, te juro. Verás la contradicción que mantiene aún viva mi esperanza.

Chocaron con peatones que circulaban tranquilos con su orgullosa eminencia nasal.

—¿Los ves? —bramó—. ¡Somos todos iguales, igualitos!

Cabezas calvas, órbitas huecas, manos enormes que no razonan ni sienten, que prosiguen el trabajo absurdo bajo la lluvia de los azotes. Marchan sus pesados pies de un extremo a otro, con antenas en la frente. En las calles y en los parques prosiguen su eterno ritmo. Colocan postes, travesaños, arcadas y columnas donde se apoyan los cadáveres. No los recorre la sangre, ni el amor, ni la venganza. Forman un ejército horroroso.

Capítulo V

Fernando te invitó al inverosímil *Erúctary Club*. En el taxi dijo que en el Olimpo las musas riñen tirándose de los pelos; han caído varias y las que aún se mantienen en pie se cubren las feas contusiones, ahítas de vejez. Ya no pueden rociar su aliento sobre la frente de los elegidos. Y los artistas deben arreglárselas solos, como pueden.

—Lucís pesimista, Fernando.

—Cuando voy al Club hago higiene de mis neuronas.

—Tengo curiosidad por esta cena.

—Lástima que la de hoy será pura rutina, sin ningún evento extraordinario. La semana pasada, en cambio, se recibió a un nuevo miembro. Hubo solemnidad, los grabadores estuvieron encendidos y los cronómetros ajustados. El tipo se mandó un eructo de siete segundos con un trémolo de soprano, era un poema.

Llegaron a *El rincón selecto*, un restaurante de mediana categoría en avenida Entre Ríos. Albariconte atravesó a duras penas la puerta vaivén. Con el brazo en alto saludó a un par de conocidos instalados en la barra. Lo seguiste por entre las mesas mientras sus manos apartaban las sillas que obstruían el paso de su volumen; algunos giraron sus cabezas ante el ruidoso proboscidio. Casi al final del largo salón un mozo les abrió una puerta disimulada. Presentías que era el templo.

Grupos de hombres conversaban de pie.

Las mesas habían sido ordenadas en una enorme espiral; por primera vez te encontrabas con semejante disposición.

—Es un caracol —explicó Fernando— para amplificar los sonidos; un desvergonzado plagio de la espiral siniestrógena de la Patafísica. Se decidió transferir ese emblema inútil al goce de la práctica.

—¡Estoy encantado! No pierden detalle.

—Esta disposición también sirve para estar más cerca, para comunicarnos mejor. Además, ya te dije, aquí se exalta la vida y la vida es una espiral. Vamos a saludar a los amigos. Seguime... ¡Hola, hola!

Fernando irradiaba una súbita felicidad, como si su grasa hubiera sepultado las múltiples causas del dolor. Era un marrano en públicas funciones de converso, perfectamente adaptado al mundo en que no cree.

—¡Fernando! ¡la alegría de verte! Vos debés conocer el menú del día... Presentanos al joven... Te busqué en el *Patria*... Qué tal, viejo: me chismearon que empezaste una dieta.

—Les presento a Héctor Célico, de Leubucó, exiliado por unos días en nuestra gran "ubre".

—Mucho gusto, joven... Dígale a Fernando que si no fuera por esta "ubre", estaría cazando vizcachas en la pampa. ¿Y usted es amigo de este globo terráqueo?... ¿Ya le explicó la esencia de nuestro Club?... Encantado, soy Esteban Obregón.

—¿Esteban Lucas Obregón?

—Sí, Héctor —agregó Albariconte—; el célebre Obregón, capo de las computadoras, trabaja en el octavo piso del edificio Patria, ¿te acordás cuando lo recorriste hace ocho años? Aquí viene lo mejor de Buenos Aires... ¿Qué tal, Esteban?

—Con unas ganas locas de eructar cien libras de gas: tuve una semana de mierda. ¿Me permitís ahora una palabra?

—¿Ahora? No me vengas con asuntos del trabajo, che.

—¡Una palabra!

—Bueno, hablá. Pero nada de problemas que se me atranquen aquí —se acarició el estómago.

—Permiso, es un instante —Obregón apartó a Fernando.

Los demás te siguieron dando charla.

—¿Así que venís de Leubucó?

—Sí.

—En caso de que te guste nuestro Club, podrías organizarnos allí una filial.

—¿Tan lejos?... para qué —dijo otro.

—Cómo para qué. ¿No te gustaría hacerte una gira recorriendo filiales? Esto tiene que agrandarse, lo bueno debe ser compartido.

—"Y Dios vio que era bueno y fue la luz" —parodió un tercero.

—¿Cuántos años tenés?

—Dieciocho.

—Nunca recibimos un huésped tan joven. Lo celebraremos.

—¡En debida forma! tendremos que superar las marcas anteriores.

—Yo ya alcancé los ocho segundos, soy el invicto.

—¡Qué vas a... qué vas a...!

—Atención, apareció Bermúdez. A la carga dijo Varga.

—¿Quién es Bermúdez? —preguntaste.

—El presidente de turno. Cuando llega es obligatorio empezar. ¡A la mesa!

—¡A la mesa!... ¡A la mesa!

—Te sentarás a mi lado, Héctor —dijo Fernando al regresar de su aparte.

Avanzó decidido por la espiral. En el centro se instaló Bermúdez, un hombre sanguíneo de doble papada. Ya estaba dispuesta la vajilla y enseguida se empuñaron las botellas de vino que escanciaron sangre en rústicas copas. Los mozos irrumpieron con paneras y repasaron la provisión de cada comensal. La multitud se ubicó rápido.

Con la servilleta atada al cuello Bermúdez se puso de pie. Extendió ambos brazos como un director de orquesta que pone en orden a los músicos y exclamó: ¡Hermanos!

La sala se silenció. El presidente se reconcentró, gacha la cabeza y hundido el abdomen. Creías que iba a pronunciar un discurso, como los plomizos de López Plaza. Pero ocurrió algo inesperado: sus labios se movieron en silencio y de ellos afloró un burbujeante sonido... Nadie rió, la cosa iba en serio. Entonces tus vecinos se ensimismaron para la respuesta. De pronto se expandió un eructo colectivo, polícromo y disonante, que estallaba como petardos en serie. Era el comienzo de la sesión.

Fernando te miró interrogativo: ¿Vamos bien?

—Bien —contestaste, porque aún no habías inhalado el olor cetónico que penetró con violencia en tu nariz, te empujó hacia atrás como nube venenosa y casi te produjo arcadas.

En las tormentas primero ilumina el relámpago y luego ensordece el trueno; en cambio ahí primero detonó el sonido y luego volteó el aliento.

Albariconte también anudó a su nuca la servilleta. Todos parecían niños con baberos, listos para la solemne cochinada.

Las bandejas distribuían aceitunas, maníes, papas fritas, cubos de queso, trozos de salchichas rociadas con mostaza, rebanadas de salamín y paté variado que los comensales engullían con apuro, hablando sin cesar para que el aire penetrase al esófago. Algunos añadían agua con gas al vino. Muchos se aplicaban a emitir breves y forzados eructos para calentar el diafragma. Era visible que el entusiasmo marchaba hacia un deseado clímax. Coruscaba cierta inocencia vinculada al alimento, como si hubiesen retrocedido a una infancia libre de cadenas.

La explosión de un chorizo en grasa revolvió los labios de Albariconte con salpicaduras que te llegaron a los ojos. Eructaste también (pero de asco). Fernando celebró tu rápida adaptación y gritó: ¡Este muchacho debe ingresar a la cofradía! Te saludaron eructos vecinos. No sabías si te habías puesto pálido o rojo.

Las soperas coronadas de vapor recibieron elogios anticipados. El estómago necesitaba caldearse para la maratón; al Club no le faltaba lógica. Fernando y los demás sorbieron desde la punta de la cuchara con el propósito de aspirar mucho aire; viste algunos que aspiraban con tanta fuerza que ni siquiera tocaban la cuchara con sus labios, sino que la sopa hacía puente desde el cubierto a la boca.

Eructaste de nuevo, involuntariamente; el estómago se te había subido a la garganta.

—¡Sos un genio! —exclamó Fernando.

Pero no eras un genio, sino alguien que en ese preciso instante comenzó a captar la mugre que reinaba dentro de la Independencia y de la que Fernando Albariconte se quería vengar con otro tipo de mugre, el del *Erúctary*, más grosera pero menos delictiva. Escuchabas los estampidos que saltaban en forma irregular sobre el enorme caracol lleno de gente que irradiaba una dicha artificial. Y percibiste los pensamientos que Albariconte quería mantener silenciados en el fondo de sus entrañas; eran los que hubiera deseado expeler con un eructo tan potente como una bomba. *Durante los primeros años Antonio Ceballos hizo gastar fortunas para crear una falsa imagen de la Independencia, esencial para consumar el gran dolo. Has sido parte de la función, Héctor, porque ganaste el premio de poesía, te comiste ahorros de pobres ilusos y encaminaste a tu padre hacia el sendero de la perdición.*

—¡Estás escuchando música concreta! —explicó Albariconte para que no te distrajeras en reflexiones dramáticas—. Los eructos forman acordes, si prestás atención. Además, es una música rebelde, opuesta a cualquier convención. ¿Te acordás de Trimolquio, el personaje de *Satiricón*? Te diría que el *Erúctary* fue anunciado en las narices de Nerón por el mismo Petronio.

Albariconte dijo que la humanidad selecta siempre eructó en los banquetes para expulsar los malos humores, pero lo dijo con el fin de evitar que vos pensaras en su jefe, el irreductible Antonio Ceballos. En esa atmósfera mágica tu cerebro se había conectado con el suyo. Podías enterarte de algo terrible: su contento era el del marrano, el de un simulador, porque en el píloro tenía prendidos los dientes de su jefe, Ceballos, el de piel tostada que reaparecía en el hervor de los gases como un difuso genio del mal.

Trimolquio (Bermúdez), en cambio, era el romano vulgar que levantaba su copa de oro, copa proveniente de una fraudulenta venta de acciones. *El 81% fue retenido por el grupo Brain y el resto se colocó entre los campesinos cándidos de Leubucó y sus alrededores que sueñan hacerse ricos de la noche a la mañana. A tu padre le encantaba sentirse mago y prometer milagros inminentes.*

Los manjares de Bermúdez Trimolquio se multiplicaban como *las rosas que inundarían el país y el mundo,*

devolviéndonos divisas y poder. Llegó la carne condimentada. Albariconte pegó un grito de asombro porque su aroma embriagaba. Creíste ver, justo delante, a Ceballos inclinándose sobre la fuente para gozar la fragancia de los balances en que se había convertido la carne. Llegaron más fuentes: vaca, oveja, cabrito, aves de caza y soberbias liebres con alas de Pegaso. Los vítores retumbaron feroces. La servidumbre trajo luego un jabalí, del cual salió volando una bandada de tordos. Los romanos chorreaban saliva al contemplar las cestas que colgaban de los colmillos del jabalí, con dátiles de Arabia y Tebas. Los cuchillos relucientes se clavaron en los fragmentos decorados con bizcocho mientras en la sala los eructos brincaron con renovada algarabía.

Descubriste que entre el *Satiricón* de Petronio y el *Erúctary Club* de Buenos Aires se desarrollaba un contrapunto. Las travesuras literarias eran una materia del infierno. El imaginativo y humorístico Petronio tuvo de jefe a Nerón y Fernando Albariconte a Antonio Ceballos, no olvidarse. *Todo pertenece al grupo Brain, ¿entendés? ¡Todo! El mito de la Independencia es una maniobra llena de consignas patrióticas que se tragan los imbéciles. Si se hubiera aplicado como test de inteligencia, deberían correr a los hospitales de retardados. La primera carnada, ¿te acordás bien?, decía que la Independencia se instalaba en Leubucó para estimular la descentralización económica del país; era una poderosa firma que se arraigaba en la profundidad de la pampa seca, que aprovechaba las riquezas vírgenes. Aparecieron artículos en los diarios, se pronunciaron docenas de discursos y a los habitantes de Leubucó se les puso la piel de gallina; el gobierno regaló tierras fiscales, se apuraron descargas impositivas... La segunda carnada consistió en hacer creer que la plantación de rosas era la primera industria en su tipo. La audacia de sus promotores sólo podía abrevar en* un intenso amor a la patria, porque producir flores en la pampa seca sonaba a fantasía de irresponsables... ¿Por qué se te secan los labios, Héctor?

—La solución está en beber más —exclamó Fernando para sacarte de la ensoñación—; te lleno la copa. ¡Salud, muchacho!

Presentaron tres cerdos vivos cubiertos de campanillas multicolores. Trimolquio Bermúdez se levantó, apoyó su barriga sobre la mesa y con su cuchillo señaló al tercero, para que lo degollaran enseguida. Mientras, debía proseguir el banquete, cada vez más descarado. Eructos fuertes, libaciones sin límite y chistes que se pasaban de uno a otro grupo. *¡Ojalá el gran cocinero clave su tridente en los sesos de Diantre Ceballos y los arroje a la parrilla con los costillares del chancho!* —volvió a producirse la conexión con el cerebro de Albariconte—. *La Independencia exportaba un artículo novedoso, no tradicional, y el Banco de la Nación adelantó fondos para comprar materia prima. ¿Me seguís, Héctor? Pero hay más, mucho más... Otra carnada decía que la Independencia era un motor imparable que transformaría varias provincias y, en consecuencia, también debía ser apoyada por los bancos locales.*

Sirvieron una pequeña copa con polvo en el fondo.

—¿Qué es?

—Bicarbonato, para los que sufren acidez.

—Yo no tengo acidez.

—¡Pero, muchacho! En realidad, es para eructar. Dale, tomátelo de un trago. ¡Viva la repugnancia! ¡Fue inventada para los grandes!

Bebiste el líquido opalescente y espumoso; al rato ascendió por tu esófago una columna que rebotó en el paladar y estalló en tus labios y nariz.

La quinta carnada que usó la Independencia para pescar giles fue la impresionante venta de acciones que jamás darían un centavo de utilidad, *venta en la que trabajó intensamente tu padre, el ingenuo Lorenzo Célico.* La segunda columna gaseosa arrastró datos de la sexta carnada: *una intensa propaganda nacional fue realizada a bajísimo precio por Cosmos S. A., instalada en el noveno piso del mismo edificio Patria: una contribución espontánea de Cosmos que la enaltecía, que la popularizaba, que tapaba la boca de los incrédulos y que también... disminuía sus ingresos denunciables. ¿Vas entendiendo, Héctor? Porque en realidad todo pertenece a Brain y el dolo es en gran escala: se articulan empresas, se soborna al gobierno, se mandan las utilidades al exterior, se roba con guante blanco. La Independencia es la ingeniosa pieza de un juego voraz.*

Perdiste noción del tiempo. Los eructos ya sonaban como los motores de aviones a reacción. Volabas entre la abominación del estómago y el bolsillo, la comida y el poder. Estabas alternativamente en Leubucó y Buenos Aires, en la mágica plantación de rosas y en la parte reservada de un restaurante porteño.

Llegó el cerdo cocinado que había elegido Trimolquio Bermúdez, quien saludó su ingreso con un grito tan basto como su transpirado rostro. El volumen de la pieza, sin embargo, excedía lo normal. Alarmado, hizo comparecer al cocinero, quien se presentó de inmediato con su blanco sombrero en torre. Hizo una reverencia y confesó haber cometido el imperdonable error de no haberlo destripado. Trimolquio se secó la frente con la manga y gritó que su irresponsabilidad merecía la muerte. Estabas tan borracho, Héctor, que viste ingresar una negra columna de zombis; rodearon al cocinero y danzaron una pesada danza que imploraba clemencia o celebraba el sacrificio. Trimolquio Bermúdez, como el Nerón descripto por Petronio, ordenó que partieran el cerdo para obtener la prueba del delito. *El delito, debías memorizarlo de*

una buena vez, era el 81% de las acciones que se distribuye-
ron entre varias sociedades del grupo Brain. El activo de la
Independencia fue falso. Además, se realizaron compras ficti-
cias al cambio oficial y casi todo el dinero fue enviado a cuen-
tas extranjeras. El dinero que tu padre recaudó por la venta
de acciones a ciudadanos ingenuos, Héctor, jamás será resti-
tuido...

Unos guardias sujetaron al tembloroso cocinero. La piel
rosada del cerdo se abrió de un tajo y de su enorme vientre se derramó una catarata de budines y salchichas. La
multitud ovacionó al maestro, tan hábil en la cocina como
en la actuación. *Así habían ovacionado años atrás —pero con*
menos ruido— la inteligencia de Antonio Ceballos cuando ex-
plicó la mecánica de obtener ganancias a gran nivel con el solo
uso de la picardía.

Unas pulgas se empeñaron en picotear tu abdomen
mientras algo filoso te raspaba la faringe. Eructaste de
nuevo para conseguir alivio; finalmente el extremo de
un pimiento rojo brincó a tu garganta y quemó tu lengua. Lo escupiste sobre el plato lleno de restos incomibles
y tomaste un largo sorbo de vino. Por doquier seguían
explotando eructos como obuses y un vaho amarillento
te cegó. Diantre Ceballos recibía obsecuentes congratu-
laciones y vos querías vomitarle a los ojos. El cerdo no
había dejado escapar sólo budines y salchichas, sino
sobrefacturación, evasiones fiscales, aplicación de los créditos
a otros rubros.

No esperabas lo que sucedió entonces. Se abrió el techo
y descendió un enorme aro con cajas, frutas y perfumes.
Las frutas se derramaron por las mesas. Tus ojos nubla-
dos veían codornices rellenas con harina, pasas y nueces.
Los sirvientes portaban gansos, pescados y centolla en
desprolija combinación. Te apretaste el abdomen a punto
de reventar.

—¿Qué ocurre? —preguntó Trimolquio Bermúdez.

—No sé... —tenías fiebre; las revelaciones te recorrían como una legión de bichos.

La Independencia va bien porque la Argentina aguanta, ¿no es cierto?

Te sentías muy mal: fue una indigestión de carnadas, no de comida... Recordaste los huecos discursos patrióticos y entendiste que tenían razón... en parte: *la Argentina es un gran país, cierto, pero un país donde el agosto lo hacen quienes se burlan de la ley.*

—Deberías ir al *vomitorium* —aconsejó Albariconte.

—Pero sin tropezar con los esclavos que vienen con ánforas repletas de ostras y mariscos —completó el gentil Trimolquio Bermúdez.

Permiso. Eructaste. Permiso. ¡Bravo: eructa, muchacho! Permiso, no puedo... Déjenlo pasar... ¿Dónde está Ceballos? (querías lanzarle a los ojos tu colección de ácido y podredumbre). Cuidado, por aquí... Está muy pálido... ¡Eructa, muchacho, que es salud!... ¡Grrrupt!... Así, así... Bravo... Limpiate el cerebro... ¡Grrrupt!... La cara de Ceballos, por favor; rápido, rápido; no veo... Es salud... Así...

Primero el trueno, después el relámpago: tu boca se iluminó con un largo chorro multicolor, igual al de las pedrerías de un tesoro. Y el largo despeño tapó la cara de Ceballos en el nombre del Padre, del Hijo y del Espíritu Santo, amén. Te agarraste de la cabeza mientras Leubucó, tu padre y el profundo Albariconte se disputaron las extremidades del monstruo para cocinarlo a fuego lento. La carne del elegante Ceballos era fibrosa y la ablandaron a golpes de maza, la condimentaron con graciosos círculos de ciruelas y avellanas, la espolvorearon con sal y pimienta.

Zambulliste la cabeza en el lavatorio, te mojaste la nuca,

hiciste buches, arreglaste tu ropa y, tambaleándote, regresaste a la butaca. Te recibieron con amistosas exclamaciones. Bermúdez invitó a cerrar el festín con el Himno Eructario. Cada uno, extremadamente borracho, abrazó los hombros del vecino y el conjunto de húmedas bocas se esmeró en usar las última fuerza para hacer estallar los sonidos más abyectos.

Capítulo VI

Mi niño tenía dos bracitos que con ternura se enrollaban a mi cuello. Luego apoyaba su mejilla blanda contra la mía para averiguar si me había afeitado.

Me duele la cabeza y no se me va el maldito alcohol que sube desde mi ombligo...

Su voz adorable no se apaga: ¡Papito, papito! Al verme llegar, sus brazos se abrían como remos y cortaban el aire. Al anochecer, mientras yo le narraba un cuento, apoyaba su cabeza redonda sobre las manitas regordetas y sus ojos me miraban sin pestañear. Son las escenas que más recuerdo; las recuerdo aunque esté tan perdidamente borracho como ahora...

En cambio se me borró por completo su imagen en el lecho del hospital. Esa enfermedad terrible que lo consumía a él, a mí, a Soledad. Al principio Soledad quiso aliviar mi culpa: "No seas necio —decía—, a la infección no la produce un golpe; tal vez lloraba porque ya tenía el virus". Pero a la segunda semana, durante una acre discusión (se nos había metido otro virus, el de la disolución conyugal), desató su rabia, que su corazón quebrado ya no podía contener: "¡Criminal, bruto, no merecés ser padre!"... Luego se negó a verme en el hospital y a continuación que siquiera apareciese por allí. Estaba decididamente enojada: Lo cuidaré yo sola. Pero, Soledad, rogué... ¡Basta!, yo sola: vos no pisás más este lugar hasta que se cure. Soledad... Le traés la desgracia, ¡fuera!... Fue inútil... estaba ciega de dolor... Yo también, y caí en un pozo de abatimiento. Ella vomitaba la frustración que venía acumulando desde que yo había "elegido" la impotencia para tener hijos sobresalientes. Creyó en esa ridícula historia, la creyó de verdad. Después no fue posible hacerle entender que era un invento absurdo. No me perdonó haber dañado "voluntariamente" mi cuerpo y, si era capaz de semejante atrocidad, también lo era de perjudicar a nuestro hijo. ¡Fuera!... resonó en mis oídos días y noches interminables. Entonces mi desesperación me indujo a hacer lo que ella creía que había hecho. Pero la destrucción de mi cuerpo no se realizó con los ficticios rayos del médico charlatán, sino con la comida. Decidí comer y beber... mucho, mucho. Hasta reventar.

Al mismo tiempo practiqué el fetichismo... Sí, fetichismo, pero no perverso. Ocurrió cuando volví a casa, solo, expulsado del hospital. Daba vueltas por la habitación, intentaba leer, poner música... ¡Ay, cómo me duele la cabeza!... Tampoco podía escribir. Nada. Tendí el mantel y distribuí los cubiertos, con vino y panera junto a tres jazmines, como si fuésemos a compartir una cena en familia. Me acerqué a la cuna diminuta y vacía, con aroma a talco... Aroma embriagante, deflagrador de recuerdos. Descubrí un zapatito de mi Manuel, trabado entre el colchón y los barrotes. Lo recogí, cabía en mi puño, era el mismo que quiso ponerse apenas se lo regalamos... Por un instante se fue mi angustia y sonreí. Le sonreí por arriba y por abajo y lo llevé a mi boca; besé su empeine y su suela limpia. Como a un fetiche... Era amor. Amor y desconsuelo. Soledad, llena de rabia, hubiera dicho que amar un zapato no me impide romper una cabeza... ¡Ay! fui tan irresponsable, tan bestia.

Regresé al hospital pese a la expulsión, Héctor. Claro que regresé. Pero no quise perturbar a Soledad y permanecí horas en un banco de la sala de espera. Después me

iba a trabajar como un galeote; a sudar en forma obsesiva para huir del mundo y poder comprar la ristra de medicamentos que necesitaba Manuel. Me transformé en zombi, realmente. Hasta que Soledad regresó a casa.

Primero quedé duro de pasmo, luego sonreí con esperanza. Pero la sonrisa no me duró. Soledad pasó a mi lado ignorándome. Fue derecho a los cajones y se puso a sacar ropa y objetos con un ritmo de mil demonios. ¿Qué buscás, mi amor? ¿te puedo ayudar? No contestó. Al rato le pregunté si quería que fuera a comprar algo para comer. Negó con un movimiento de cabeza. No comés bien, estás delgadita, dije con sinceridad y cariño. ¿Te importa? fueron sus primeras palabras. Claro que me importa. No es cierto. Yo no aguanté su actitud despreciativa y me salió algo que ahora no recuerdo... Pero fue grave... Esta borrachera no se disipa... Me siento mal...

Ella me insultó y ambos subimos el tono. Se nos escapaban frases sin pensar, algunas ni siquiera correspondían a nuestro estilo; las palabras no tenían fundamento, porque las usábamos como cascotes. En un momento grité (eso sí recuerdo) que yo era el padre y tenía derechos. ¿Que vos sos el padre? no, vos sos el culpable de su enfermedad, eso sos. Tu acusación es una canallada. ¿Canallada? todavía no he abierto la boca, porque deberías estar en la cárcel. ¿Me querés mandar a la cárcel? adelante, adelante nomás. No me empujés, Fernando, no me empujés a hacerlo. Mirá cómo tiemblo. ¡Asesino!

Di vueltas alrededor de la mesa mientras ella llenaba bolsos y valijas. Luego salí a la calle oscura. Soledad había decidido atribuir la enfermedad de nuestro hijo a mi brutal paliza. En consecuencia, yo era la más compacta porquería del mundo.

Quería morir... ¿Me explico, Héctor?... Entonces tomé conciencia de que era un marrano... el desdoblado monstruo que ahora ves. Una cosa para afuera y otra para adentro... Inocente y asesino, bueno y malo, correcto e inmoral... Quería morirme, en serio, y logré imaginar mi propio velatorio, como ya te conté. No soportaba haber perdido a Soledad y a mi niño.

Capítulo VII

Tu padre se contrajo, molesto: ¿Eso te contó?

—Sí, papá. Y de distintas maneras, y en distintos momentos.

—Y vos escuchabas...

—¿Qué otra cosa podía hacer?

—Claro, ¡no conocés a tu padre! ¡podías aceptar cualquier cosa!

—No era contra vos; entendeme. Se trata de una enorme defraudación, de la que también somos víctimas.

—Ese hombre estaba borracho.

—En varios momentos estuvo borracho, pero no siempre.

—¡No doy crédito a los borrachos!

—Su borrachera no era de vino, sino de amargura.

—¡Ja, ja!... Qué gracioso.

—Tenemos que atrevernos a enfrentar la verdad, aunque sea terrible —el eructo y la Independencia se abrazaron en tu memoria.

—¿Creés que me la pasé chupándome el dedo durante estos últimos años?

—¿Qué decís entonces de las sobrefacturaciones?

—¡Qué sobrefacturaciones! Vos no entendés estas cosas. Sos un artista y andás en las nubes. La Independencia no es una novela: es una empresa real, físicamente real. Respira, come y crece.

—Pero siempre arroja pérdidas.

—Porque crece. ¿Dónde viste que una fábrica de esta

magnitud, con proyectos de tan largo alcance, produzca utilidades enseguida? Ésa es la mentalidad de un comerciante minorista. La Independencia es una empresa de aliento internacional, no un quiosco de golosinas.

—De flores.

—Sí, de flores. Nada menos que la primera industria nacional en su tipo, un orgullo.

Una carnada decía que esa plantación de rosas era la primera industria en su tipo: por eso la eximieron de impuestos municipales, provinciales y nacionales.

—Además, Héctor —siguió tu padre—, esas flores significan la exportación de un artículo no tradicional, muy importante para la evolución del país. ¿Entendés algo de economía?

Sí, significa otra carnada: por ser un artículo no tradicional le adelantaron fondos que se desviaron a otras empresas del grupo Brain.

—Me extraña la conducta de Albariconte; está muy enfermo.

—Espiritualmente enfermo...

—Da lo mismo. Su gordura no es normal, tiene un hijo retardado, su mujer lo abandonó. Debería ser expulsado de la Independencia...

—Me ha revelado cosas graves.

—¡Palabras de un trastornado! ¡Debería internarse! ¡Armó una novela! Ahí tenés: así terminan los escritores.

Lorenzo se sentó e, irritado, encendió un cigarrillo. Apareció Celina: ¿qué ocurre?

—Albariconte llenó la cabeza de Héctor con sus delirios. En dos palabras, ese hombre no puede dormir porque convirtió su vida en un desastre e inventa novelas para justificarse. Quiso convencer a Héctor de que la Independencia no existe, que es un *bluff* destinado a encubrir una defraudación. Por lo tanto mi sueldo es aire, las plantaciones de rosas son un espejismo y las acciones que vendo son papeles inservibles.

—¿Cómo?

—No es una pintura perfecta, pero sí aproximada, papá.

—Bueno, Dante Cicognatti la pintaría mejor; es más imaginativo —retrucó.

Celina miraba sin entender. Tu padre puso su mano sobre tu hombro y decidió llegar al fondo.

—Héctor: Albariconte no es confiable. Fue dependiente de verdulería, mecánico de autos y luego periodista. En todas partes terminó mal porque era un agitador. Siempre le gustó meter roña. No sé si te acordás de la tremolina que armó aquí, cuando vino a predicar ese pastor norteamericano Joe... ¿cómo se llamaba? Joe Tradiner, eso es. Después sedujo a la hija de Conrado Castelli mientras mantenía un idilio con Azucena. Típico de un inmoral.

—¡Qué tiene que ver una cosa con otra!

—Se casó con Soledad y la llevó a Buenos Aires para morirse de hambre. Causó la muerte del pobre Conrado Castelli para vivir de la plata que heredó ella. Cuando se fundó la Independencia le dieron un trabajo decente y pareció abandonar sus ínfulas de periodista, encaminarse por la buena senda.

—Mirás con una lente tendenciosa y muy injusta.

—¿Te parece? Soledad quedó embarazada. Pero él no aceptó a su hijo, los chismes no son caprichosos.

—Cómo que no aceptó a su hijo.

—Creyó que era de un amante, porque él se había vuelto impotente.

—Papá...

—Y que ese amante les transmitió la sífilis a la madre y al hijo, por eso creció retardado. El cuento de la encefalitis fue armado para engañar a los boludos. ¿Me estás oyendo? Soledad lo abandonó porque no podía soportar las

agresiones cada vez más intensas de un Fernando desesperado por ser a la vez impotente y cornudo.

—Lo que me decís es horrible.

—Por supuesto. Y el hombre se volvió loco. Me contaste que ahora está deformado por la gordura. Entonces,
¿podemos creerle?

—Estoy muy confundido.

—Yo no. Todo lo que te dijo es un invento, una canallada.

—Papá, la imaginación tiene límites.

—Lo que no tiene límites es su irresponsabilidad.
Albariconte no tiene derecho a ensuciar la empresa que le
da de comer. Antonio Ceballos debería echarlo a patadas.
Hoy mismo lo llamaré por teléfono y le contaré las barba-
ridades que dice.

—¿Lo denunciarás?

—Corresponde, claro que sí.

—Papá... —bajaste la cabeza con intensa desazón—:
estoy seguro de que para vos Albariconte no está loco, de
ninguna manera.

—¿Cómo es eso?

—Lo hubieras dicho antes.

—No sabía que calumniaba a la empresa, y que lo hacía
con tanta maldad.

—Lo calificás de loco porque revela una defraudación
que comprometerá a muchos. Es loco por su valentía.

Tu padre te miró colérico. Cerró los puños, se puso rojo
y levantó un brazo con ganas de pegarte. Después cayó
en el sofá; sus dedos se clavaron en la tela bordó. Celina
corrió a prepararle unos mates, pero cuando regresó con
el termo lleno de agua caliente, ya Lorenzo se había encerrado en el dormitorio.

Celina te ofreció entonces a vos el tembloroso mate que
había cebado para su marido. Lo terminaste de tres enér-

gicas chupadas y lo depositaste sobre la mesa. Tu madre te contempló desolada, porque lo poco que había escuchado alcanzaba para que compartiese tu angustia.

Capítulo VIII

No me puedo sacar de la cabeza una escena previa al desastre (o anunciadora del desastre).

Mi hijo dormía. Su respiración era serena; sus ojos cerrados no eran testigos de mi creciente infortunio. Caminé hacia la terraza para contemplar el atardecer enrojecido. Las plantas del balcón se estiraban hacia el menguante sol y le arrojaban perfumes: dádiva a los agónicos, pensé. Y el sol, ruborizado por su impotencia —como yo— se hundía en el horizonte.

Se encendieron las luces de la calle y me incliné sobre el borde a contemplar la apurada circulación de autos y gente. En uno de esos detestables vehículos podía viajar el Manuel de mi fantasía. Me había hecho bien escribir su parábola surrealista, mezcla de esperanza, culpa, ideales y desencanto. Su nombre salva al mundo porque está junto a Dios y no puede despegarse del diablo. Había pronunciado ese nombre por primera vez, de manera premonitoria, en la balumba de Joe Tradiner. Soledad lo había registrado con afecto y, cuando nació nuestro hijo, coincidimos en dárselo.

Las peripecias de Manuel fueron apareciendo en mi cabeza a fogonazos irregulares, con símbolos llenos de crueldad, morbo, clarividencia. Pero después de concluido el relato, de haberlo llevado a la editorial Porvenir, de recibir la carta de rechazo y de intentar ver personalmente a Campi, Soledad aún confiaba en la entrevista que aún no había tenido lugar.

Ya te conté lo que pasó, Héctor. Y te conté que volvimos desinflados y rabiosos. Te conté que nuestro hijo nos recibió con un llanto trepidante, tanto más fuerte porque estábamos con un umbral cero. Yo no era el hombre con afligente impotencia pero cuotas de serenidad (o esperanza) que miraba el atardecer luego de contemplar el descanso de su hijo. Yo no era el de esa escena que tengo grabada a fuego. No. Era un desahuciado que necesitaba descargar su ira sobre alguien. Y lo hice contra el que menos lo merecía.

Es cierto que yo venía mal desde antes, desde que ingresé a la Independencia y comprendí que había vendido mi alma. Mi congoja se amontonaba en el pecho como las aguas de un río encajonado. Había empezado a engordar de a poco, en forma imperceptible al principio, como un absurdo latigazo a la traición a mis principios. Canjeé angustia por grasa. Me convertí en una esfera que Soledad terminó por detestar. Que cualquier mujer hubiera detestado.

Es terrible. Me muerde una dolorosa nostalgia por los tiempos en que ella se acercaba con su paso elegante —en aquel lejano cuchitril— con dos pocillos de café. Sus negros ojos dulces penetraban mi cráneo y acariciaban cada una de mis circunvoluciones para estimular el pensamiento. Pero luego me abandonó a una desolación sangrante e irredimible.

Mi rostro abultado y mi cuerpo en crecimiento transversal ocultan la guerra que devasta mi interior. Mi futuro es una pesadilla que nutren las flores de la Independencia y los manejos de la Gran Corola, omnipotente y enigmática, ubicua, usurpadora de Dios. Mi libro fue profético, porque denunciaba a los heraldos de fuerzas impiadosas. Campi, pese a su agudeza de editor, no lo pudo ver.

En el vértice de la desesperación, solo y oprimido, comencé a modificar partes de la novela. Era la única tabla en medio del naufragio. Narré mi muerte y, mientras contemplaba el charco rojo que formaban las rápidas gotas que salían de mis venas, imploré por mi hijo. Lo necesitaba con la desesperación de quien se ahoga. Era la única gracia que imploraba a los poderes que, paradójicamente, ignoran la gracia. Mi hijo podía significar la recuperación de mí mismo, era la única forma de acabar con mi desdoblamiento de marrano. Para mi sorpresa imaginativa, resultaba verosímil que mi pedido fuera satisfecho. Apareció entonces otro Manuel, que era el mismo y era otro, que venía de mí pero no estaba engrillado. No parecía el producto de los horribles cubitos que mi pene expulsaba sin erección. Concedido el portento, Manuel joven se hizo cargo de mi lánguido rescoldo.

Pero faltaba asumir con dignidad lo que había pasado. Manuel viejo —yo mismo— me había sometido a una voluntaria castración. Cosa de locos, Héctor, pero más frecuente de lo que imaginas. Fue una batalla prometeica. Ahora verás.

Capítulo IX

Cuando regresaste a la aislada Leubucó, allí quisieron saber cómo te había ido con la editorial. Los fanáticos de tu novela (fanáticos por muchas razones, la mayoría extraliterarias) se asombraron y aullaron como una jauría. Varios miembros del CEL corrieron enseguida hacia quienes habían escrito cartas de recomendación para informar que en Buenos Aires se habían pasado la obra por el culo.

Transcurridas la horas de indignación, vinieron las de tomar decisiones productivas. Ahora hacía falta presionar al Intendente para que accediese a comprar la mitad de la edición o se hiciera cargo de los costos. Había que mostrarles a los porteños de mierda que en la pampa seca aún hierve la sangre de los bravos.

—¡Éste es nuestro *Contramalón*! —bramó López Plaza.

Te dije que López Plaza es un buen hombre, se alegró tu padre. ¡Héctor, Héctor, es maravilloso! exclamó tu madre. ¡Felicitaciones, Héctor, no sabés cuánto me alegra! te detuvo en la calle Azucena Irrázuriz. Yo convoco a una sesión especial, resolvió Gumersindo Arenas, y el escribano Tassini corrió a comprar un cuaderno nuevo porque no le iban a alcanzar las páginas para los discursos.

—Doctor —reflexionaste preocupado por algo más urgente que tu novela—, la Independencia le costará muy caro a Leubucó si se comprueba la estafa.

—Una cosa no excluye la otra —respondió Bartolomé López Plaza—: tu libro es tu libro y la Independencia es la Independencia.

—Me da miedo... Percibo el mismo fervor ciego, irresponsable, que cuando se inauguró la plantación de rosas.

—Lo tuyo es una obra de arte, y la plantación de flores, en cambio, una empresa. Además, nadie puede afirmar todavía que la defraudación sea cierta. Sigo creyendo en las rosas de Leubucó y en la fertilidad de los médanos.

—Las revelaciones de Albariconte deben tener mucho de cierto.

—¡Y qué! ¿Paralizarías al mundo? Supongamos que se demuestre la defraudación. ¿Entonces? Argentina seguirá andando, Leubucó seguirá andando, yo seguiré andando.

—No será lo mismo.

—¿Por qué? ¿por tu padre?

—Por todos, usted y yo incluidos.

—Yo no tengo nada que ver. La Independencia no me reportó un centavo. Tampoco le di un centavo.

—Le dio su apoyo y su apoyo influyó sobre mucha gente.

—Palabras, sólo palabras... Hay que mirar hacia adelante. Si cayese la Independencia, nuevos acontecimientos providenciales, como vientos en popa, empujarán el transatlántico argentino hacia su destino de grandeza. Por eso debemos continuar nuestras gestiones en favor de tu libro. Leubucó vive y vivirá. ¡No bajar los brazos!

Tenías claro que el impulso por tu obra no se inspiraba en sus méritos, sino en la fama que se descolgaría sobre la remota ciudad. *Contramalón* parecía a sus habitantes como la bofetada de un titán a la soberbia del resto del país, que la había olvidado. Esa delirante idea creció tanto que oías defender tu novela con argumentos frágiles, absurdos. Las frases enredaban grotesco y pasión, igual que los médanos en las hélices del viento. El futuro de la ciudad no dependía de tu libro, sino de las rosas.

Pero los demás no lo veían así y se puso en marcha la profundización del desatino.

La imprenta Gutenberg de la calle Caciques aceptó el súbito reto: editaría tu libro de la mejor forma y al más bajo costo. El viejo impresor nacido en Viena apartó sus recibos, facturas, tarjetas y otros trabajos para abocarse a su sueño de convertir el arcaico taller en una editorial.

Gumersindo Arenas se entrevistó con el Intendente, que se puso blanco al enterarse sobre el desembolso extra que debería efectuar. Su nombre figurará en la última página, junto al pie de imprenta —insistió el presidente del CEL—. Estamos haciendo algo que perdurará en la historia.

Entregaste tu manuscrito al venerable austríaco. Lo recibió con solicitud.

—Pronto será una realidad —exclamó con los ojos húmedos de entusiasmo.

Volviste a tu casa con más tensión aún. Por fin sería editada tu novela y se concretaría el sueño de convertirte en un escritor; pero te resignabas a un camino pobre: impresión a cargo de alguien lleno de buenas intenciones y absoluta falta de experiencia, pagado por gente que idealizaba un texto que no leyó. Era un futuro que, en el mejor de los casos, terminaría como un nubarrón que se deshace sin largar siquiera una garúa.

Cuando llegaron a tus manos las primeras galeras te sacudió un estremecimiento. Delante de tus ojos se amontonaban hojas con caracteres prolijamente alineados que ya no parecían tu novela. El papel y la tinta exhalaban un fuerte olor que evocaban la piel y el moño de Gumersindo Arenas tras una jornada de trabajo en el diario. Un mensaje adjunto advertía que era imposible entregar todas las pruebas porque escaseaba el plomo; el volumen se imprimiría por etapas.

—Estimado Robustiano Buteler —lo encontraste en

la calle y no pudiste dominar tu inquietud—, sólo le pido que investigue. Investigue tranquilo, sin alzar polvaredas.

—Mirá, Héctor, también me preocupa la ausencia de utilidades y la poca cantidad de trabajadores que hemos contratado. Sin embargo, no quiero levantar la perdiz, ¿entendés? Te lo digo porque parecés mejor informado que yo, pero debemos ser muy, muy discretos. Soy un viejo comerciante y aprendí que ciertas cosas se deben manejar con prudencia.

—¿Y?

—¿Querés saber más? Bueno, para tu tranquilidad, enterate de que en uno de mis viajes hablé con Antonio Ceballos personalmente. Me mostró toda la documentación que quise. Podemos estar tranquilos. La Independencia es una empresa grande y evoluciona de manera distinta de las de poca monta. Necesitamos recorrer la etapa de asentamiento y consolidación; luego vendrá el gran salto, con producción regular, mercados seguros y financiamiento permanente.

—Pero hay olor a estafa...

—¡No vuelvas a usar esa palabra, por favor! Soy el presidente y conozco mis derechos, mis deberes y mi responsabilidad. En caso de defraudación, yo y mis compañeros del Directorio seremos los procesados, nadie más.

—Por eso mismo.

—Quedate en paz y poné tu energía en la publicación de tu novela. Contribuirá a difundir el nombre de Leubucó y de la Independencia: doble beneficio, y quizá primera utilidad.

Aprobaste las galeras y se imprimió el primer cuadernillo. Con el plomo libre se encaró el segundo. Más pruebas. Más correcciones. El proceso se repitió durante semanas. Las hojas frescas se amontonaban en la imprenta sobre largos tablones bajo la directa supervisión del vienés y aguardaban adquirir vida con el entintado soplo de las prensas. Si se sumaba el extenso prólogo de Bartolomé López Plaza, la obra llegaría a un total de 247 páginas.

—¡Casi un cuarto de millar! —exclamó Lorenzo con su alma de contador.

Para decidir la tapa hubo una encendida discusión entre todos los que metían la nariz en un asunto que dejó de ser exclusivamente tuyo. Algunos preferían una foto, otros querían un buen dibujo, y hubo quienes defendieron la simple tapa gráfica con una guarda de motivos ranqueles.

Gumersindo Arenas sugirió que se invitase al maestro Dante Cicognatti para que diseñara algunos proyectos. Cicognatti era un artista en cuya sangre no se había enfriado el sol de Calabria y se entusiasmó con la idea pero, como era obvio, necesitaba informarse sobre el estilo y el argumento de la obra.

Fue a tu casa y su ruda mano sacudió la tuya con ganas de descoyuntarte las articulaciones.

—¡Col-leg-ga! —separó sílabas con acento italiano y desbordada expresividad.

Estaba ansioso por verter tu novela en pinturas de mucho impacto. Pero, desde luego, según conviniese al personaje o la geografía o los conflictos o una anécdota o diez anécdotas o el título... ¿entendías? Sus dedos gesticulaban como si estuvieran modelando una escultura.

Sí, entendiste y entendiste que no tendría paciencia para leer tu libro. Así que te resignaste a fraguar una síntesis del argumento (qué difícil era semejante tarea para el propio autor, una suerte de masacre). Cicognatti te interrumpía a cada momento para describir sus propias imágenes. La conversación te dejó exhausto porque en realidad no fue una conversación, sino una lucha cuerpo a cuerpo contra las ideas que se despeñaban de la mente del pintor y amenazaban sepultar tu novela bajo su deformante subjetividad.

Cuatro días después reapareció con cartulinas bajo el brazo. Las extendió sobre una mesa y fijó mediante libros, ceniceros, botellas, sus codos y una rodilla. Sus manos las recorrieron nerviosamente, como caricias de un amante febril. Mostraba y hablaba.

Algunos bocetos eran truculentos: sangre e intestinos, ojos fuera de las órbitas, pelos electrizados por el horror, mandíbulas desencajadas por los golpes. La cabellera de Cicognatti se agitaba al ritmo de sus palabras. Repetía a cada instante la clave inspiradora: *Contramalón*.

Advertido de tu rechazo, arrojó las cartulinas al suelo y extendió otras. En ellas predominaban los símbolos: carrera de lanzas, rémington feroces volteando indios, una escritura en llamas. Pero había más: el horizonte de la pampa seca quemado por el sol, gente desesperada bajo el viento, cardos en forma de corona de espinas, laureles que gotean culebras, un indio con libros bajo el brazo, un soldado con el carcaj de flechas a la espalda.

—¿Ves? Me importan los contrastes y la sorpresa.

Elegiste el rostro de un adolescente que mira perplejo una batalla.

Cicognatti se asombró. No coincidía con tu gusto y dijo que era el peor de sus bocetos porque no tenía suficiente *forza. Ma, va bene.*

Fueron juntos a la imprenta Gutenberg. El pintor mostró, describió y elogió en ese momento el dibujo (que poco antes criticó) para que el austríaco tomase conciencia del esmero que debía aplicar a su perfecta reproducción.

—Quédese tranquilo —sonrió el imprentero.

La tapa se imprimió a dos colores. Sobre el rostro del adolescente cruzaba el rimbombante título *Contramalón*. En la mitad inferior decía *Novela histórica de Héctor Célico.*

Con letras ligeramente menores, *Prólogo de Bartolomé López Plaza*.

Gumersindo Arenas avanzó hacia la muralla de cactos que cerraban su jardín. El esmirriado cuerpo del poeta y periodista contrastaba con la belicosidad hidalga de los espinos. También a él le habías transmitido tu angustia.

—Aprecio a Fernando Albariconte —se acomodó el moño negro—; es un personaje complejo e idealista. Con cierto misticismo, ¿no? Pero no el misticismo de un anacoreta. Algo más extraño, que no puedo definir. Recuerdo que lo hice invitar por el CEL para dictar una conferencia y estuvo brillante. Se refirió al mesianismo y marranismo del intelectual. Tema bien raro; y original. Entonces era un tipo libre, crítico, bastante audaz. Después se casó y entró en la Independencia. Dicen que cambió mucho, pero los impulsos profundos que respiraban sus versos no pueden haber muerto.

—Le aseguro que no, Gumersindo.

Levantó una ceja, siempre apoyado en su bastón.

—Estoy pensando por qué se confesó a vos de manera tan... obscena, casi como un pescado al que se le abre el vientre de un solo tajo.

—No cabe ya la mentira porque carga demasiado dolor. Temo que su denuncia sea exactamente cierta.

—¿Sabés que estoy de acuerdo, Héctor?

—Usted es el primero que lo dice. Otros también lo están, o intuyen, pero no se atreven a soltar una palabra.

—Le tienen miedo al derrumbe de una ilusión. A veces es peor que el derrumbe real.

—La Independencia es una estafa desde su mismo nombre.

—Temo que sí. Y deberíamos hacer algo.

—Qué...

—Difícil saberlo. Es un asunto muy delicado, casi como

una bomba. Si la manipulás mal, terminás sin un brazo, o muerto. Se me ocurre que podría escribir a unos políticos que suelen jugarse. Lo haré con la mayor sutileza y ambigüedad posible. Veremos.

¿Desencadenaría el diluvio? Echaste una última mirada a la espinosa formación de cactos, le deseaste mucha inspiración y fuiste a la imprenta. Necesitabas compensar tu nerviosismo con algo de placer.

Ya estaban cosiendo los primeros volúmenes. Alzaste uno, tiernamente, como a un pajarito que aún no sabe desplegar las alas. Hiciste correr sus hojas firmes. Ya era un libro. Tu libro. Al pie de la primera página decía *Edición patrocinada por la Municipalidad de Leubucó.*

Capítulo X

El ómnibus se detuvo en Río Cuarto por una hora, a fin de que el pasaje pudiese almorzar. Yo iba a Leubucó empujado por mi desesperación: quería abrazar a mi hijo, otra vez golpeado e internado. Ceballos me había transmitido la noticia del accidente y partí con lo que tenía puesto.

Bajé en la sureña terminal, pero no fui a su comedor bullicioso ni crucé a los restaurantes de enfrente. Decidí caminar bajo la sombra de los árboles para ventilar mi ropa adherida al cuerpo. Soledad continuaba emperrada en sus trece y no toleraba mis visitas; aunque legalmente... legalmente sí, las hubiese aceptado por supuesto, pero yo no lo intentaba siquiera, porque en el fondo tenía miedo de encontrarme con mi niño.

La noticia era espeluznante y, antes de haberla procesado, ya estuve sentado en el ómnibus que atravesaba la pampa interminable. Miré el campo cada vez más seco a medida que correteábamos hacia poniente. En cada parada descendía a beber, me quemaba la angustia. Río Cuarto era una localidad próxima a la meta, a Soledad, a mi hijo. Me senté en un duro banco de la plaza Roca y supuse que sería mejor perder el ómnibus. No tenía coraje para llegar a Leubucó.

Transcurrió la hora y seguí clavado a las maderas del banco, inmóvil, con dos cagadas de pájaro en mi hombro izquierdo. Lentamente pasó el ómnibus que debía llevarme; la tercera ventanilla, junto a la cual yo debía estar sentado, no tenía pasajeros. Hará otra parada en el límite sur de la provincia y luego ingresará en Leubucó. Sin mí.

¿Era éste otro de mis renunciamientos? La vida de un marrano está llena de renunciamientos. Creí que me iba a desmayar. Entonces me arrastré de nuevo hacia la terminal para comprar otro boleto; el próximo ómnibus pasaría a la noche. La pausa me daba alivio; no añadiría otro abandono a mi pobre criatura. ¿Qué significaban diez horas de atraso frente a cuatro años de total separación?

Imaginé con la fuerza que a veces tenemos los poetas que mi hijo estaba junto a mí. Yo era su cicerone en esta pausa sobre Río Cuarto (construida junto al río del mismo nombre, ancho, arenoso y seco, pero caudaloso en su invisible curso subterráneo). Hacía un calor de Sahara.

Empezamos por la plaza San Martín con su monumento ecuestre, junto a la terminal; los riocuartenses tuvieron la insolencia de desplazar al héroe de la nación hacia el borde y destinar el centro a Julio Roca, quien allí vivió y pergeñó su guerra contra los indios. Nos internamos en la ciudad. Envolví su manita entre mis dedos gordos. Descubrimos una confitería de curioso nombre: *Xanadú*.

—¿Te gusta el nombre, hijo? Xanadú es la casa de Mandrake el mago, la historieta que hizo vibrar mi infancia. Puede haber estado en un risco del Himalaya, dentro o fuera de Nepal. Quizá su inventor se inspiró en Katmandú; la afortunada X llama al misterio.

Pero la confitería no tenía nada de misterioso.

—No te preocupes, parece un sitio agradable. Vamos a entrar.

Desde sus ventanas se veía la plaza Roca y el banco donde estuve clavado al principio. ¿Dónde está la roca? No, no, no se llama por una piedra, sino por Julio Argentino Roca, quien encabezó una lucha terminal contra los indios. Gracias a él y sus legiones Leubucó, donde ahora vivís con tu madre, no es una toldería, sino una ciudad civilizada. La carita de mi criatura expresó placer.

Un mozo retiró la vajilla sucia y se marchó hacia el fondo sin haber escuchado, aparentemente, mi pedido.

—Dios está detrás de esa nube, papá. Recién asomó la cabeza... es grande... ¿lo viste?

Pensé que mi niño tenía inclinaciones religiosas, como yo.

Una bandeja regresó flotando mientras su hábil mano repetía ¡*permiso*! Y su piel sudorosa esquivaba la zancadilla de un comensal aburrido. Desatornilló su mano izquierda, la elevó por encima de su cabeza y merced a un amplio movimiento de aspa trasladó los objetos de su bandeja hasta el mantel. Había escuchado mi pedido a la perfección. Un sombrero de nieve cubría los batidos de fruta.

—Tengo que cavar un foso, papá —me explicó—, porque las hormigas no saben nadar.

—¡Qué bien!... Digo, no entiendo. ¿Me contás de qué se trata?

Entonces hablamos francamente.

¿Que has sembrado maíz? me parece buena idea protegerlo de las hormigas; ¿cómo se te ocurrió lo del foso? ¿pensaste en los castillos? ¡estupendo! ¿Ya prendieron los granos? ¿la altura de las plantas es suficiente?

Quisiera que aparezca un choclo, papá, pero demora. Si apareciese un choclo mamá lo cocinará; y te invitaremos a comerlo juntos.

Se me llenaron los ojos de lágrimas.

Pero vienen las hormigas, que no aflojan. El foso no las dejará pasar. Estoy de acuerdo, es la solución que inventaron los señores de la Edad Media. ¿Ah, sí? No te impacientés, las plantas crecerán. ¡Quiero que sean gigantes! Lo serán, por supuesto. Que sobrepasen mi altura, que formen un bosque. Muy bien, ojalá se cumpla tu deseo.

En el bosque guardaré un cofre lleno de monedas, como los piratas. Linda idea, yo te regalaré el cofre.

Se le habían agrandado los ojos. Hablábamos bajo el continuo bordoneo de la muchedumbre. Yo había comenzado a dibujar en las servilletas de papel: San Martín con un sable que reproducía la curvatura de sus patillas, Roca superponía a su barbita un par de castañuelas (quizás orejas de indios), un anciano agónico se asomaba por entre lóbulos de algodón. Por fin dibujé un castillo cuya chimenea era un choclo; lo circunvalaba un anillo de agua que detenía a los puntitos negros amontonados sobre la orilla: hormigas, soldados, vaya uno a saber... Yo dibujaba y deliraba.

Reuní los dibujos. ¿Servirán para tu deseo, hijo mío?

Volví a la terminal, ebrio de ideas inconexas. Ansiaba borrar las imágenes del accidente aún no visto. El diálogo con mi retoño feliz era una fantasía cargada de dolor. Sabés bien, Héctor, que él estaba incapacitado de entenderme una palabra. Por eso las palabras se encadenaban en forma caprichosa: próceres, maíz, pájaros, indios, hormigas, bosque, tesoro escondido. Correspondían a mi propia infancia junto a un algarrobo titánico. Yo y él fundidos. Había descubierto al demonio en un anciano lustrabotas. La confusión a veces resulta creadora. Por eso dejaba que el general Roca hubiese pretendido cruzar los Andes en vez de San Martín, se haya resfriado en la nieve y luego hubiese sido picado por las hormigas aliadas de los indios, hecho que lo decidió a cambiar su guerra de emancipación por otra de aniquilamiento. Eran ideas alocadas que pretendían suprimir otras más alocadas aún, las generadas por la realidad.

Mi hijo no era el brillante que anhelé, Héctor, sino el idiota del pueblo engendrado por un cubo de mierda en lugar de un espermatozoide normal. Se burlaban de él, le arrojaban arena a los ojos, lo tironeaban de la ropa. Hasta que reaccionó, pero mal. ¡Estamos jugando, bruto! no te pongás así, le dijeron. Fue peor. Gritó, saltó, corrió tras uno, tras otro, sin saber a quién elegir, a quién devolver los golpes. Tenía la fuerza de un cíclope; trompada aquí y trompada allá. Incluso contra los postes de luz, las paredes. Intentó penetrar en un negocio. Hasta que le arrojaron una lona y quedó apresado como fiera en una jaula. Sus cazadores saltaron encima y la lona se agitó como si retuviese a varios tigres. Alguien llegó con un palo.

¡No puede ser! dije, cuando Antonio me contó a los apurones esa historia. Sí, tal cual, con un palo que partiría la quijada de un burro. Me apreté la cabeza, como si al golpe lo hubieran descargado sobre mí.

El dueño del negocio apareció en la puerta. ¡Qué pasa! ¡qué tienen bajo la lona! ¡Un rabioso!, contestaron y el hombre supuso que era un perro rabioso. El garrote caía con fuerza, una vez sobre el cráneo y otra sobre la espalda. La lona se alzaba de punta, violentamente, y ¡pac! otra descarga. Mi hijo fue ablandado a porrazos interminables, como un carnicero que aplasta la carne dura. Llegó más gente. ¿Un perro rabioso? ¡Denle! ¡denle más fuerte! ¡Pac! ¡Pac! ¡Pac! sin asco, como para hundir un poste.

Algunos chicos tomaron conciencia y se apartaron. El interior de la lona disminuía su resistencia y quienes habían iniciado la paliza empezaron a dar signos de arrepentimiento.

Yo me descompuse de sólo oír. ¡Basta, Ceballos! no cuente más, por favor. Pero el canalla agregó detalles...: Quedó liso como la misma lona.

La lona ya tenía manchas de sangre. Un hombre la retiró con prudencia, no vaya a ser que el perro saltase. Pero apenas vio parte del cuerpo la arrancó de una vez y tiró lejos. Se propagó el silencio. Silencio y terror. Un círculo de espectadores dejó caer la mandíbula sin poder dar crédito a lo que estaban viendo. Quien había aportado el garrote cayó de rodillas y empezó a rezar.

¡Quiero huir del mundo, Héctor! Prefiero las ideas absurdas que me alejan de la verdad. Dicen que mi hijo Manuel es ocurrente y feliz, que se interesa por los choclos y las hormigas, que escucha embelesado mis cuentos sobre castillos, San Martín y Roca. Que de sus hermosos cabellos saltan estrellitas.

Sigo. El cuerpo apaleado atrajo la intervención de la policía. Los curiosos optaron por dispersarse antes de ser tomados como culpables o como testigos. El farmacéutico de la esquina se inclinó solícito, le tomó el pulso y aseguró que estaba vivo. Lo llevaron al hospital. Una carretilla de arena cubrió las manchas de sangre que quedaron sobre el pavimento.

¿Qué hice entonces? Estaba en Río Cuarto, temeroso de llegar a Leubucó. Quería ver y no ver a mi maltratado hijo. Predominó mi cobardía y trepé al ómnibus que me llevaba de regreso a Buenos Aires.

Capítulo XI

Manuel adulto ofreció a Manuel joven un cubo: los historia-dores le llaman tona —explicó paciente— y los teólogos ángel de la guarda. El joven miró desconfiado. No hay que asustarse: sólo para que vayas sabiendo... (el papel de Diantre ¿lo cumplía ahora el adulto? ¡sería atroz!).

El muchacho recibió en su mano la delicada pieza forrada en pétalos indestructibles. Son flores de verdad, aclaró el adulto, aunque perennes.

—¿Y me invitás a ponerlo sobre la nariz?

—Sss...í.

—Pero recién me has contado, hecho una esponja, que este objeto te ha perdido.

—No podrás triunfar sobre el infierno sin conocerlo en pro-fundidad. Las experiencias del sometimiento son las que esti-mulan a quebrarlo. Soy tu cicerone, tu Virgilio... y ojalá que no sea tu futuro. Parezco contradictorio, y lo soy. También son contradictorios los sueños. Pero, igual que los sueños, cuando se escarba surge la coherencia (a menudo intolerable, es cierto).

El joven hizo saltar el cubo como si fuese un dado.

—Para salvar al prójimo, ¿no hay otro recurso que parecérsele?

—Creo que no... —se retrajo el viejo.

Se miraron con pena e inquietud.

—Ahora necesito que presencies mi rendición final —agre-gó—, mi muerte. Mi sacrificio. Después, después resolve-

rás. El desafío lo tendrás vos. Pero con el cubo sobre la nariz, para mantenerte agarrado al sistema, de lo contrario no llegarás a su hueso. Se coloca así...

El joven rechazó sus vacilantes manos. Examinó de nuevo el aparato, raspó con las uñas su resistente envoltorio y aspiró su aroma. Por último lo calzó. Siempre correspondía a la medida.

Diantre lanzó una carcajada feliz.

El joven se concentró en los delectantes perfumes que producían optimismo. Su rostro se inflamó como el de un borracho. El rescoldo del adulto, en cambio, languideció afligido.

La Gran Corola acababa de pillar al joven merced a los erróneos cálculos del viejo. No quedaba sendero libre. Los diablos habían conquistado la última porción de la Tierra.

—Prometiste llevarme a la catarsis de las jerarquías —reclamó el joven.

El adulto asintió y su cubo transmitió a los sépalos y éstos a los cálices y los cálices a los centros de decisión secundarios —filtrando, asociando, sintetizando.

—Veamos la catarsis —insistió el joven—, la bacanal de estos tiempos.

—Veamos.

Ingresaron en un salón lleno de espejos. Fueron recibidos por dos hombres con pelucas empolvadas y uniformes purpúreos del siglo XVIII, que los guiaron hacia un cambiador. Allí, otros criados, respetuosos y hábiles, los desnudaron. Manuel adulto vistió un frac azul —pureza, reposo— y zapatos con hebillas doradas. Manuel joven se puso un traje de terciopelo granate —aún significaba indignación, vida—. Regresaron al salón de los espejos. Se abrieron dos suntuosas puertas y apareció una escalinata de mármol alfombrada. Por sus peldaños rodaban los sonidos de una antigua zarabanda. Caballeros lujosamente ataviados y damas con largos vestidos de baile los rodearon con desembozada curiosidad.

—¿Ésta es la bacanal? —preguntó el joven.

La escalinata iluminada con cirios se llenó con nuevas oleadas de gente. El ritmo de la música se adecuaba a la lenta marcha de tantos pies aristocráticos. Las parejas comentaban en voz baja los anticipos de la fiesta. Los espejos multiplicaban el fluir de vestidos rosas, índigos y armiñados. La procesión avanzaba sin saberse adónde. Pero al finalizar el último acorde de la zarabanda aparecieron los dueños del palacio. Manuel viejo se inclinó profundamente y besó las manos enjoyadas del rey y de la reina. Después, señalando al muchacho, dijo:

—Permítanme presentarles al futuro embajador de la Gran Corola.

El robusto anfitrión gozó el chiste.

Manuel joven se sumó a la comedia y también besó los soberbios dedos de la reina mientras espiaba su vestido de plata.

En el esplendoroso recinto circulaban los elogios a la vestimenta de los reyes. Manuel joven escuchó repiquetear títulos de nobleza: Marqués de la Anémona, Vizconde del Lirio, Condesa del Ceibo, Duque del Narciso.

—Nos codeamos con una ociosa y magnífica sociedad de aristócratas —explicó el viejo.

—¿Y la bacanal?

—¿No la ves?

El joven, sin entender todavía, circunvaló el salón. La orquesta seguía ejecutando danzas antiguas. De pronto los cuerpos y los labios se paralizaron como si se hubiera suspendido el correr de una película. Sólo seguían en contorsión las llamas de los cirios. El pasmo fue roto por las trompetas. Las damas olvidaron sus maneras y corrieron apuradas; los caballeros las siguieron como lacayos. En unos segundos se produjo un asombroso repliegue y quedó despejado el camino central. Las damas *tenían una mano sobre el pecho para detener la aceleración cardíaca y los hombres se aflojaban los cuellos de las camisas. Finalmente ellas doblaron las rodillas y los hombres inclinaron sus torsos.*

Al ritmo de brillantes acordes marciales, un emperifollado bastonero golpeó el suelo. Emergió del fondo ignoto una portentosa figura: era el sacerdote de un culto desconocido envuelto en túnicas de color dorado. Sus mejillas imberbes y arrugadas impresionaron a Manuel joven. Sí, es eunuco, reconoció el viejo.

Lo seguían cuatro sirvientes con cestos llenos de flores. Caminaban alegres tras el emasculado hombre y repartían capullos.

El prelado avanzó hacia un trono con forma de cáliz mientras su cabeza erizada de pelos duros recibía una lluvia de pétalos. Dio la espalda a los soberanos tras recibir la correspondiente venia y se instaló frente a la multitud temblorosa. Ordenó que la orquesta tocase música de las esferas siderales y el camino central se ensanchó hasta convertirse en círculo.

Manuel viejo reconoció a Diantre bajo su peluca empolvada. Se ajustaba los botones de su uniforme celeste.

La pista ya era un reluciente lago redondo, listo para recibir a los cisnes. Las mujeres agitaban abanicos, arrebatadas por una temerosa emoción. El Duque del Narciso invitó a la reina, quien apoyó su mano sobre el bordado antebrazo del caballero. Giraron en ronda bajo la atenta mirada del soberano y demás asistentes. Entonces Diantre enfiló hacia una joven cuyo peinado remataba en una diadema de brillantes.

—Es mi mujer —aclaró Manuel viejo con amargura—, la conocí en el desierto, nos amamos en una gruta frente a un cadáver, aceptó mi esperma de cubitos, me siguió y ayudó... hasta que...

Otros nobles se dirigieron a las hermosas mujeres comprimidas contra los espejos. La música brillante daba vuelo a los pies y los vestidos se inflaban como nardos en primavera.

Manuel joven quiso ver mejor a la dama que quizá fuera su mujer en el futuro, pero los aluviones de izquierda a derecha y de derecha a izquierda abrían y cerraban espacios con tanta rapidez que frustraron su intento. Sólo pudo advertir que Diantre le sostenía firme del talle como si apretase una mariposa.

La música acentuó su frenesí y los danzarines enardecieron sus piernas cuando se abrió el techo. Del alto agujero descendió una bandada de pájaros multicolores. El emasculado sacerdote con título de Archigallo levantó ambas manos y sus uñas amenazaron a las aves. Diantre abandonó a su pareja y también les gritó ¡fuera, fuera! La música feliz cambió de súbito por un lóbrego martilleo. Se deshicieron las parejas de baile; la reina volvió oscilante hasta el trono mientras el Duque del Narciso desenvainaba la espada, imitado en el acto por los demás caballeros. Filas de sirvientes irrumpieron con altas antorchas que debían quemar el plumaje de las aves remisas. Pero ellas, en lugar de asustarse, siguieron girando en torno a invisibles anillos. El Archigallo voceó maldiciones hasta que Diantre lanzó un silbido tan agudo como el que en otros tiempos le permitía ahuyentar los gorriones de un colosal algarrobo. Entonces empezó un increíble combate, porque las aves perdían plumas que se desintegraban en el aire, y sus cuerpos se partían en pequeños trozos que chorreaban sangre.

Manuel viejo contuvo al joven, horrorizado por la carnicería.

—Es la tradicional inmolación de los pájaros —explicó—, rutinaria introducción a la catarsis.

Las aves ahora parecían aceptar el sacrificio, porque en sus trenzados vuelos se aproximaban a las antorchas y espadas. El techo volvió a cerrarse y las plumas que aún flotaban en el aire se trocaron en pétalos. Desde ese instante la orquesta sólo hizo oír tambores y trompetas.

Penetraron más eunucos que arrojaban cubos perfumados. La luz se redujo a un lúgubre resplandor. El ruidoso comienzo se corrompió en un clima de miedo y tristeza. El siglo dieciocho involucionó de golpe hacia los orígenes prehistóricos.

Llegaba el momento del sacrificio.

Manuel viejo acató la orden de su tona, abandonó al muchacho y caminó pesadamente hacia el centro de la pista. Los sacerdotes lo rodearon y cubrieron con sus túnicas de oro. Algunas mujeres lanzaron grititos de pánico y excitación. El Archigallo, al pie del trono, controlaba la secuencia del inclemente rito.

Los epicenos empujaron a Manuel viejo hasta la escalinata; luego se separaron como lagartijas veloces. La orquesta acentuó su ostinato de timbales. Los eunucos desplegaron una coreografía extraña con frenética agitación de miembros y cabezas; parecían muñecos desarticulados. El furor de las contorsiones contagió a damas y caballeros que desabrocharon parte de sus ropas para sumarse al ritmo.

Un gesto imperioso del Archigallo abrió espacio entre los danzarines. Manuel viejo quedó solo y expuesto, con sonrisa falsa y mirada triste. Agarró su camisa y tiró con fuerza hasta que le saltaron los botones. Descubrió su pecho. Extrajo el puñal ondulado que escondía en la parte posterior del cinto (era un puñal premonitorio, porque con él que se había cortado las venas).

Manuel joven se estremeció. Hundió sus codos en los cuerpos vecinos para poder llegar a la pista. Debía quitarle el arma antes de que repitiera la insensatez. Pero su energía no era suficiente: el cubo no autorizaba que perturbase tan solemne ritual. Entonces intentó arrancarse el artefacto de su nariz, pero ya estaba firmemente adherido. Irritado y febril, lo golpeó y arañó sin resultado.

La orquesta aumentó su repiqueteo. Ojos en blanco flotaban sobre el tenebroso resplandor de las antorchas. Manuel viejo alzó el puñal del sacrificio y lo apuntó al vientre, como si se estuviera preparando para un hara-kiri. Los reyes lo miraban atentos. El Archigallo también. Diantre lo mismo. Los sacerdotes formaron un collar en su torno mientras seguían convulsionándose. La cabellera de Manuel empezó a resplandecer hasta formar una aureola fosforescente. La hoja filosa descendió por su abdomen, cortó el cinto y le abrió la bragueta. Sus genitales quedaron expuestos. Los levantó con su izquierda y el puñal aplicó un golpe seco. La música se espasmodizó en un acorde estridente. Los sacerdotes rodaron por el piso al ver los hilos de sangre que descendían como víboras por las piernas del sacrificado.

Manuel arrojó la inservible carne amputada a los pies del Archigallo. De sus bordes heridos brotaron anémonas. Manuel viejo parecía más viejo, pero tranquilo.

Al joven le empezaron a doler los testículos: acababa de presenciar su futuro. De nuevo intentó despegar el artefacto mediante empujones de abajo arriba, arriba abajo, izquierda a derecha y derecha a izquierda.

Continuaba el repiqueteo de la orquesta, pero los sacerdotes dejaron de sacudirse. Era el postorgasmo. Rodearon a Manuel viejo y lo condujeron hacia el complacido Archigallo, quien apoyó su mano amarillenta sobre sus cabellos fosforescentes y lo ungió emasculado sacerdote.

Capítulo XII

El lanzamiento del libro debe ser un acontecimiento, ordenó Bartolomé López Plaza. Los escritores del CEL asintieron. *Un acontecimiento.* La municipalidad consiguió la lista completa de las autoridades nacionales y provinciales vinculadas con la cultura. Y además, personalidades relevantes, críticos y redactores de revistas y diarios. ¡Celina, será algo grande! dijo Lorenzo.

Cuando alguien se despabilaba con un resquicio de sensatez e insinuaba que el acto era un despropósito, se le cerraba la boca con el argumento de que esa novela determinaba el futuro de Leubucó. *Contramalón* traduce nuestro sentir nacional profundo; accederá a los ambientes decisivos del país. Faltarán hoteles para albergar tantos invitados, es cierto; pero cada hogar será una posada fraternal. *La casa es chica, pero el corazón es grande:* ese cartel no lo tengo al pedo, mi amigo. Es la víspera de un milagro, ¿no cree? Aparecieron signos en el cielo. Yo veo cosas extrañas, ¿usted no? *Horizonte* empezó a difundir opiniones callejeras.

Se imprimieron las invitaciones sobre cartulina de ilustración, en las que sobresalían los guiños de un señuelo: *Oficial.* En su interior el Intendente asumía la representación de "las fuerzas culturales" e invitaba *personalmente a Ud. (y señora),* al acto de lanzamiento de la novela histórica *Contramalón,* del talentoso y galardonado —galardón de aquel concurso poético organizado por la Independencia— Héctor Célico, que tendrá lugar en el Salón Dorado del Palacio Ranquel el sábado 15 de setiembre a las 18. A continuación se detallaba el programa. Y al pie había otro señuelo: a las 22 se servirá una cena para las autoridades nacionales, provinciales, diplomáticas y artísticas.

Los miembros del CEL te acompañaron durante las dos semanas previas al evento en la tarea de ensobrar y estampillar las invitaciones. Un rincón del Palacio Ranquel fue destinado para albergar las columnas de volúmenes impresos, cuidadosamente separados de los otros papeles relativos al acto. Serían expuestos y vendidos a los concurrentes.

Escogiste un ejemplar y lo instalaste en el anaquel de tu rudimentaria biblioteca junto a otras obras. A partir de ese momento la tuya tenía la impudicia de codearse con Stendhal, Dickens, Brontë, Shakespeare, Gide. Retrocediste unos pasos, como el maestro Cicognatti frente a sus cuadros. Distinguiste el contraste que su lomo violeta hacía con el de los vecinos: parecía destacarse no sólo por el color, sino por algo que tu ojo deseaba con pasión: calidad. Te envanecías, Héctor. Y consideraste necesario volver a conversar con Gumersindo Arenas para no perderte. Oír su palabra lenta, mirar su piel oscura y sabia.

Te llevó al patio donde se alzaban los cactos gigantes. Parecían una formación de húsares.

—Con ellos podríamos enterrar al grupo Brain —propuso el periodista—. Un poema de Albariconte dice que antes de la Conquista los cactos estaban cubiertos por un vello húmedo que flotaba en la brisa, porque los cactos crecían junto a los arroyos; los indios usaban su líquido para curar heridas. Después se produjo la invasión de los europeos y la masacre de indios. Entonces los cactos inspiraron horrorizados, violentamente, y chuparon el agua de los alrededores hasta que se produjo el desierto. Su vello largo se transformó en espinas. Pero en sus cuerpos redondos sigue acumulada el agua que un día volcarán como desquite.

—Qué alegoría...

—Se lo escuché recitar a él mismo, cuando lo invitó el CEL. Tengo memoria de chismoso.

—A partir de ahí usted decidió cultivar cactos.

—Lo decidí antes. Albariconte ya pudo admirar mi colección, y por eso evocó su poema. Las espinas son como cuchillos —las acarició—, ¿no te parece?

—Sí, son vigorosas.

—Los cuerpos están hinchados de líquido caliente.

—Poéticamente, capaces de generar un diluvio; el diluvio que imagina Albariconte.

—Fernando ha sido coherente. En su conferencia sugirió que el mesianismo de algunos intelectuales es romántico: un hombre solo, noble y sufrido, que padece al mundo. No es nuevo; pero él lo interpretaba como resultado de un antagonismo entre el saber y el poder; es decir, el mesías tiene mucho conocimiento —divino— y poca fuerza —humana—. El intelectual, por su cultura y sensibilidad, reproduce el contraste. En el nivel teológico el sufrimiento es una categoría operativa, salvadora; pero no siempre en el nivel antropológico. Según Fernando, la angustia romántica activó el antiguo sentimiento mesiánico individualista que, por lo general, se frustra por el narcisismo. ¿Me seguís?

—Tengo que estar atento...

—Albariconte era franco... y difícil. Pocos lo entendieron.

—Me imagino; no era para todo público. ¿Qué más dijo?

—Que el intelectual cree manejar el timón de la historia, pero comprueba a cada paso lo contrario. Su condena es saber que no cambia al mundo, aunque debe querer hacerlo.

—Me parece estar oyéndolo.

—Después lo invité a casa. También invité, ignorando sus flirteos, a Soledad Castelli y a la bonita Azucena Irrázuriz. Grave error. Entre música, chistes y baile, siguió exponiendo sus ideas, tal vez para seducir a ambas. Era un seductor.

—Era... Ahora está deformado por la grasa y deprimido por la culpa.

—Qué lástima. Por eso será difícil que den crédito a sus denuncias, Héctor. Ya no goza de simpatías en Leubucó.

—Pero lleva nueve años de desempeño en la Independencia.

—Cuando alguien cae en desgracia, la mayoría no se mueve para ayudarlo, sino para hundirlo hasta el fondo. Ya he recogido diez versiones, una peor que la otra, sobre lo que hizo en la función de Joe Tradiner. ¡Las cosas que se dicen! Como pasó hace tiempo y hasta los testigos presenciales ya ni se acuerdan con precisión, el material da para cualquier delirio.

—Era un circo, según me contaron.

—Era un ámbito de furia religiosa. Y Fernando intentó desenmascarar al mercader que traficaba sus falsos milagros.

—¡Entonces hizo bien!

—Fue ingenuo. Como muchos idealistas.

—Pero sigue refiriéndose a los milagros, como si ese embaucador se le hubiese metido en la sangre.

—No sé qué decirte. Debe tener una visión ambivalente de los milagros. No cree en ellos, pero los reclama.

—El milagro que lo redima.

—Exactamente —Gumersindo Arenas caminó a lo largo de la formación de cactos y se detuvo a contemplar uno gigantesco, cuya extremidad superior se elevaba como un obelisco.

—Insiste que es marrano.

—¿Qué es un marrano?

—Un ser dividido, que niega a Dios en público y le pide perdón en secreto.

—Ahá. Y que sufre, ¿no? Que sufre por causa de un orden injusto que lo obliga a cortar su lazo con Dios, es decir, con lo que considera la verdad.

Echaste una última mirada a las gordas espinas. Según el poema, habían sido blandos y húmedos cabellos. Gumersindo palmeó tu espalda y te condujo a su living lleno de periódicos. Había que cambiar de tema. Instaló sobre una mesita el agua caliente y la yerbera; sus mates eran sabrosos.

Ambos necesitaban un recreo.

Antes de la fecha crucial empezaron a llegar cartas con membretes oficiales. Bartolomé López Plaza las leyó indignado.

—¡Por supuesto! —rugía—. Inventan excusas para no comprometerse con Leubucó. Más de uno tiene curiosidad por tu libro y le gustaría pasar un hermoso fin de semana aquí. Pero no se atreven a prestar su nombre a la juventud, a la novedad, al interior. No importa; después querrán conocerte. Tu libro triunfará, será el triunfo de la justicia.

Celina guardó algunas invitaciones como recuerdo y tu padre casi llegó a las manos con un ex colega porque decía que la ciudad había perdido sus cabales al hacer tanto ruido por una novela que nadie conocía.

—¿Estoy confundido, Héctor?

—¿Sobre qué, papá?

—Sobre tu libro. Tu futuro no es ser escritor.

—¿Por qué no?

—Porque los escritores son parásitos. En las grandes ciudades son algo peor. Tu inteligencia tendría que aplicarse a algo útil.

—¿*Creés que por otro camino habría alcanzado este recono-cimiento?*

—*Por eso estoy confundido. El reconocimiento no da de comer.*

Utilizaste la palabra reconocimiento para tocar su lado flaco. Leubucó y su abnegada gente luchaban por ganar migajas de reconocimiento. El Patriota se exalta-ba para generar admiración; poetas infatuados con tres versos y dos artículos creían pisar el umbral de la glo-ria; el Intendente accedía a entregar lonjas del presu-puesto para que viniese gente de otra parte; el fogoso Dante Cicognatti había traído sus pinceles a un lejano oeste argentino sin indios y sin oro; el pobre imprentero hijo de imprenteros austríacos soñaba con erigir una gran *Verlag* en la pampa seca. El desierto producía es-pejismos, un gorrión era visto como águila y una colina como estribación de la cordillera. Pero también —lo afir-mó varias veces Albariconte— reinaban impulsos mís-ticos. Los personajes que desfilaban por tu novela estaban rociados por una enigmática llama. En Leubucó —junto con el ridículo— latían el prodigio y la trascendencia. Bastaba prestar atención al ridículo que surgió entre sus médanos, esa imponente explotación de flores en los límites de la pampa seca, que atrajo con parecida in-tensidad a dos personalidades tan opuestas como Albariconte y tu padre. Ambos coincidieron en su des-confianza original, pero se entregaron a la ilusión. En esos días —con las denuncias de Fernando en tu pe-cho— lucubraste si una ilusión a punto del derrumbe no estaba por ser sustituida por otra, tu novela.

Celina se quitó el delantal de cocina: Héctor, no me gusta cómo anda papá.

La miraste en silencio.

—Lorenzo no es capaz de encubrir porquerías —dijo—,

por eso lo mandaron a desaparecer en Leubucó. ¿Vos realmente creés que la Independencia?...

—Tiene que abrir grande los ojos.

—Si hay algo feo, él no lo sabe.

—¿Te dijo algo?

—Sí... no... Es decir, le preocupan las dudas que trajiste de Buenos Aires.

—Debe haber sentido el mal olor. Pero no se atreve a contarlo.

—Tu padre es orgulloso.

—Qué te contó, mamá.

—Hay reclamos para el reintegro de las acciones...

—¿Cómo?

—Son chacareros ignorantes y suponen que una sociedad anónima es una tienda a la que se puede devolver la compra si uno se arrepiente. Dicen que hay rumores de defraudación... —los ojos se le llenaron de lágrimas—; y amenazaron a Lorenzo.

Celina buscó en sus bolsillos un pañuelo.

—Lorenzo telefoneó a Ceballos.

—¿Qué dijo Ceballos?

—Que se debe haber producido una denuncia aquí, en Leubucó. Alguien malintencionado quiere sabotear a la empresa.

Evocaste los cactos de Gumersindo Arenas; eran sus espinas quienes partieron como flechas hacia Buenos Aires portando mensajes sutiles pero develadores. Empezaba el desquite del interior aplastado, la esperada rebelión de los tontos.

La noche de la víspera no pudiste conciliar el sueño. Los soplos confluían en una tormenta. El sábado 15 de setiembre arribarían por ferrocarril y por ómnibus la mayor parte de los invitados. Tenías que darles la bienvenida junto con los miembros del CEL, acompañarlos a sus respectivos alojamientos en casas de familia, reunirte luego con los periodistas y dar un paseo para mostrar los lugares más interesantes de la ciudad (o convertir en interesantes los sitios vulgares).

Como era de esperar, las previsiones sufrieron desgarros. No vino un solo escritor de relevancia. Tampoco los periodistas de la gran prensa. Del cuerpo diplomático sólo llegó el tercer secretario de la embajada de Italia en consideración a la importante colonia piamontesa de Leubucó. En cambio unos poetas y cuentistas menores trajeron las valijas llenas de textos a distribuir. ¡Es un desaire imperdonable!, protestó Gregorio Tassini. ¿Qué esperaba usted de ésos? gritó don Robustiano. El Patriota insistió que no importaba, que todo saldría bien, que los momentos estelares no suelen ser acompañados por el merecido entorno: Jesús nació en un establo y los Reyes doblaron su rodilla sobre el pasto seco.

—¡Los echaremos a patadas! —protestó Cicognatti.

—De ninguna manera —negó con dignidad el Patriota—; los recibiremos como cuadra a nuestra cultura y a nuestro valer.

Conversaste con algunas visitas. Pronto te aburrió la tenaz y zalamera insistencia en tu juventud, así como las hipócritas referencias a las virtudes de Leubucó. Hubieras querido aullar. ¿Y los vientos que rayaban los ojos y herían la piel? ¿la desesperante mezquindad del agua? ¿el hambre del ganado? ¿la soledad del horizonte inacabable? Pero a todos les ofrecías otras frases. *Leubucó es el paraíso, señores. Aquí florecen las rosas más bellas del mundo.*

En el Salón Dorado del Palacio Ranquel se habían efectuado arreglos sin precedentes. Las butacas brillaban; sobre el estrado fue cubierta la mesa con paño rojo y se dispusieron sillas para las autoridades y los oradores. El mi-

crófono fue probado y ajustado a la red de parlantes interiores y exteriores, estos últimos sobre la plaza.

Te cruzaste varias veces con López Plaza en la calle, en el *hall* de un hotel, en la escalinata de la municipalidad. Tu eminente prologuista quería hacer notar su presencia a cada uno de los huéspedes, aunque fueran insignificantes; recurría a sus actitudes de prócer o lanzaba frases de resonancia wagneriana. Ese día era también el suyo.

Gumersindo Arenas y sus huestes tampoco se dieron descanso. Gregorio Tassini llevaba un cuaderno con la lista de obligaciones a cumplir, tanto las de naturaleza protocolar como doméstica; sus gruesos anteojos se empañaban de sudor. El imprentero exclamó: menos mal que todos los meses no se lanza un libro así; ¿no es impresionante?

El centro de la ciudad parecía transformado por los desconocidos que recorrían sus calles.

El maestro Cicognatti te apretó el brazo:

—¿Sabés que ha venido un corresponsal de *Prospectiva*?

—No, ¿cuándo?

—Hace unos minutos, en un auto. Lo acompaña un fotógrafo.

—¡Gracias por el dato, maestro!

—¿Te das cuenta? ¡Buenos Aires a tus pies! *Si avvicina l'istante decisivo. Avanti!* —levantó su brazo, lo proyectó como lanza, y arrancó velozmente.

Azucena Irrázuriz mandó un ramo de flores a tu madre; también se consideraba autora de tu éxito porque fue la primera en reconocer tus dotes. Pidió a Robustiano Buteler que el Directorio de la Independencia te obsequiara una plaqueta. ¡Qué contenta estoy! —dijo—. Me parece que presenciamos el nacimiento de *Amalia* de Mármol, o *María* de Isaacs. ¿Los leíste, Celina?

Te aflojaste sobre un sofá y lanzaste los zapatos contra la pared. Necesitabas desenchufarte de tanta aceleración. En tu duermevela recordaste que las beatas de la calle Yanquetruz afirmaron solemnemente esa mañana que las tumbas del cementerio se habían sacudido hasta rajarse. ¿De alegría? ¿de tristeza? ¡Dios santo! ¡Dios santo!

Adormeciéndote, viste de nuevo a los zombis de Albariconte, que continuaban su trabajo como la mayoría de la gente en Leubucó, pero ajenos a la insólita fiesta de la *élite* seudointelectual.

Golpeaban aceros, perforaban rocas, amontonaban ladrillos, transportaban cemento, claveteaban marcos, construían edificios que no habitarán. Sus cuerpos verdes o granates movilizaban la materia en forma incesante. Los látigos hacían garabatos en el aire y se aplastaban contra sus espaldas sumisas. Los zombis perseveraban en su dinámica sin lógica pero regular, impermeables a la emoción.

Capítulo XIII

Los zombies no atrapan los sonidos de las máquinas de escribir ni se fijan en los rodillos que agarran el papel para inyectarles linfa oscura. Tampoco sus órbitas ven lo que sus dedos hacen. Sacados de ataúdes y engañados con simulacros de resurrección, afirman su presencia absurda con movimientos que responden al látigo, nunca al goce ni la libertad. Sus bocas deformes no articulan palabras. Sus cabezas se inclinan y levantan, sus torsos bajan y suben, sus rodillas flexionan y extienden, sus pies caminan pesados, sus dedos atan, desatan y estiran. Los zombis llenan las humanas pajareras de nuestras ciudades.

Cuando esa mañana descendieron a la calle —vos con un ladrillo en el pecho, él bamboleando su vientre—, les salió al encuentro un perrito de pelo rojo envuelto en traje escocés. Se enredó en las gruesas piernas de Fernando. Enseguida apareció un desolado joven: ¡dónde te escondiste, sinvergüenza! y en sus reproches goteaba un caramelo. Le hizo gestos de cariñosa amenaza, acarició su lomo y se lo llevó en brazos. Era uno de esos perritos que los antiguos romanos sacrificaban en primavera a la estrella Sirio para favorecer la maduración de los granos, asoció Albariconte, que aún seguía fijado al sanguinario ritual. Por encima del hombro de su dueño, los ojazos del animal miraron con aprensión.

Avanzaron hacia los medallones de sol que resbalaban del follaje. El encuentro con peatones desconocidos, que (por esa razón) parecían normales, te evocó el despertar de una pesadilla: sentías la textura del colchón, el travesaño de la cama, las rendijas de luz en la celosía entreabierta. Habías escuchado mucho, pero faltaba lo más importante. Las mejillas de Albariconte se sacudían levemente al caminar, colgadas de sus ojos secos.

El aire estimulante borró las huellas de tu insomnio. Fernando se dispuso a confiar otras intimidades.

Ahora no tenía escrúpulos en asegurar que Antonio Ceballos le ofreció corromperlo, llanamente. En la cara de ese diablo elegante y seductor no resplandecían llamaradas tenebrosas que anticipasen el infierno, sino brillos falsamente bondadosos. Su lógica había seducido a Soledad más que a Fernando. Por eso, en aquella lejana y primera ocasión, cuando regresaron a la precaria gruta de amor donde el picaporte debía asegurarse con una silla, ella le saltó al cuello estremecida de júbilo. Y Fernando no tuvo más alternativa que bajar para comprar una botella de vino, y brindar. Entre los dos se convencieron de que por fin la buena suerte también empezaba a ser propicia en materia económica. Pero al rato Fernando preguntó: ¿Estás segura de que debo...? Corazoncito, ¡ni pensarlo!... Las dudas fueron lacradas por besos.

El lazo quedó fijado y se ajustaba más a cada minuto.

Como en toda prostitución, había una recompensa. Era el final de una inocencia a menudo vinculada con la estupidez. ¿Cuál era la recompensa? Algo muy deseado por Fernando: su progreso literario; no sólo poder escribir más y mejor, sino tener buenas relaciones con críticos y circular por las capillas donde sería bien visto y aprendería sin cesar.

Cuando niño había tenido obsesiones premonitorias: los héroes, Dios, los indios, los países lejanos y los asombrosos ritos. Los buscó en las nubes y las cimitarras, en cirios retorcidos y lámparas maravillosas. En su adolescencia fue cautivado por la biografía de Mahoma que escribió Rafael Cansinos Assens, luego fue conquistado por los terremotos prometeicos de Beethoven, más adelante se concentró en un Jesús rebelde. A todos ellos empezó a recordar cuando ya era tarde.

Los argumentos de Ceballos no sólo sedujeron a Soledad, sino también a Fernando. Operaban como buitres de necrolúdico vuelo, siempre atentos a la carne descompuesta. La sociedad de masas que usted desprecia, Fernando —dijo el brujo—, es más libre ahora que nunca; la televisión y la radio, los periódicos y el cine, los afiches y las revistas, no la esclavizan, sino aguzan mediante una gimnasia tenaz. Antes todo el mundo estaba encerrado en un solo pensamiento, y hoy somos empujados hacia la derecha y la izquierda, adelante y atrás. Aumentó nuestra posibilidad y capacidad de elección. ¿Acaso ingresar en el ejército de Espartaco es ser otra vez esclavo?

Fernando levantó las cejas: ¿los escritores somos el ejército de Espartaco?

Antonio Ceballos le palmeó el hombro.

—¿Es tan difícil entenderme?: un libertador puede convertirse en tirano, sobran los ejemplos. Pero la tiranía, reactivamente, también estimula el anhelo de libertad. No sea duro con los tiranos, porque también sirven...

—Ceballos, usted es un magnífico canalla —quiso decirle en aquel momento, pero se tragó la frase.

Ceballos soltó una carcajada, como si la hubiese escuchado. Y Albariconte, impregnado de tristeza, comprendió que rodaba hacia el abismo.

Capítulo XIV

Los huéspedes más importantes fueron recibidos por el Intendente. Circuló el café y jugueteó una charla frívola salpicada de chistes necios. Cuando se consideró adecuada la hora —un anciano abrió un soberbio reloj de bolsillo que le regaló su padre aún vivo—, el jefe comunal invitó al Salón Dorado. Te rodeaban trajes oscuros y camisas fragantes. En el corredor retumbaron frases de quincalla que te hicieron evocar la penosa Fiesta de la Poesía y el instante en que tus compañeros de uniforme avanzaron hacia el escenario aún oculto por el telón bajo. Parecía repetirse la historia, pero con menos arena en el ojo de la conciencia.

El salón se había colmado y desde el corredor se podía escuchar a la multitud. Cuando subiste al estrado la gente no te advirtió enseguida, ni a las autoridades e invitados "de lujo". Tres o cuatro aplausos tímidos abrieron las compuertas del fragor. El Intendente caminó decidido hacia la silla central, seguido por Bartolomé López Plaza, funcionarios y huéspedes de honor. Detrás de las sillas —también en el escenario— se apretujaron miembros del CEL y otros visitantes. Hubo que agregar sillas en los bordes.

Delante se extendía una audiencia erecta. Te agredieron pensamientos inoportunos, como por ejemplo si esta travesura colectiva no excedía los límites más tolerantes de la sensatez. Resultaba evidente que a las personas se las puede arrastrar con sólo tocarles una debilidad... Primero la Independencia, ahora tu novela. Una novela temeraria, para consumo de individuos más o menos descocados como vos, que gustó a tu padre porque en ella identificaba su rencor y entusiasmó al Patriota porque con ella podía acceder a otro lucimiento. En *Contramalón* te burlabas de los próceres, de los indios, de la vieja y la nueva Leubucó, de los ilusionistas y de los ilusionados. Su mérito residía en haber sido escrita en la pampa medanosa, a la que amabas pese a todo. Pero la amabas como un hijo díscolo. Las dos centenas de personas apretujadas en el salón aún no la habían leído y quizá nunca la leerían, por eso te admiraban con vacuna irresponsabilidad.

El locutor se paró delante del micrófono y los ruidos se apagaron. Atusó los finos bigotes, abrochó su saco negro y arregló el nudo de su corbata carmín.

—Leubucó se viste de gala —gorjeó su inevitable lugar común— para lanzar la creación de uno de sus más dilectos hijos. Todo nacimiento tiene maravilla; y el nacimiento de un libro es siempre un peldaño en la escala ascendente de la humanidad. Leubucó se viste de gala, repito, señoras y señores, porque lanza un libro de alguien que nació aquí y dice cosas de aquí. A este suceso memorable han adherido instituciones de la Capital Federal, de la capital provincial y otros centros del país. También han llegado plácemes de varias representaciones diplomáticas.

Contemplaste al solitario tercer secretario de Italia sentado en primera fila; la mentirosa exageración te produjo un hormigueo en ambas piernas.

—En el curso de este acto daremos lectura a una selección de cartas y telegramas, porque el tiempo no nos alcanzaría para todos.

Ojalá fuese verdad, Héctor. El locutor magnificaba con irrefrenable caradurismo; las rosas de la Independencia habían estimulado en los leubuquenses un coraje suicida.

—¡Damos la bienvenida a los ilustres huéspedes que atravesaron centenares de kilómetros para acompañarnos en esta ocasión! Les expresamos nuestro agradecimiento a través de un... ¡vigoroso aplauso!

Felices, resonaron los aplausos. Estabas inmerso en un mar de alegría imbécil. Pero debías disfrutar en vez de enredarte con críticas amargas. Sonreías y temías (¿te había contagiado el marranismo de Albariconte?).

—Hará uso de la palabra el presidente del Centro de Escritores de Leubucó, el poeta y periodista Gumersindo Arenas.

Arenas colgó el bastón en el apoyabrazos de su butaca y se dirigió hacia el micrófono. Contempló a la multitud expectante, introdujo su mano en el bolsillo y extrajo el discurso. Con la paciencia de sus antepasados indígenas nombró a las personalidades comprimidas en el escenario. Su bonhomía no necesitaba esta vez del vino ni del mate. Habló con calma chicha; la pampa seca reproducía el infinito: sus referencias a *Contramalón* (aún no leído) se trenzaron blandamente con las humildes briznas, los cactos guerreros y las aves de rapiña de sus metáforas. Al cabo de monótonos cuarenta minutos el público empezó a cabecear.

Azucena Irrázuriz, destacable por su sombrerito coronado de flores, se esforzaba por mantenerse atenta. Tu padre arrojaba el cuerpo hacia el codo derecho y un rato después hacia el izquierdo, mientras seguramente pensaba que *todos aprovechan los méritos de mi hijo para lucirse.* También se adormecía el imprentero vienés junto al desinflado Dante Cicognatti.

De la mano del locutor pendían las temblorosas e impacientes glosas. Gumersindo Arenas había olvidado el tiempo y el mundo como si estuviera contando estrellas junto a un fogón. Era su manera provinciana. Aseguran que el orgullo herido de los indígenas suele manifestarse con una empecinada lentitud, forma astuta y encubierta de desobediencia civil. Pero allí no debía desobedecer, sino agradar. No le importaba agradar, sino enumerar las muchas cosas que suponía estaban bien dichas en *Contramalón*.

La gente levantaba sus relojes con menos pudor. Algunos salieron para tomar aire. Sin que su voz delatara el arribo del final, con la misma entonación del principio, el anciano periodista dobló sus papeles, saludó con una inclinación de cabeza, giró noventa grados y enfiló directo hacia vos, Héctor. Te levantaste para darle la mano. Él te abrazó. Aunque pocos lo entendieron, había hablado con la sangre.

El locutor corrió hacia el micrófono para frenar la deserción del público. Improvisó un chiste para que la cansada audiencia siguiera clavada a sus asientos. Afligido, corrió hacia López Plaza en busca de auxilio: le propuso saltear a los demás oradores antes de que el fracaso fuera total. López Plaza aceptó en el acto y el locutor exclamó:

—¡Señoras y señores! ¡Les anuncio que en breves instantes finalizará este acto maravilloso! Y podremos disfrutar la comida que nos espera en el Club Social. Les ruego quedarse en sus butacas sólo unos minutos más, porque ya viene hacia nosotros... ¡la palabra excelsa del doctor Bartolomé López Plaza! —su brazo lo señaló.

El programa fue amputado sin anestesia y los personajes descartados se miraron con las mandíbulas caídas. El Patriota no dudó y fue hacia el micrófono instalado en el centro del escenario mientras el locutor prometía al oído de los perplejos oradores salteados que hablarían después, durante la cena.

López Plaza se paró desafiante, como un gladiador frente a las bestias. Contempló al público de forma tan ruda que la gente dejó de moverse, mirar el reloj o murmurar tonterías. El silencio se extendió como un vasto poncho de lana.

—¡Seré breve! —anunció firme y calló; calló, como lo hacía siempre, para que recapacitasen sobre la importancia de lo que acababa de decir—. Seré breve... —repitió—. Ni siquiera leeré el prólogo que escribí para la novela de mi amigo Héctor Célico, como estaba programado —dio un paso hacia atrás, inspiró hondo y arremetió con energía.

—*¡La juventud maravillosa que no sabe de cadenas materiales y está en condiciones de igualar el vuelo de las águilas en busca de belleza* es representada por Héctor Célico, quien marcha ufano por los campos elíseos de la literatura nacional con una obra densa en el contenido, inspirada en la forma y ejemplar en su mensaje!

La platea suspiró aliviada al advertir que había caído de pie luego de una frase tan larga como los saltos mortales de un acróbata en el trapecio de un circo.

López Plaza metió el índice en el ceñido cuello de su camisa para que se le deshinchasen las venas.

—*Contramalón* ha brotado en esta tierra de mártires como esa oleaginosa cuya flor dorada se yergue altiva diciéndole al astro: me llaman mirasol y te miro de frente porque soy tu perfeccionada imagen... ¡Leubucó cierra filas tras este libro, señores! —apuntó su índice hacia la gigantesca pintura de Dante Cicognatti con la reproducción de la tapa— porque es la perfeccionada imagen de la vida y la pasión que late en la pampa seca. Sus páginas expandirán nuestro carácter chúcaro a todos los valles y cimas de la patria, ¡del extranjero, del mundo! Señores... —calló de golpe; después agregó—: he prometido ser breve. Me desplazo hacia la penumbra para que aquí y ahora escuchemos a quien merece nuestro aplauso: ¡Héctor Célicoooo!

Te señaló con la mano derecha mientras los dedos de la otra hacían señas para que te apurases.

—*¿Preparaste tu discurso?*

—*Sí, mamá. Y estoy fastidiado; fue más difícil que escribir la novela.*

—*¿Puedo leerlo? ¿o es una sorpresa?*

—*Podés leerlo. Aquí está.*

—*Cuántas páginas...*

—*Tengo que explicar mis motivaciones, hablar de Leubucó, sus guerras pasadas, y los abusos que duran hasta ahora. Aunque no sirvan un pito.*

El locutor te entregó el micrófono de pie como si rindiese una lanza.

Los excesivos papeles que habías llenado de letras permanecieron en tu bolsillo. Se imponía acabar pronto, antes de que no quedasen ni los dormidos.

—Con la palabra escrita me expreso mejor que con la oral... Estoy engrillado por la emoción —te salió el lugar común, pero era sincero.

No sabías improvisar ni tenías soltura para jugar con efectos de malabarista como el Patriota. Te resignaste a expresar tu agradecimiento a cuantos nombres venían a tu mente, desde Azucena Irrázuriz hasta las autoridades del municipio. Los aplausos celebraron tu parquedad y el locutor anunció feliz que terminaba el *magnífico acto.*

Te abrazaron en la platea, palmearon tu espalda, te acariciaron la nuca y sobaron los brazos para inyectarte la intensidad del afecto. Fuiste arrastrado por la sala donde butacas y sillas molestas eran volcadas unas sobre otras. Te empujaron hacia el *hall,* donde exhibían tu novela sobre un tablón cubierto de paño azul. La joven que lo atendía te informó a los gritos, entusiasta, que ya había logrado vender veinticuatro ejemplares.

—¡Qué bien! —exclamaron tus ocasionales acompañantes sin importarles que esa tarde se habían dado cita en el Palacio Ranquel centenares de personas.

—¡Requete bien! —agregó otra mujer—. Veinticuatro... ¡dos docenas!

La miraste con ganas de felicitarla por su vuelo en aritmética; era un genio.

Vários admiradores —que tampoco habían leído tu libro— te acompañaron hasta el Club Social. Se disfrutaría la anunciada cena. Había gente con hambre y apuro, así que no se perdió tiempo en circunloquios. De inmediato empezaron a circular bandejas con carne de vaca, de cerdo, de oveja, de pollo, ensaladas, empanadas, vino, discursos que pocos escucharon, postres, más discursos. Gracias. Estoy satisfecho, ¿café?, otro discurso, torta, champán. En Leubucó se gasta a lo loco —dijo un poeta de Venado Tuerto—: ¡tienen que lanzar un libro por mes! Más discursos, ¿quién paga todo esto? Sueño. Éste es mi último libro de poesías y se lo regalo porque me gustaría publicar otro en Leubucó ¿qué le parece? Aplausos, otro discurso: ¡silencio por favor! Sí, ésta es la noche más hermosa de mi vida, por supuesto. ¿Otra copa? ¿cree que me editarán en Leubucó? Que hable el editor, pero en castellano. Aplausos. Mareo.

De pronto irrumpió la policía y gritos de asombro rajaron los muros.

Capítulo XV

—Me afeitaré —resolvió Albariconte mientras ingresaba al cuarto de baño envuelto en su inmensa bata de toallón celeste—. En el costado te espera un banquito —lo señaló—: debemos proseguir nuestro diálogo hasta las últimas consecuencias.

Apoyó el abdomen contra el lavatorio para acercarse al espejo. Contempló detenidamente su cutis, giró la cabeza y comparó el untuoso brillo de un lado y el opuesto. Acarició con el revés de la mano las púas negras que se extendían como insectos. Reflexionó: tres cuartas partes de los intelectuales machos descubren sus mejores pensamientos al afeitarse. En la Grecia clásica apelaban a otros recursos que nadie fijó por escrito o se perdieron en el incendio de Alejandría, porque recién en Roma la gente empezó a afeitarse todos los días. De modo que procederé a mi diaria mutilación que brinda como premio un manojo de ideas. Siempre. ¿Presumiría un gato si al despertar le arrancasen dos o tres bigotes? No, por supuesto. Pero eso hago yo y mucha gente. ¡Vaya si somos terribles los humanos!

Te encogiste en el banquito del ángulo y apoyase tu nuca sobre los frescos azulejos. ¿El hombre decía cualquier cosa? Seguro que no.

Albariconte abrió el espejo lateral: una hilera de botellitas parecidas a irregulares soldaditos de plomo saludaron con una descarga de perfumes. Seleccionó un par de objetos y enseguida su piel grasienta se cubrió con una espuma. Los tres dedos centrales de la izquierda estiraron una mejilla hacia el ojo, mientras la mano derecha deslizaba la navaja de cuchilla nueva. Los blandos lóbulos de jabón fueron cayendo al lavatorio.

—¿Qué enseñaría una puta vieja a una doncella florecida? —conjeturó—. Que una puta no debe simular ser una dama. Si algo vale es como puta, nunca como dama; no debe avergonzarse de su profesión ni de su piel corroída. Sólo lo auténtico acaba por ser respetado.

La navaja pulió el labio superior y después torció hacia un mechón residual que se ocultaba junto a las fosas nasales.

—Que una puta simule ser una dama me parece desdoblamiento. En algunos casos la simulación es convincente, pero en la mayoría es grotesca. Pero en todos, Héctor, arrastra el lastre de la amargura. Mi propio desdoblamiento exigía, para funcionar, que durante meses me olvidase del romántico pasado vivido con Soledad. Practiqué la represión de recuerdos como si fuesen trastos que metía en una valija para después despacharla lejos de mí. Pero, te confieso, la tapa nunca cerraba bien: escapaba por el borde un pedazo de camiseta, la esquina de una solapa, el extremo de una media. Hay recuerdos que no se resignan a marcharse y, por lo tanto, persiguen y atormentan tenaces. Son los que consiguen marcar una penosa diferencia con el presente.

Puso la navaja bajo el chorro de agua hasta que lució limpia. Contrajo los labios en hocico y atacó las púas del mentón.

—Ignoro la exacta etimología de la palabra marrano, pero sé que en los tiempos de la Inquisición los marranos formaban una suerte de heroica resistencia para defender sus convicciones. Los marranos de nuestro tiempo, en cambio, repiten ritos por instinto, pero vaciados de rebeldía. Mi desdoblamiento no es, al fin de cuentas, tan arriesgado como en aquellos tiempos. Mis pedidos de perdón acumulan lágrimas, pero no ofrecen méritos.

—Fernando... me confundís.

—¿Por qué? He llegado a la conclusión de que existe un verdadero *establishment* del marranismo: por un lado, la concesión a las exigencias del mundo; total, se dice, "es la lucha por la vida". Por otro lado, aparecen las cargas de conciencia que se pretenden eliminar con exorcismos de cualquier especie. En pocas palabras, conviven lo sublime y la roña, mi amigo. Todavía hay quienes se sublevan indignados y no aceptan que la conciencia y la conducta marchen por caminos separados; pero la mayoría fracasa, lamentablemente.

—¿Estás seguro de que fracasan?

—Sí... ¡Ay! —se lastimó—. ¡Carajo!...

Tapó con espuma la breve incisión.

—Una puta vieja sostendría que el mundo está poblado de pícaros y caníbales, ¿no es así? ¿Qué son los periódicos, los cafés, los corrillos de todas partes? ¿Qué es la frecuente risa si no el placer por el ridículo... de otro? Desde ese banquito ves mis gigantescas nalgas de eunuco y podrías fabricar un chiste, cocinarme en tu olla. Fijate, la tenés prendida a un costado —guiñó.

Te llevaste la mano a la cintura. Albariconte volvió su mirada hacia el espejo.

—Los pícaros y caníbales también tienen su conciencia, no los descalifiqués. Si conocieras la biografía de Antonio Ceballos creerías que es un buen tipo: empezó de abajo, creció a fuerza de empuje, inventó recursos y llegó adonde quería; ahora es parte de un mecanismo complejo al que debe ofrendar un mínimo de méritos para conservar sus privilegios envidiables. Creó su reino, como Lucifer, y ahora debe trabajar duro para conservarlo.

—Inesperada conclusión.

—¿Puede Lucifer descuidar el infierno? El pobre diablo suda para mantener caliente su caldera. De lo contrario será destituido, no lo dudes.

Aproximó su cara al espejo para controlar las zonas afeitadas.

—Cansa lucir el oro de la simulación y esconder la negra sangre de la conciencia. Deberíamos arrojarnos hacia el acto heroico y fundamental de nuestra vida; proceder con mesianismo laico e ingenuo, pero redentor. Si no lo cumplimos, envejecemos. Yo tengo la sensación de haberme convertido en un geronte acabado, siendo aún cronológicamente joven.

Apoyó otra vez la navaja bajo el chorro. Luego estiró su papada y la rasuró a contrapelo.

—A veces me comparo con mi país.

Frunciste el entrecejo y después te aflojaste en sonrisa. Albariconte soltó su adiposa piel y giró para mirarte a los ojos.

—En serio, muchacho. Llegarás a la conclusión de que sufro megalomanía o vaya a saber qué... Bueno, comparemos. Por un lado mi tamaño, mi peso, mis ilusiones; por el otro mi impotencia, mi frustración. La Argentina es así: gran tamaño, peso e ilusiones, junto a una irrefutable impotencia y frustración. Creció como un lozano capullo, pero no ha conseguido desarrollarse en plenitud; busca vacilante un tutor como si nunca hubiera aspirado al cenit. Es terrible... Cuando la Argentina gritaba en su cuna, tan bella y vigorosa, la grandeza prometió coronarla y el mundo envidió su suerte. Pero después, a partir de 1930, ¡mi Dios! se fue transformando en una vieja macilenta, prescindible. En realidad la Argentina es joven, pero se siente vieja; el único acontecimiento memorable que sacudió su tierra fue la llegada de los conquistadores, allá, en la prehistoria. Lo demás se parece a una idealizada comparsa de espectros. Extravió el rumbo... ¡Si es para aullar como un lobo herido!... —examinó la superficie tersa y comprimió sus párpados—. Merecería que me degüellen, ¿no? ¡Compararme con mi país! Los dos somos un fracaso.

¿Hasta dónde era cierto lo que decía?

—¿Cómo? —te escuchó el pensamiento.

—Nada.

—El desdoblamiento agota, Héctor —prosiguió—. El marrano respira la atmósfera de un mundo intolerable, contempla injusticias y calla, participa de dolores y calla, obedece como esclavo y calla. Calla siempre, porque su boca pertenece al territorio de la exterioridad pasajera; en cambio, su conciencia arde sin término.

—También se lo puede ver desde otro ángulo. El marrano simula obedecer. La simulación es un arma que usan hasta las fieras —dijiste.

—La fiera simula, es cierto, pero luego ataca. Puro instinto sin conciencia. El marrano, si ataca, lo hace en forma elíptica, porque no dispone de la fuerza.

—Ésa es entonces nuestra superioridad —lo apuraste.

Albariconte reflexionó.

—De acuerdo.

—¿También es prueba de superioridad tu desdoblamiento? —comprimiste el cerco.

—Esa insinuación no me gusta —sonrió—. ¿Querés hacerle un monumento a mi historia de mierda, a mi frustración, a mi impotencia? Provienen de la cobardía, Héctor. Frustración, impotencia, lágrimas, obesidad... Si torcí mi vocación, si no pude enfrentar las estafas, y si descargué mi bronca escribiendo un relato onírico que nadie leerá, es porque no tengo valor suficiente para dar batalla en serio. He soñado con redimir a muchos y ni siquiera puedo salvar mi propia alma.

Su dolor estaba encarnado; y quemaba. Lo entendías por fin.

Lavó la navaja fiel y la guardó en el botiquín. Se enjuagó y buscó a ciegas una toalla.

—Mi sinceridad nace en el sótano, cuando pido perdón —se mojó las mejillas con alcohol perfumado—. ¿Sabés? a menudo escribir es pedir perdón. El buen artista se entrega como un arrepentido ante el altar: no lo frenan las revelaciones más íntimas, ni las más peligrosas, ni las ideas espurias, ni sus contradicciones. Al crear su obra desarrolla un acto sacramental.

—Buena metáfora.

—¿Nada más que buena? Héctor, yo esperaba otra cosa. Podrías decir, por ejemplo, que soy un monstruo, un loco o un estúpido; que mis ideas necesitan atención médica, no literaria. ¿Sabés qué te hubiera contestado entonces? Que ofrezco mi verdad en forma suicida, que en mi relato vierto sangre, que abro mi corazón de par en par. Vos tendrías derecho a mirarme de lado, sonreír con lástima y dispararme a la cara: ¿Acaso alguien te lo pidió, boludo?

Colgó la toalla y se ajustó el largo cinturón de la bata.

—En fin. A la puta le dirán puta y al escritor honesto, boludo. Vamos al living —dijo—: te invito con un buen café. Se acabó mi monólogo y ha llegado tu turno.

—¿No sos vos la puta que aconseja? Mi función es receptora de tus experiencias, consejos, dudas.

Sonrió mientras instalaba los pocillos sobre una bandeja.

—Creo que tus ojos aún no han despertado lo suficiente.

—¿Por qué?

Acarició la fila de botellas y te interrogó con la mirada: señalaste un coñac. Dándote la espalda aún, dijo las frases que cerraban una conclusión:

—Toda brasa quiere que la vecina también arda; de lo contrario, el fuego se muere. Ya has empezado a despedir humo, es una buena señal, pero aún no te he contagiado la llama.

Pensaste en las maniobras de la Independencia, en tu pueblo atornillado a una ilusión, en tu padre convertido en estafador obligado. Sí, por lo menos ya te salía humo.

Capítulo XVI

A muchos les quedó vibrando el taladrante aullido que pegó la esposa de Robustiano Buteler cuando irrumpió la policía en pleno banquete y arrestó al Directorio de la Independencia. Volvió a resonar en tu cabeza cuando días más tarde —como si nada hubiese sucedido— el secretario del Intendente llegó hasta tu casa para entregarte la lista de poetastros, escritorzuelos y editores de revistuchas literarias que habían asistido al acto, porque debías enviarles un ejemplar autografiado de tu novela como retribución a la gentileza de haberse molestado en venir a Leubucó. Te molestó el contraste y evocaste la palabra desdoblamiento, más presente de lo que habías sospechado. Por una parte cundía el desaliento y por la otra una innoble indiferencia. Caía la plantación de rosas y había que seguir machacando tu novela, como si no hubiera una red que atase todas la puntas.

Tu padre partió a Buenos Aires para entrevistarse con Antonio Ceballos. Había dicho antes de partir que le escupiría su rabia y exigiría una doble reparación: por haberlo engañado y por haberlo inducido a engañar. También exigiría que se recompensara a los accionistas que habían vaciado sus ahorros para comprar acciones falsas, y lo debía hacer antes de que varios miembros de la Independencia terminaran asesinados. Robustiano Buteler era otra víctima, diría, un gordo imbécil que creyó en el progreso y enfermará en la cárcel. ¡En la cárcel debería estar usted, señor Ceballos! —imaginaste que también podría

decir—, y ese otro gordo que se especializa en traiciones,
Fernando Albariconte. Albariconte lo traicionó a usted, a
Azucena, a Soledad, a mí y a mi hijo —agregaría el irrefrenable Lorenzo—. Es el peor culpable, porque solivian-
tó a mi hijo cuando lo visitó en Buenos Aires, mi hijo soli-
viantó a Gumersindo Arenas y Arenas escribió a ciertos
políticos unas pocas frases que alcanzaron para provocar
la más grande devastación que barrió la pampa seca desde que tenemos memoria. Y no sería todo, porque aún
escupiría que antes de la presentación de *Contramalón*,
señor Ceballos, la empresa ya había desaparecido. Tal cual.
Como por arte de magia. Después del arresto masivo la
gente corrió a la fabulosa plantación y sólo quedaban rosas con aroma falso. Usted y sus secuaces ya se habían
llevado las máquinas, desmantelaron los invernáculos
modelo, retiraron todo el dinero, la documentación y cuanto pudiera tener alguna utilidad. Ni Al Capone lo hubiese hecho mejor.

Pero nunca supiste qué es lo que realmente dijo.

El Patriota no tuvo la misma reacción y desplazó sus
energías hacia tu novela: insistió que era la esperanza
de todos. Debía circular por el país entero; además de la
lista que te pasó la Intendencia debías enviarlo a suple-
mentos literarios, facultades de Letras e instituciones
culturales. En poco tiempo saldrían los primeros comentarios. Según López Plaza, si eran buenos estaba ganada
la batalla, definitivamente, porque *uno se copia del otro,
es una cadena*.

El entusiasmo de López Plaza, sin embargo, no amorti-
guó el pesimismo generalizado que desencadenó el hun-
dimiento de la Independencia. Incluso salpicó a tu obra,
porque algunos se apresuraron en vaticinar que la gran
prensa no aceptaría las insolencias de *Contramalón*. Pero
López Plaza no cedía: *Contramalón generará polémicas,*

enloquecerá a los snobs, acidulará los estómagos; será tema obligado de conversación; lo avala mi prólogo.

—Un fotógrafo de *Prospectiva* tomó muchas fotos durante la presentación del libro —agregó Cicognatti, para no ser menos—. Le impresionó la reproducción de mi dibujo de tapa colgada en el fondo del escenario. Le expliqué mi técnica traída de Italia, ¡y abrió así de grande los ojos!

El primer comentario apareció en *Prospectiva*, efectivamente. Pero su corresponsal no tuvo el alma comprensiva que en otros tiempos lució Fernando Albariconte; el muy perro prefirió subrayar los defectos para lucir agudo e independiente. Dedicó página y media a su humillante informe. El título era una puñalada: *Delirio de grandeza*. La revista pasó de mano en mano. Produjo latidos en las sienes y fuego en el píloro. Toda la nota era una ofensa brutal. Caían bajo su metralla el acto de presentación, las autoridades municipales, el CEL y demás instituciones adheridas al esfuerzo común. Sobre la novela en sí ni abría juicio —quizá no tuvo tiempo ni ganas de leerla—, pero se refería a su tapa, *cuya pretenciosa ilustración hacía vacilar entre la lágrima y la risa.* El cronista se preguntaba si *el impresionante show* no había sido una coartada para desviar fondos públicos, puesto que la novela de marras sólo interesaría a esa *localidad minúscula, como máximo.* De Héctor Célico decía que era un joven con veleidades, algo así como un promisorio tuerto en el país de los ciegos. También descargó un garrotazo contra Gumersindo Arenas por su discurso soporífero y otro al *inflado Centro de Escritores.* En la remota Leubucó se pretendía construir una epopeya inexistente, decía. *Desplegaron una promoción exagerada, pero de bajo vuelo, escolar.* Esa taradez sólo se explica —aventuraba— por la enajenación que provocan la soledad y los vientos.

Tamaño golpe no tenía paralelo.

Leubucó y su gente estaban nuevamente condenadas, como si hubieran regresado las tropas del coronel Antonino Baigorria para arrasar a sangre y fuego las últimas tolderías del imperio ranquel.

Las parrafadas del semanario indignaron a Bartolomé López Plaza, Gumersindo Arenas, Dante Cicognatti, el Intendente y demás notables al punto de querer contratar un asesino que persiguiese al maldito cronista hasta el fin del mundo y lo cortase en mil pedazos. Pero en lugar de ello enviaron cartas furibundas al jefe de redacción. La municipalidad convocó a una asamblea de organizaciones culturales, deportivas y de bien público para elegir una comisión representativa que viajase a Buenos Aires con el propósito de exigir reparaciones por las calumnias del corresponsal. En caso de no obtener satisfacciones se iniciaría una acción penal por injurias. El "caso Independencia" no daba carta libre para el agravio a toda una laboriosa ciudad.

—¡Ese periodista delincuente ha hecho catarsis de su propia cerrada enajenación! —sentenció López Plaza.

Apareció la primera crítica literaria en la página dominical de un diario de la provincia. Decía que la novela de Héctor Célico, *a través de una mediocre edición pagada por la municipalidad de Leubucó, revela el cariño* que sus habitantes sienten por su tierra. *Evoca con estilo zumbón la guerra contra el indio y despliega un imposible romance* entre la rebelde hija de un hombre calculador con un militar idealista, obsesionado por sus principios. El libro cuestiona la historia oficial con afán docente, lo cual perjudica al relato y a varios capítulos realmente cautivantes. Pese a ello, *se puede reconocer en el autor una promesa de nuestras letras nacionales.*

En el mismo cine donde ocho años atrás había retumbado la Fiesta de la Poesía con esperanzas en el arte

joven y en las rosas de la Independencia, volvió a repiquetear la palabra de Joe Tradiner, quien regresó tras larga ausencia con redoblado brío. Aseguraba haber cumplido un grandioso itinerario por las capitales del mundo y haber asistido a incontables celebridades. Sus afiches lo respaldaban: Taipé, Monrovia, Beirut, Amsterdam, Houston, Santo Domingo, Copenhague. Sus labios no demoraron en atacar el nervio de la gente, porque dijo sin rodeos que el Señor había descargado *(en su infinita clemencia)* un severo castigo sobre la pecadora Leubucó. Afirmó que así como en los tiempos bíblicos había lanzado su rayo sobre Nínive y su fuego sobre Babilonia, ahora lo hacía sobre esta perdida localidad de la pampa seca. La liquidación de la Independencia equivalía a *la destrucción del Templo y de Jerusalén*, bramaba. *Loado sea el Señor; ¡aleluya, aleluya! Hágase su voluntad.* El pastor volvió a atraer legión de rengos, ciegos, histéricos y estúpidos en cerrada fila.

Insólitamente, en los bares, patios y zaguanes se comentaba como nunca antes la casi olvidada campaña con que los soldados de la civilización barrieron la primera Leubucó, capital del imperio ranquel. Los médanos se encargaron luego de sepultar cadáveres y cenizas. Los vientos se llevaron los gritos de espanto. Luego se impuso la soledad por muchos años, hasta que empezó el milagro de la reconstrucción a cargo de gente que no descendía de los indios pero se dejaron penetrar por sus espectros.

—Nehemías y Esdras reconstruyeron Jerusalén y los inmigrantes a Leubucó —explicó Joe Tradiner—. En ambos casos el trabajo y la plegaria fueron gratos al Altísimo. Pero después surgió la tentación y el pecado. ¡Aquí se instaló el Diablo y su abominable corte! La ilusión de las rosas que traerían fortuna fue un señuelo de Satanás. ¡El pueblo abandonó el camino recto para entregarse al becerro de oro! ¡Leubucó se transformó en Sodoma! ¡Y Sodoma debe ser castigada!

Mientras su boca lanzaba municiones, los inválidos corrían hacia la mesmerizada tarima para rogar su curación. El desconsuelo aumentaba su fe, no importaba cuán sádico fuese el pastor (o quizá gracias a eso).

Tu padre regresó con las manos vacías porque ni siquiera pudo ver a Ceballos, quien se había mudado a otra empresa. Ni tuvo fuerzas para contar algo interesante; se sentaba bajo la esquelética parra y dormitaba su impotencia. Tu madre había empezado a ahorrar como si viniera la hambruna. Y vos leías perplejo las críticas que iba suscitando tu novela. Sólo López Plaza no dejaba caer los brazos.

—Tu novela irrita y triunfará —dijo—. Es una obra de la pampa chúcara, hace arder los ojos. No vendrán comentarios genuflexos por varias razones: sos joven, neófito, independiente y provinciano. ¡Un montón de pecados juntos! ¡Bienvenidos los ataques! ¡Perderán sus muelas al morder el pedernal de tu relato!

Los cinco notables que viajaron para entrevistarse con el director de *Prospectiva* fueron recibidos con inesperada cordialidad. Escuchó los reclamos, mostró comprensión y prometió una nota que enmendase los errores cometidos, además de una crítica sobre *Contramalón*. Luego los invitó a posar ante las cámaras. Se sintieron felices y dedicaron el resto de la tarde y el día siguiente a dar vueltas por la ciudad. A su regreso informaron sobre el éxito de su tarea; sólo quedaba esperar el próximo número del semanario.

Pero el próximo número no incluyó referencia alguna. Tampoco el siguiente. La frustración, empero, ya no cargaba las energías del principio y a nadie se le ocurriría volver a gastar fuerzas para un nuevo intento.

Cuatro semanas después apareció un artículo dividido en dos recuadros. Corrió la noticia como las llamas sobre heno seco. Uno comentaba la visita de la comisión *ad hoc*, a la que criticaba por mostrarse impermeable a los análisis objetivos. En el otro se refería a *Contramalón*: *pobreza imaginativa... estilo incongruente... de buenas intenciones está pavimentado el infierno... mordacidad estéril...* La bomba concluía con un estampido de gracia: *los lectores le augurarán mejor suerte en el futuro, si aún se empeña en escribir.* En el centro de la página se destacaba la fotografía de la comisión y una frase: *Lucha por una celebridad imposible.*

En cuanto a Leubucó, la clemencia tampoco se hizo presente. "Algunas reacciones desmesuradas e hipersensibles no invalidan los méritos de esa lejana localidad. Nuestra crónica publicada en el Nº 124 es la relación verídica del lamentable acto al que fueron arrastradas personalidades e instituciones con el objeto de promocionar una novela desprovista de méritos. Los ciudadanos deberían aprender del error y no caer de nuevo en actividades insensatas."

A partir de entonces comenzó el vacío en contra de tu nombre, Héctor. La situación se invirtió con celeridad. Dejaron de escucharse las arengas en favor de seguir peleando la adversidad injusta. En cambio aparecieron los reproches, al principio delicados y luego rudos. Decían que *Contramalón* era demasiado político y otros demasiado apolítico, unos que estaba bien escrito y otros que no merecía haber sido publicado.

Tu padre no se animaba a decir lo que pensaba, pero lo leías en su frente: *lo tenés merecido por testarudo; ojalá se quemen para siempre tus veleidades de escritor.*

El viento áspero rechinaba cólera. Los médanos se movían como monstruos proteiformes. *La gloria del mesías pasa por un fracaso.*

Hiciste las maletas. Tu madre lloraba. Habías tomado una decisión extrema. Marcharías hacia los fortificados muros del edificio Patria donde te esperaba una alternativa sin retorno. Se acababan los plazos y no aceptabas el desdoblamiento. Dirías y harías lo que en forma clara y rotunda prefiguraba *Contramalón*.

Capítulo XVII

Los criados tocaron la frente de Manuel joven y advirtieron que tenía fiebre. Ataron sus muñecas y tobillos a una vara de bronce, como si fuera un animal de caza mayor, y lo retiraron del salón del sacrificio. En el vestuario le quitaron las ligaduras y las ropas de fiesta. Lo empujaron hacia un corredor mental que desembocaba en otros sueños. Entonces oyó los sonidos de una bacanal moderna; supuso que el redoble de tambores curaba el hígado de Prometeo y un nuevo diluvio limpiaba el planeta de zombis.

Empezó a sufrir sed. Apoyándose en la pared caminó hasta un retorcido farol. Se sentía desahuciado y débil; las vivencias recientes royeron sus nervios. Se abrazó al farol para no caer de cansancio, pero sus rodillas se doblaron y lentamente, como una hoja de otoño, aterrizó sobre la vereda. Pese a la ausencia de fuerza muscular, podía seguir pensando, pero los pensamientos no ayudaban a recomponerlo porque machacaban que había sido condenado a repetir la trayectoria del otro Manuel, el emasculado. Y atravesar por las mismas torturas para que todo siguiese igual.

Se humedeció los labios con la lengua dura y palpó sus bolsillos; encontró un segundo cubo, algo así como la rueda de auxilio. Lo palpó con enojo, pero seguía asombrado por la tersura de sus pétalos. Con cierto esfuerzo lo llevó a su boca y puso entre los dientes. Lo mordió. Sorpresa: el cubo lanzó chorritos de agua fresca.

Simultáneamente se desarrollaba otro proceso, pero de natu-

raleza diferente. Hilos de pus invadían su garganta, senos paranasales y oídos. El tona instalado sobre su nariz envió señales alarmantes a los sépalos y éstos a los cálices, pero las procesadoras no prestaban atención a interferencias menores; se limitaron a ordenar que lo internasen en un hospital.

Este daño físico generó una consecuencia inesperada: los bulbos olfatorios de Manuel se inflamaron hasta su inhibición total; dejaron de pasar por sus filamentos los aromas, las melodías y los versos que atenazaban la voluntad. Llegó un punto en que sintió el vértigo del abismo y despertó confundido. Para su desconcierto, acababa de romperse un grillete.

Se despegó lento de sus ensoñaciones y advirtió que estaba flojo, pero no paralizado. Tanteó un espejo y vio su cara deformada por la tumoración en la nariz. La aferró con sus diez dedos para quitársela. Empujó hacia arriba y abajo, hacia la izquierda y la derecha como había procedido en ocasiones anteriores. Pero como en ocasiones anteriores resultó inútil. Clamó por un cuchillo, una navaja, un par de tijeras. Se abalanzó contra la puerta cerrada con llave. La golpeó furioso hasta que acudió una enfermera y luego otra. Lo forzaron a recostarse. Quisieron sedarlo con inyecciones, pero el medicamento se derramó encima de la piel.

Después usó los cubiertos de la cena para lograr su propósito: hundió el tenedor en su nariz, forcejeó con ambas manos pese al insoportable dolor y tiró con violencia hasta que parecía quebrársele el cráneo. Hilos de sangre mancharon sus mejillas, sus labios, sus impacientes dedos y el tenedor. Prefería destrozarse antes que ceder. El cubierto penetró sus cartílagos y sus huesos nasales; hizo palanca en redondo para encontrar el punto de la victoria. Por fin desprendió al cubo unos milímetros, enseguida otros más y de repente el entero artefacto saltó arrastrando lonjas de piel y un chorro de sangre. El centro de su cara se transformó en un cráter.

Miró el cubo sucio y, ahogando la repugnancia, lo llevó a su boca. Lo mordió con tanta fuerza que se partió dos dientes. Escupió los fragmentos y el cubo seguía intacto. Orinó sobre ellos. Alarmadas, irrumpieron nuevas enfermeras. Pero Manuel, convertido en tizón, las echó a empujones y luego cerró la puerta con llave y pasador.

Se estremecieron los estambres. El Pistilo Central impartió instrucciones: Manuel permanecerá aislado por completo, como si estuviera encerrado en un pozo medieval: sin luz, ni alimentos, ni agua, ni renovación de aire. Perecerá marchitado. Como una rosa en campana de vidrio.

Su pus manchaba las sábanas y el suelo. Al cabo de unos días el prisionero chapaleaba en un lago amarillo-verdoso que aumentaba su nivel de milímetro en milímetro. Algunos muebles empezaron a flotar.

El Pistilo ordenó construir murallas en torno al cuarto. Durante la noche varios camiones descargaron ladrillos y bolsas de cemento. Llegaron zombis para realizar la tarea. Ese espacio sería convertido en su sepulcro. Manuel comprendió el nuevo peligro y con el resto de sus energías se arrojó contra la puerta ahora cerrada desde el exterior también. Apretó timbres, golpeó las paredes y cayó extenuado sobre el pegajoso líquido.

Afuera, con sus verrugas nasales en perpetua acción, los zombis cumplían el trabajo ciego. La oscuridad no turbaba su ritmo. Las manos ulceradas superponían ladrillos y sus órbitas vacías ratificaban la correcta alineación del muro. Sus *cuerpos necrosados obedecían las órdenes que llovían desde la central. Manuel era el reptil pillado en su propio cepo, que iba a morir ineluctablemente. A los zombis no les importaba porque no tenían registro de lo que ocurría adentro o afuera. Sus manos sin uñas y sus cuerpos sin tacto ni conciencia ignoraban el sacudimiento que convulsionaba al muchacho. Proseguían su trabajo mientras la víctima hundía sus pies en el lodo verde-amarillo, revoleaba una silla y quebraba en mil pedazos los cristales de su ventana.*

El soplo fétido salió como estampido y envolvió la cabeza del zombi más próximo. El esclavo prosiguió su trabajo como si nada hubiese ocurrido, pero en sus dedos nacieron espinas mientras se le hinchaban los deformados pies. Proseguían los demás su trabajo, ignorantes de la nube ahíta de rebelión que también los envolvía como un manto invisible y transformaba sus podredumbres en la sustancia viva de los cactos guerreros.

Manuel, convulsionado por el
brusco cambio de situación, evocó la antigua promesa. De la piel
de los cactos brotaban millones
de espinas, potentes como bazucas;
y la espina que afloraba sobre la nariz expulsaba al cubo. Uno de los trans-
figurados zombis se acercó a Manuel y
le tendió su mano caliente a través de la
ventana cuyos bordes tenían aún filosos restos del vidrio roto. La Gran Corola se estremeció porque el muchacho y el cacto formaron un
binomio que ahora se reproducía en forma infinita. En un instante los cubos forrados con pétalos
inmarcesibles destinados a someter quedaron abando-
nados sobre el piso como cápsulas desechables. La legión
de zombis se transformaba en una legión de cactos que no
detendrían su lucha hasta conseguir la libertad. Entonces
Manuel se frotó los párpados y advirtió que empezaba a des-
puntar un nuevo día.

ÍNDICE

Composición de originales
Gea 21

Esta edición de 5.000 ejemplares
se terminó de imprimir el mes
de octubre de 2000 en
A&M Gràfic, S. L.
Santa Perpètua de Mogoda (Barcelona)